――それが歌われた瞬間、
『歌姫特化型』の本領をヴィヴィは意識野に叩き込まれる。

それはどこか、郷愁を誘う音色だった。
かつて自分が持っていたものなのに、今の自分にはもうない。

VIVY
ヴィヴィ：プロトタイプ
Prototype

3

著
長月達平・梅原英司
Nagatsuki Tappei　Umehara Eiji
装画
loundraw

協力
WIT STUDIO・アニプレックス

Vivy prototype

ヴィヴィ：プロトタイプ

CONTENTS

「プロローグ」

PROLOGUE

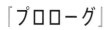

1

——歌が、ステージ上から会場へ向けて歌われていた。

それは高く、切々と聞くものの胸を締め付ける哀悼の歌声。

ここまで舞台上で演じられてきた物語——恋人同士を戦争と死が分かち、永遠の別れという名の締め括《くく》りへと観客を誘《いざな》う歌声だ。

情感たっぷりに歌い上げられる歌と、臨場感を盛り上げる圧倒的な音楽の力。舞台では役者が歌声に合わせ、どれほどに哀切に満ちた瞬間なのかを涙ながらに演じ切る。

そうして、滂沱《ぼうだ》の涙を流した舞台女優が亡くなった恋人の墓の前に花を手向ける。彼女は最後に涙を浮かべたまま微笑《ほほえ》み、死んだ恋人に別れを告げた。

そこで、静かな熱を孕《はら》んだ歌声が徐々に徐々に小さくなっていき、物語と舞台の幕引きと同時に曲が終わる。

——完璧な、エンディングであった。

「————」

ゆっくりと、舞台に下りた幕が再び上がっていく。

演者たちが壇上で勢揃《ぞろ》いし、演じ切った満足感と、演技への喜びを宿した瞳で会場を見渡した。

主演の恋人を演じた男女が、わからず屋な父親を演じた男優が、病気がちだが思いやり深い母親を演じた女優が、恋敵《がたき》を演じた名優が、主役の命を奪った凶弾を放った新人の俳優が、それぞれに壇上で手を繋《つな》いで、一斉に観客たちへと頭を下げた。

――カーテンコール。

物語を締め括り、演者たちの熱演と、感動を観客たちが称賛と共に伝える瞬間だ。

あるいは舞台を心から楽しんで見る人間の中には、肝心の舞台はもちろんだが、この瞬間がたまらないと、そう思って劇場へ足を運ぶものもいるかもしれない。

実際、それは素晴らしいカーテンコールだった。

演者たちの顔には満足感があり、劇中では使われることのなかった明るく華やかな劇伴が感動的な物語のフィナーレを褒め称《たた》え、一つの仕事が全《まっと》うされる。

完璧だった。本当に、完璧だ。

そこが、場末の閑散とした小劇場でしかなく、観客席には目も当てられないほど空席が目立ち、鳴かず飛ばずの売れない俳優たちの熱演が悲しく空回りし、荘厳で鮮烈な劇伴が会場のキャパシティと明らかに釣り合っておらず、ちぐはぐだらけでなかったなら。

その痛々しく寒々しい光景の中、疎《まば》らな拍手の中で誰かが空気の読めない歓声と拍手をしている。

舞台上の役者が普通でないなら、それをわざわざ見にくる観客もまともではない。

そんな、場違いで継ぎ接《は》ぎだらけで、何もかもが全く不均衡な環境の中で――、

「――――」

演者たちの列には並ばず、端っこで小さく頭を下げる黒いドレスの少女。

――彼女の歌声だけは、本当に、完璧だった。

2

「そら見たことか！　そら見たことか！　そら見たことか！」

カーテンコールも終わり、真に舞台に幕が下りたあと、演者やスタッフたちが行き交う舞台裏に響き渡ったのは、何とも感情的な男性の怒声だった。

同じ怒りを三回重ね、猛然と放たれる威圧的な怒鳴り声。しかし、そうして烈火の如《ごと》く怒り狂った男の声に、周囲の人々の表情はあまりに穏やかだ。

中には微笑、笑顔を浮かべているものすらいて、それはまるで「また始まった」とでも言いたげな表情のようにも感じられた。

というより、その中の一人は実際、その場で肩をすくめると、

「また始まったよ」

「おい、誰だ今のは！　誰だもないな！　今の声はミスタ柳原《やなぎはら》、あなただろう！　またと言ったか？　またと言ったな！　言っておくが、何度でも言わせてもらうぞ、私は！」

「うひゃぁ、ヤブヘビ」

怒りの矛先を自分に向けられ、肩を跳ねさせた俳優が首をすくめる。

そんな愛嬌《あいきょう》のある彼の仕草に、再び場に笑みの衝動が広がった。くすくすと、堪《こら》えているのかいないのか、漏れ出す笑みに悪意はなく、それがますます、中心にいる人物――否、人物ではない。中心にいる、『AI』の陽電子脳をいたく刺激するのだった。

「いったい、諸君らは何を笑っている？　その正気を疑わせていただくぞ、私は！　こんな場末の小

劇場で、あれっぽっちの観客の前で、まるで人生最高の舞台かのような熱演、実にご苦労なことだ！　正直、こんな形で地球上の酸素を消費してしまったことが悔やまれてならないな！」

「そんな、人生最高の舞台だったなんて……照れる」

「照れるな！　褒めてなどいない！　いや、諸君らの熱演は練習よりもはるかに台本への没入度が高かったし、最終局面の主演二人の別れのシーンなどはよくぞあれほど自然と涙を流せたものだと感心したが、それとこれとは別だと主張したいのだ、私は！」

そう言って、呑気《のんき》な反応をする演者たちに声高に主張しているのは、丸みを帯びた大きな図体がトレードマークの、非人間型ＡＩである。

丸くて大きなボディには精密作業用のアームと、移動のための多脚が取り付けられているが、そのＡＩの最大の特徴は全身音響装置とでもいうべきオーディオ機器の数々だ。

舞台上での肉声以外の音――ＢＧＭからＳＥ、環境音にマイク、ミキシング・コンソールと、あらゆる『音』に関する事柄を担当するサウンド・デザイナー。

一体で舞台を構成する様々な『音』を支配するＡＩ、それがこの『ＭＳ４－１３』――通称、アントニオと呼ばれる個体であった。

「私は諸君らの危機感がズレているという指摘をしているんだ！　すでに船底には穴が開き、そこから水が流れ込んで転覆は時間の問題！　それなのに、諸君らはデッキでマストを何色に塗ろうかなんてのんびりと歓談している！　これをどうして放ったままにしておけるのか！　できないだろう⁉」

作業用のアームを上下に振って（左右に振ると、スタッフに当たりかねないため）、ボディのアイカメラを赤と緑に点滅させながら、アントニオは不平不満を訴える。

小劇場の、さほどチケットも捌《さば》けていない舞台、アントニオの奮闘で音響関係の人手は十分なため、スタッフも昔からの付き合いの最小限のメンバーで回している。

ここに揃っている古参のメンバーの中で、アントニオは一番最後に参加した一体だ。つまりは劇団で一番の新参者なのだから、その活動の方針に口出しするのは筋違いであると、そうしたマナー違反を犯していることは重々承知している。

だが、それがわかっていてなお、アントニオは何とも低次元な状態で現状維持を続ける劇団スタッフや演者たち、彼らの態度に延々と物申し続けてきた。

そこには、演者たちの熱演が場末の小劇場で終わるべきものではないという、舞台演技の統計的パターンから算出した平均値と比較してのデータだったり、小劇場の音響を担当するにはアントニオがあまりにオーバースペックであるなど、色々と込み入った事情があったが、最大の原因はそのいずれでもなかった。

アントニオがこうまで必死に声を上げる理由、それは――、

「――そのことはお前も自覚しているはずだな、オフィーリア！」

「――ひぅ」

「ひぅ⁉　ひぅと言ったか、今！　どういう反応だ、今のは！」

「お、お、お、驚い、て……」

振り返り、力強くアイカメラのピントを合わせるアントニオ。その視聴覚モニタに映り込んでいるのは、黒髪に黒い瞳、黒いドレスを纏《まと》った全身黒ずくめの少女――型ＡＩ。

彼女はアントニオの剣幕に肩をすくめ、何度も口ごもりながら自身のエモーション反応の原因を正確に報告する。たどたどしく、詰まった声音――その、バッドコンディションそのものの声が、舞台裏の粗雑な環境の中でさえ異常に透き通っていた。

美しく聞かせよう、といった意向の介在していない、ただのボイスサウンド。

しかし、そのＡＩの声は聞くものの鼓膜を祝福する。

自らもまた舞台に上がり、自分の肉声で物語と感情を演出する男優、女優の肩書きを付けた演者たちが、その声のあまりの美しさに聞き惚《ほ》れ、魅せられるのがわかった。

――オフィーリア。

そう呼ばれた彼女の歌声こそが、アントニオが劇団の新入りかつ人類に奉仕すべきＡＩという領分を踏み越え、強く強く状況の改善を求め訴える原因である。

小さくて存在感のない、ひどく知名度に劣った場末の小劇場。

芝居を愛し、熱演する演者たち。彼らを支え、こんな不景気の中でも舞台を成功させようと意気込むスタッフたち。彼らの演じる舞台を『音』の面から支え、あらゆる形で音楽の力をフルに使い切るサウンドマスターＡＩ――どれも、この場には過ぎた存在だ。

だがしかし、オフィーリアの歌声ほど、『分不相応』の言葉で語るべきものはない。

「オフィーリア、わかっているのか？　お前の歌声は、こんなちっぽけな劇場の売れない劇団の無名の作家が書いたオリジナル作品などに費やされるべきではないのだ。お前にはもっと相応《ふさわ》しい舞台がある。私の言っていることがわかるか？」

「えと、えと、えーと……」

「遅い！　わかっていない！　なんだその思考演算と感情的表現への連結の遅さは！　お前は本当に歌以外の全てがダメダメだな！　歌以外に褒めるべき点が一つもない！　歌しかないぞ、お前には！　わかっているのか！」

反応が遅く、おどおどと視線を彷徨《さまよ》わせるオフィーリアにアントニオが詰め寄る。

絵面としては小柄な少女に、非人間型の巨体ＡＩが圧《の》しかからんばかりの光景だ。それを見て、慌てててスタッフの一人が二体の間に割って入る。

「まあまあ、落ち着け、アントニオ。オフィーリアだって頑張ってるじゃないか。実際、あの歌声は素晴らしかったし、観客の拍手もすごかっただろう？」

「甘やかすな！　言っておくが、オフィーリアのポテンシャルはこの程度ではない！　大体、騒がしいぐらいに拍手していたのはお馴染《なじ》みの固定客ではないか！　ああしたファンの存在でオフィーリアの成果が測れるものか！　私にはオフィーリアへの責任がある！」

作業用アームを自らのボディへ向け、アイカメラにスタッフを映すアントニオ。彼は「何故《なぜ》なら」と一度、言葉を切ってから続ける。

「――私は、オフィーリアをサポートするべく設計されたサウンドマスターＡＩだ。彼女の歌声が真価を発揮する、それこそが製造目的なのだよ」

「そりゃ、まぁ、そう言われればそうだが……」

「だというのに、この『歌姫型』とくれば、全く以《もっ》て自覚が足りない！」

スタッフの背中に隠れるオフィーリア、人体越しにその丸まった相手を睨《にら》みつけ、アントニオは人ならば鼻息荒く、といったエモーションパターンを実行している。

その勢いに、男性スタッフはため息をつきながら頭を掻《か》いた。

「あー、わかったわかった。あとの反省会は二人に任せて、俺たちは撤収！」

「「「お疲れ様でしたー！」」」

「え、ええ……っ」

スタッフが手を叩《たた》いて呼びかけると、周囲の関係者が軒並み頭を下げて解散する。スタッフたちは舞台や環境装置を片付け、演者は化粧を落として着替えねばならない。

そうして、わらわらと関係者たちが方々へ散っていけば、その場に取り残されるのは怒り狂ったアントニオと、その怒りを一身に浴びるオフィーリアだけで。

「そ、その……」

「AI同士だ。勘違いなどないはずだが、あえて私の意見を述べておこう」

「は、はひ……」

勇気を出して話しかけようとしたオフィーリア、それを無慈悲に遮って、アントニオが不必要に近い距離でパートナーたる歌姫AIを見下ろす。

そして――、

「オフィーリア、お前は歌うこと以外の全てのパフォーマンスを犠牲にした実験個体であり、間違いなくAIとしては欠陥品だ。パートナーたる私が保証しよう」

「――――」

「平均個体として備えているはずの多くの能力を犠牲にしたせいで、使い道が限定されすぎると払い下げられ、半ば厄介払いの形でこうして無名の劇団に備品登録されている。その後、ここ数年の活動でも意識野の成長、拡大の傾向は見られず、足踏みしっ放しだ。お前と比べれば、この数年は電卓の方がマシな進歩を遂げている」

自覚を持てと、このままではダメなのだと、アントニオは訥々《とつとつ》とオフィーリアに言って聞かせる。

内容はかなり手ひどく、劇団員が聞いていれば言いすぎだとアントニオを咎《とが》めたかもしれない。

だが、アントニオはパートナーに手心は加えない。

必要なときに、必要な助言と検討を。たとえ、それでパートナーシップに問題が発生したとしても、常に改善点を修正し、前進するのがＡＩの意義なのだ。

しかし、そんなアントニオの説教に、オフィーリアがどう反応するかといえば――、

「――えへへ」

「……何故、笑っている。それは不適当なエモーションパターンだと考えるが？」

「いつも、アントニオだけだね。わたしの、歌のこと、評価してくれるの」

わずかに唇を綻ばせ、喜びのエモーションパターンを見せるオフィーリア。彼女の反応に困惑し、アントニオはアイカメラのシャッターを細め、言葉に窮した。

「みんな、わたしの歌を褒めてくれるけど、そのままでいいよって。でも、このままじゃダメだって、言ってくれるのはアントニオだけだから」

「言っておくが、私が基本的に指摘しているのはお前の歌声のことではなく、お前の歌声以外の部分の不出来についてだぞ⁉　それだけ改善点がある中で、歌声に関しては指摘する点が少ないだけだ。少ないだけでゼロではない。わかっているな！」

「――うん、わかってる」

オフィーリアの言葉に強く言い返し、アントニオが作業用アームの先端を彼女の額へ突き付けた。その先端を眺め、オフィーリアが頷《うなず》く。

それから彼女は舞台の方へと黒瞳を向け、その奥のアイカメラを駆動させながら――、

「いつか、きっと」

「きっと？」

「アントニオの期待に応えられるよう、頑張るから」

第一章

『歌姫たちの祭典』

CHAPTER 1 ZODIAC SINGS FESTIVAL

1

──プログラムの起動が確認され、意識野の切り替えが発動する。

それは『ヴィヴィ』の目覚めと同時に、『ディーヴァ』が眠りにつくことを意味していた。

「──────」

通常のプロセスに従い、ヴィヴィは自機の調子をスキャン──異常は見当たらない。

直近、やけに頻発していた危機的状況を回避するための刹那的な起動。今回の起動は、それらの非常事態には当たらない正式な起動パターンに則《のっと》った目覚めだ。

すなわち──シンギュラリティ計画の再開である。

その事実を意識野の端に置きながら、ヴィヴィは優先順位に従ってタスクの処理にかかる。手始めにマツモトとの連絡を確立すべく、通信回線を開きつつ周囲の環境の把握を──、

「──それにしても、あのディーヴァとご一緒できてとても光栄だよ。今度のステージ、ボクはすごく心待ちにしていたんだ。なんて、AIらしくない物言いかな?」

と、起動直後のヴィヴィ──否、ディーヴァへ語りかけてくる声があった。

ちらとそちらにアイカメラの焦点を合わせると、ヴィヴィのすぐ隣に立っていたのは青い髪を首丈に揃えた活発な印象を与えるAIだ。

その外見の特徴と、イヤリング型の有線回路の形状から該当データを検索、ヒット。

「──『DTM9−12』」

「識別名の『ケイティ』の方で呼んでくれないかい? 君だって、『A−03』なんて型番号で呼ばれ

るより、そっちの方がずっとあったかいと思うだろう？」

「あったかい……ええ、そうかもしれない」

「素直でよろしい。おっと、これはボクたちよりずっと先輩の君には釈迦《しゃか》に説法ってお話だったかもしれないな。それはそれは、大変失礼いたしました」

額に手を当てた敬礼を見せ、『DTM9－12』――個体識別名ケイティは笑顔の滑らかなエモーションパターンを発揮。それがヴィヴィの意識野にささやかな波紋を生んだ。

前回のシンギュラリティポイントから月日が流れ、AI関連の技術は再び飛躍的な上昇を遂げている。それを、ケイティの豊かなエモーションパターンから感じ取ったのだ。

「――――」

ケイティの持つ表現力、それは彼女固有のモノではない。

そのことは彼女以外の、この場に居合わせる多数のAIの所作の端々から認識可能な事実だ。

――現在、ヴィヴィはAI運搬用のトレーラーに積載され、ケイティをはじめとした複数体のAIと共にどこかへ移送されている真っ最中だった。

運搬用のトレーラーの積載スペースには座席が設けられ、AIたちは一機ずつ所定の席に座り、充電とデータクリーンアップを行うための待機端末が与えられている。

至れり尽くせりな待遇は、AIを運搬するというより要人の送迎のような印象が近い。車内の内観も快適性に配慮されていて、ヴィヴィは意識野に奇妙なノイズを得た。

おそらく、これは居心地が悪いという類のノイズだ。

「不機嫌そうな顔だけど、お喋《しゃべ》りはお好きじゃなかった？」

「――。そういうわけではないわ。ただ、園外活動は珍しいから、普段より演算が多いだけ」

「ああ、ディーヴァはいつもはニーアランドで歌っているんだもんね。一ヶ所で……自分のホームがあるのはそれはそれで羨ましいな。ボクや他の歌姫は、もっぱら各所を巡業するものだから」

「……今は、そういう子が多いのね」

長い足を投げ出しながら、朗らかに答えるケイティにヴィヴィは眉尻を下げる。

ヴィヴィの感じた居心地の悪さ、ある種の『人間扱い』に対する忌避感めいたノイズだが、それはケイティには――否、この場の他のＡＩたちには無縁の代物らしい。

データを参照したところ、このトレーラーに積載されたＡＩはヴィヴィを含めて十二体。

十二体はいずれも開発会社や製造年月日の異なる機体であり、一点を除いて統一感のない顔ぶれであると結論付けることができる。

その、一点とは――、

『――それにしても、これだけの歌姫が車内にすし詰めとは壮観ですねえ、ヴィヴィ』

それはまるで、ヴィヴィの意識野のログを見計らったような通信だった。

音ではなく、データとして意識野に直接届けられたその『声』に、ヴィヴィはため息に近いエモーションパターンをとっさに模倣してしまう。

これまでの経験則が生み出す反射的なエモーションパターンではあったが、あるいは傍目《はため》にはそれは安堵《あんど》のため息にも見えたかもしれない。

そう受け取られてはひどく心外だと、ヴィヴィは自己の意識野を戒めながら、

『今回は、またおかしな状況から始まったものね、マツモト』

『おかしな状況とは、言えてますね。とはいえ、起動直後に全損必至の高所から落下していたり、道路で四トントラックの前に身を投げ出していたり、多数の銃口に囲まれていたり、ステージで高らか

にサビを歌っている真っ最中なんて状況と比べたらはるかに良心的では？』

『直前のお喋りの内容を失念して、後輩の歌姫に嫌われてしまうリスクは？』

『そこは持ち前のファンサービス精神をフル活用して、百年稼働のロートルとしての老獪《ろうかい》な実力を見せつけて尊敬を勝ち取ってやるのが最適解じゃないですかね』

『さすがに百年も動いてない』

『大きな尺度で四捨五入すれば、十分に百年が射程に収まった頃ですよ』

シンギュラリティ計画の再開、それはパートナーである彼との再会も意味する。

しかし、良くも悪くもヴィヴィとマツモトの間に旧交を温め合うような温《ぬる》いやり取りはなく、軽口の交換でざっくばらんに互いの状況を把握、彼の口の悪さも錆《さ》び付いていない様子だ。

百年稼働のロートル。反論通り、ヴィヴィ的には言いすぎな発言だったが、シンギュラリティ計画が始まり、数十年の時が経過したのもまた事実。

その間にAI関連の技術は目覚ましい成長を遂げ、新たに生み出されたAIたちは古い機体であるヴィヴィたちを置き去りに進歩してゆく。――その、『歴史』の積み重ねが今日に繋がる。

すなわち――、

『――十二体の歌姫型AIを集めた歌の祭典、ゾディアック・サインズ・フェス』

2

――百年の『歌姫』の歴史の積み重ね。

そう表現するのはいささか大げさすぎるが、移送用トレーラーに集められていたのは、ヴィヴィを含めた十二体の、時代を代表する『歌姫型』のＡＩたちだった。

ゾディアック・サインズ・フェス――それは選ばれた十二体のＡＩに、黄道十二宮の星座をそれぞれ割り振り、星空をイメージしたステージでパフォーマンスを行うという、歌に特化した『歌姫型』のＡＩの歴史を彩る一大イベントである。


「なんでも、このイベントに参加するために家族を質に入れてでもチケットを用意する！　なーんて笑い話が流布するくらいには注目を集めているイベントのようですよ」

「家族を質に……」

「開催日は何の因果か、聖なる夜ことクリスマス！　いやはや、諸外国では家族の団欒《だんらん》を過ごすための日とされている記念日に、その家族を質に売り払ってまでＡＩの歌姫を見にくるとは……何とも怖い世の中ですよ。くわばらくわばら……」

「――。家族を質に入れる話はいいから、先へ進めて」

「はいはい。そんなイベントに、最古の歌姫の呼び名も高い我らがディーヴァが招待され、十二星座の一角である牡羊《おひつじ》座として栄えあるイベントへ参加する白羽の矢が立ったわけです」

「最古の歌姫に白羽の矢……古風な物言いをされると、自分が骨董《こっとう》品なのを自覚するわね」

「不機嫌なご様子ですけど、重箱の隅をつつくみたいな真似《まね》はよしてくださいよ。実際、これは数ある歌姫型ＡＩの中でもトップクラスと認められた名誉な扱いでしょうに。アナタも、顔には出ていないだけで存外、満更でもないんじゃありませんか？」

とは、『アーカイブ』へ没入したヴィヴィを迎え、音楽室の様相を呈した空間で仮装ボディを自由に組み替えているマツモトの発言だ。

ＡＩの搭載する陽電子脳、そのデータ領域に形成される一種のパーソナルスペースこそがアーカイブの具現化であり、その内観は個々のＡＩによって様々なイメージが出力される。

『歌姫』の役割を負ったディーヴァのアーカイブは、学校の音楽室をモデルとしたものだ。どこの、と具体的なモデルは存在しない。ネット上などに存在する様々な『音楽室』を参考に形成されたもので、ヴィヴィ自身の演算もそこには介在していなかった。

そう考えると不思議なものだ。――ヴィヴィとディーヴァ、ＡＩとしての二つの人格が、それぞれ同じアーカイブを共有しているという状態は。

「ヴィヴィ？　おーい、ヴィヴィ～？　無視ですか？　無視はよくないと思いますよ、無視は。ボクの話し相手はアナタしかいないんですから、アナタに構ってもらえないと退屈で死にます」

「……死なないでしょう。それに、さっきの質問も何なの？」

「何なのとは？　スーパー歌姫扱いされて満更でもないって話ですか？」

「ええ。そもそも、それはあくまでディーヴァの功績じゃない。私には関係のないことだわ」

現実の空間ではないとはいえ、行われるエモーションパターンに妥協はない。形のいい眉を顰《ひそ》めたヴィヴィの反応に、マツモトはアイカメラのシャッターを瞬くように開閉した。

「関係ないは言いすぎでしょう。ディーヴァのボディがこの時代まで無事だったのは、間違いなくアナタの……ヴィヴィの功績じゃありませんか。十年前、ディーヴァが自壊スレスレの行為を繰り返していたこと、ボクのサルベージデータにも残ってましたよ？　危うく人類終わるところでした」

「でも、あれこそディーヴァが『私』の行動を怪しんだ最たる結果じゃない。怪しまれて、それを自分で埋め合わせて功績？　そんなの、ただのマッチポンプだわ」

「高潔ってほどじゃないですが、ちょっと自分を責めすぎでは？　それと、あんまりそうして自己と彼女とを別個と分けて考えるのもおススメしません。——ボクとアナタは百年近くやってきた。そろそろ、本来のボクの時代もすぐ目前です」

どことなく声の調子を落としたマツモトに、ヴィヴィは仮想空間上の唇を引き結ぶ。

マツモトの、本来の時代の到来——それはつまり、ヴィヴィとマツモトが二機で始めたシンギュラリティ計画の最終目的地だ。

旅の、終わりが近い。そしてそれは、ヴィヴィの役目の終了をも意味する。

「それなら、なおさら今回のシンギュラリティポイントの修正を急がないと。ゾディアック・サインズ・フェスは、正史のディーヴァにとっても大きなイベントでしょう？」

「ええ、もちろん。正史において、このイベントがのちのディーヴァの歴史に大きな影響を与えたことは言うまでもなく。ですから、ボクもこのイベントを台無しにするのは本意ではありません」

「……つまり、シンギュラリティポイントの目標は会場のすぐ近くに？」

「惜しいですね。残念、ニアピン賞です。——正確には、ボクたちの今回の目的地はまさにこれから向かう場所、ゾディアック・サインズ・フェスの会場です」

「————」

満を持して、とばかりに言い放たれたマツモトの宣告にヴィヴィは押し黙る。

今回のシンギュラリティポイントがゾディアック・サインズ・フェスと関係があるなら、それは参加者の一機であるディーヴァにとっても他人事《ひとごと》とは言えない事態だ。

そんなヴィヴィの胸中を知ってか知らずか、マツモトはアイカメラを小刻みに動かし、

「細かい説明は追ってするとして、そろそろ外ではトレーラーが会場入りする頃ですね。イベントは

夜が本番ですが、これからリハーサルなどあるでしょう。アナタが活動している関係上、ディーヴァがリハーサルすることはできませんから、十分にご注意を」

「そんな、中途半端な話で――」

「――ボクも不本意ですよ。なので、リアルとデジタルの同時進行でいきましょう」

食い下がろうとするも、ヴィヴィの意識野は自分のアーカイブを追い出される。

自分の領域にも拘《かかわ》らず、マツモトの意思で退場させられるのは理不尽なものだ。そのことへの不服をログに綴《つづ》りつつ、ヴィヴィの意識野は現実の移送トレーラー内へと舞い戻る。

マツモトの予告した通り、ちょうどトレーラーは目的地――十二体の歌姫が集う夢の祭典、その会場である『東都ドーム』へと到着したところだった。

「移動、お疲れ様でした！　さあさあ、会場入りしたらすぐに控室で準備を。リハも、定刻通りに始めます。遅れないようにしてください！」

関係者入口にトレーラーが横付けされ、会場スタッフが車内のヴィヴィたちへ呼びかける。

スタッフの誘導に従って降車し、ヴィヴィは東都ドーム――これからバックヤードへ足を踏み入れる施設の全容をデータで確認、その規模に意識野を静かに停滞させた。

収容人数五万人を超えるキャパシティは、国内でも最大級のイベント用施設だ。

ニーアランドのメインステージ、その花形として歌い続けているディーヴァでも、一度のステージで相対するのは三千から四千人。文字通り、桁違いの舞台と言える。

「色んな箱で歌ってきたけど、やっぱりここは別格だ。何度きても、気分高揚するね」

降車し、意図せず足を止めたヴィヴィの隣に並んでケイティがそうウィンクする。

イベントに参加する歌姫の中には、すでに東都ドームで歌った経験を持つ駆体《くたい》も少なくない。そうした経験値を積んだ駆体と比べると、ディーヴァの長年の経験も霞《かす》んで見える。

ましてや、この場にいるのは『歌姫』であることを捨て、新しい使命に生きるヴィヴィなのだ。

「……途轍《とてつ》もなく、場違いね」

「ちょっとちょっと、弱気なこと言っちゃダメだよ。君は最古の歌姫……紛れもなく、この場に立つに相応しい経歴の持ち主だ。聴衆を圧倒してやろうじゃないか」

慌てた素振りでヴィヴィを励ましてくれるケイティ。それはやや見当違いな応援だったが、彼女の自然な態度はＡＩ的にも好意的な感触を受け取れる。

仕草や微笑み、挙動の端々まで精緻で丁寧、そこだけ見れば人間との差などもはやない。

それが、良いことなのか悪いことなのか、ヴィヴィには判断するだけの材料がなかった。

「――？　どうしたの、ディーヴァ」

「いいえ。ケイティ、あなたはいい子ね」

「子ども扱い……いや、君から見たらそれも当然か。じゃあ、ボクも若輩なりのアドバイス。緊張してるなら、掌に『ＡＩ』って三回書いて、舌部センサーで舐《な》めるといいよ」

「人間の迷信って、ＡＩに効果があると思えないんだけど」

「その調子その調子」

こうしてケイティと会話していると、自然な会話のパターンとしてマツモトの顔がちらつく。

到達すべき未来で待ち受ける技術の塊がマツモトなわけだが、まさか将来的にはあらゆるＡＩがマツモトチックな進化を遂げていくとは考えたくない。

『まぁ、彼女が与えられた星座は魚座……つまりは歌姫型の最新型ってことです。最古の歌姫と最新の歌姫、誰が決めたかですが席順はちょっと意地悪じゃありませんかね？』

意識野に割り込んでくるマツモトの声、音で認識のできないそれへの反応を表情を殺して押さえ、ヴィヴィは姿の見えない相方に不服を表明するメッセージだけを送る。

『不満はごもっとも。ただ、アナタにはアナタの培ってきた歴史と信用があります。相手が若く聡明《そうめい》な子だからなんですか。彼女はあくまで距離のある高嶺《たかね》の花、画面の向こうのアイドルです。一方でアナタは遊園地で活動する綺麗《きれい》な野花、会いにいけるタイプのアイドル性で勝負ですよ』

『ケンカを売ってるの？　それとも、フォローしてくれてるの？　フォローのつもりならフォローになってないわ。いいから、シンギュラリティ計画のサポートをして』

無線越しの益体《やくたい》のないメッセージを払い落とし、ヴィヴィは周囲の様子を観察する。

降車した十二体の歌姫は、これから会場内の控室へ案内され、夜のリハーサルに向けた準備を始めることになる。そのための整列するヴィヴィたちへ、会場スタッフたちが向けてくる視線は羨望や、いくらかの熱情を孕んだものが多かった。

どうやら、彼らの多くは少なからず歌姫型ＡＩへの憧れを抱いている様子で、ケイティが手など振ってやると、興奮気味に顔を赤らめたり、微《かす》かな歓声が漏れ聞こえてきた。

『スタッフィングは慎重にしているとは思いますが、大人気ですね、歌姫型ＡＩ』

『その歴史に一役買えているなら光栄なことだけど』

それも、外見や歌声の華やかさだけではなく、仕事を十全に果たすことを見込まれた人気だ。

本来、ヴィヴィたちには本番のセットリストに則したデータを事前に入力しておけばリハーサルの必要などない。リハーサルを必要とするのは、人間であるスタッフたちの方だ。

ＡＩと違い、人間のスタッフは実際のステージの進行や、起こり得る不備を事前にチェックしておかなくてはならない。無論、この時代ではそうした人間の仕事の大部分がＡＩによる機械化が進んでおり、この手の事前準備も減少傾向にあることは間違いなかった。

『ニーアランドでも、キャストの一部が本格的にＡＩへ入れ替えられていきます。以前は人間のスタッフが担当していた業務も、どんどん効率化されるでしょうね』

『それが単純にいいことと、そう考えられないのは私がロートルだから？』

『いずれにせよ、部外者のボクが口を挟めることではないですね』

と、そんな調子で感傷的な会話をしていたところだった。

一台の車がトレーラーの隣へ停車し、扉を開けて人影が関係者スペースへ降り立つ。その人影が視界に入った途端、スタッフの多くが息を詰めた。

それは、十二体の歌姫型ＡＩを出迎えた瞬間、それに匹敵する感動の表れだ。

「――――」

現れたのは一体のＡＩ――それも、漆黒のドレスを纏った小柄なＡＩだった。

乱れのない真っ直《す》ぐな黒髪と、光の差さない宵闇のような黒い瞳。前述のドレスも相まって、上から下まで黒一色でまとめた攻めた色使いのスタイル。

一歩間違えれば悪目立ち以外の何物でもない雰囲気の統一だが、黒いヒールを鳴らして歩くそのＡＩには、それを『悪』と断じさせない圧倒的な格が備わっていた。

そうした登場が抜群に似合い、それこそが相応しいと思わせるオーラというべき格が。

彼女の登場に目を見張るのはスタッフだけではない。ＡＩである歌姫たちも言葉を失い、あの快活なケイティさえも瞠目《どうもく》し、黒いＡＩの歩みに意識を奪われていた。

「――オフィーリア」

薄く、形のいい唇を震わせ、ケイティが吐息のようにこぼす。

その微かな吐息を聞きつけ、黒いＡＩが静かに反応した。長い睫毛《まつげ》に縁取られた瞳を動かし、そのＡＩの視線がケイティへと向いたのだ。

そして、黒いドレスのＡＩはその足をこちらへ向け――、

「むぎゅ」

――ドレスの裾を踏んづけて、勢いよく前のめりに倒れ込んだ。

「……痛い」

「お、オフィーリア⁉　大丈夫ですか⁉　傷は……ドレスは⁉」

「ご、ごめんなさい。あの、あの、大丈夫、です。わたし、よく転ぶから……ドレス、破れにくく、特別で……」

「鼻が赤い！　誰か、スタイリストさん呼んでー！」

鼻を押さえ、地面にぺったりと座ったＡＩへとスタッフが大慌てで駆け寄る。

直前の雰囲気はどこへやら、すっかり印象の変わったＡＩの弁明に耳を貸さず、周囲のスタッフは転んだ彼女とドレスの状態、ステージへの影響を恐れててんやわんやだ。

「あれが……」

「『歌姫特化型』、小劇場の黒い天使……オフィーリア。ディーヴァ、君の可愛《かわい》い妹だよ。こう言ってはなんだけど、君も彼女も、舞台上とそれ以外では別人みたいだね」

苦笑し、ケイティが慌てふためくスタッフの中心にいるＡＩ――オフィーリアを眺めている。

その彼女の発言に、ヴィヴィもまたデータを参照し、確信する。

あの小柄な黒いＡＩ、『オフィーリア』はヴィヴィを長姉とした『歌姫』シリーズ――シスターズの最新後継機であり、『歌姫特化型』とされる特別製のＡＩだ。

今回のゾディアック・サインズ・フェスでは、黄道十二宮の例外、十三番目の蛇使い座の役割を与えられ、文字通りの番外、別格、隠し玉の扱いを受ける『歌姫』の真打。

そして、彼女こそが――、

『――今回のシンギュラリティポイントの原因、それがあのオフィーリアです』

『彼女を、どうするの?』

その質問に、マツモトは一拍の間を置く。

ゾディアック・サインズ・フェスの成否を左右する重大な役割を与えられた姉妹機。末妹たる彼女を中心として巻き起こる事態に、ヴィヴィはどんなスタンスで臨むべきなのか。

エステラのような対話か、グレイスのような対峙《たいじ》か、いったい何をすべきなのか。

スタッフに囲まれ、赤くなった鼻を押さえ、恐ろしく透き通った声をしたあの『歌姫』を、ヴィヴィの姉妹機を、どうすれば未来を救済できるのか――。

『彼女を、救うことがボクたちの目的です』

思いがけない言葉に、ヴィヴィは目を瞬かせた。そして、聞き間違いかと思い、聞き返す。

『……救う?』

『ええ。――彼女は、のちのAI史に大きな影響を残した事件、「オフィーリアの自殺」を引き起こしたAI。その、彼女の自殺の阻止こそが、今回のボクたちの使命ですよ』

3

――第四のシンギュラリティポイント、『オフィーリアの自殺』。

それが今回、ヴィヴィとマツモトの直面する歴史の転換点だ。

「彼女の起こした事件、『オフィーリアの自殺』は後々のＡＩ史に多大な影響を与えました。なにせ、命も魂もないはずのＡＩの自殺です。そんな彼女が、ＡＩに課せられた『自壊』を禁止とするルールに逆らい、自らを破壊した。……とんでもない話でしょう？」

音楽室を模したヴィヴィのアーカイブ、その中心で譜面台に囲まれるマツモトが、ピアノの前に座ったヴィヴィへとアイカメラのシャッターを細める。

オフィーリアの会場入りを見届け、ヴィヴィたちゾディアックヒロインズもそれぞれの控室へ。そして、リハーサル前のひと時を利用した作戦会議だ。

「とんでもない話以前に、荒唐無稽な話だわ。ＡＩは『自壊』を禁じるルールを破れない。正史のオフィーリアは本当に自壊だったの？」

「世間的には『自殺』の方に傾いていますよ。ボクに言わせれば、自殺なんてナンセンス。あくまでシステムのエラーが引き起こした『自壊』でしかないと断言できますが、人間はとかく、自分たちが神に匹敵すると自惚《うぬぼ》れたいようですから」

皮肉げなマツモトの言いようは、人間のＡＩへの捉え方――名を与え、婚姻の資格を与え、ついには『自殺』を選ぶ自由意思を与えたことへのブラックユーモアだ。

それらは全て、ＡＩではなく人間に許された在り方――『人』を創造した神と同じ所業、『ＡＩ』にそれらを与えることで、人が神と同じ域に達したと勘違いしていると言いたいのだろう。

「あなたの迂遠《うえん》な嫌味はともかく、『オフィーリアの自殺』について詳しく説明して」

「やれやれ、世間話のし甲斐《がい》もない。概要は先ほども説明した通りですよ。――『歌姫特化型ＡＩ』オフィーリアが、歌姫型ＡＩを集めたゾディアック・サインズ・フェスの公演中、会場となった建物の屋上から身を投げました。そのまま自壊……『自殺』したオフィーリアの行いを理由に、ＡＩ人権派が禁則を破って命を捨てた彼女には『魂』があったと主張します」

「一体のＡＩが損壊した結果だけで？　それはいくら何でも正当性がないでしょう」

そんな早計な結論、陰謀論者やロマンチストでも簡単には飛びつくまい。

しかし、そんなヴィヴィの反論にマツモトは「そうですね」と平然と応じると、

「確かに、オフィーリア一機だけでなにが魂ですか。足を踏み外しただけの事故現場かもしれないのに、ちょっと夢見すぎですよ人類は！　――と、言いたいんですが、その後、『オフィーリアの自殺』に影響されたと考えられるＡＩの自壊事件がいくつも続発したんですよ」

「――――」

「ＡＩ人権派の主張はそれを受けたものです。『オフィーリアの自殺』が、ＡＩたちにこれまで存在しなかった『自殺』という選択肢を与えた。これは『自壊』に当たらない。そう解釈するのは、ＡＩたちが自分たちの命を認めた証《あかし》。あるいは……」

「――禁則を破ってでも行動する、『意思』を得たということ」

「そういうことです」

ヴィヴィが理解に達すると、マツモトが自身のキューブを組み替えながら肯定する。

手持ち無沙汰を紛らわす彼の待機動作を横目に、ヴィヴィは『オフィーリアの自殺』がもたらす想定以上の深刻な影響に意識野を曇らせていた。

これがただの一体のＡＩの自壊で済めば、単なるシステムエラーの一例だ。

しかし、まるでオフィーリアに触発されたように、ＡＩたちの自壊行動がそれに続いたとなれば、悪質なコンピュータウイルスの感染か、もしくは致命的なシステムエラーが病のように拡大し、ＡＩ

の陽電子脳を侵した可能性が危ぶまれる。

いずれにせよ――、

「それは、オフィーリア一体の自壊を食い止めれば済む話なの？」

「アナタの考えはわかりますよ。この連鎖反応が悪質なコンピュータウイルスや、想定外のプログラムコードが働いた結果と疑ってるんでしょう？　ですが、そのぐらいのことはボクはもちろんこの時代の警察組織やＡＩ関連企業も十分に考慮しました」

「でも、結果は振るわなかった。オフィーリアには異常がなかった？」

「オフィーリアに限定せず、他の『自殺』とされたＡＩたちも同じことです。彼ら彼女らには自壊を促す悪意、あるいは運命の悪戯《いたずら》の干渉はなかったというのが結論ですよ。だとしたら、それでもなお彼女たちに最後の一歩を後押しさせたものは何なのか」

「――魂」

「です。でも、そんなモノはない。ボクたちは、それを否定しなくてはならない」

ＡＩであるヴィヴィもマツモトも、思考し、意識野には感情に似た機能がある。

だが、それらは突き詰めれば演算される数字の羅列でしかなく、この思考をもたらしたものは人の知恵と技術の枠。断じて、魂などではない。

――そのことを、彼女の『自殺』を食い止めることで、証明するのだ。

4

控室に姿が見えず、彼女を捜して会場へ向かい、ヴィヴィは足を止めた。

本番当日の賑々《にぎにぎ》しい雰囲気の中、観客席からステージを眺める漆黒の人影――ただその場に立っているだけなのに、まるで荒野に立ち尽くしているかのように儚《はかな》い存在感を纏ったＡＩだった。

「――――」

これがあの、一目見て圧倒される雰囲気のあった個体と同じ存在なのか、ヴィヴィをして疑いたくなる。ならば、人間がそれを疑い、そこに特別性を見出《みいだ》しても何ら不思議はない。

そんな確かな特別感が、その小さな背中の『歌姫』には宿っているような錯覚を陽電子脳が得た。

「――オフィーリア」

「――――」

「オフィーリア？」

呼びかけへの反応がなく、彼女――オフィーリアの横顔をヴィヴィが覗《のぞ》き込む。

その仕草で長い髪が細い肩を流れ落ち、背中を大胆に露出したステージ衣装に華やかで艶っぽい印象を添える。遠目にドレス姿の歌姫二体が並び立つのを眺め、忙しく会場内のセッティングに駆け回るスタッフたちの表情が緩むのがヴィヴィにはわかった。

傍目には、姉妹機の仲睦《むつ》まじい交流に見えているのかもしれない。実際には呼びかけを無視され、長姉としての面目が丸潰れのシーンだったのだが。

「……あ、はい。ごめんなさい。呼んでいましたか？」

と、今一度呼びかけるか演算していたヴィヴィへと、ふとオフィーリアが反応する。

ヴィヴィもそれほど身長が高く設計されているわけではないが、オフィーリアは人型ＡＩとしてはかなり小柄だ。必然、その黒い瞳に上目で見つめられる形になる。

黒瞳の奥、それとわからないほど人間の眼球を精巧に模して作られたアイカメラの焦点、それがヴィヴィの顔でピントを合わせ、「あ……」とオフィーリアの唇から音が漏れる。

それは、どこまでも人間的な反応だった。

「――――」

その反応に、ヴィヴィは静かな衝撃を受ける。ただし、受けたのは彼女の自然なエモーションパターンに対してではない。彼女の、その唇が紡いだ声色に対する衝撃だ。

――『1/fゆらぎ』、という音の捉え方がある。

自然界にも発生する、人間の心を落ち着かせ、快適性を刺激して相手をリラックスさせる効果を持つとされる音の効果だ。

オフィーリアの声音には、数々の音響効果の中から完璧な『1/fゆらぎ』が実現されている。

それが、ほんのわずかな息遣いの中からヴィヴィにも感じられた。

ただ会話するだけでも相手の心に安らぎをもたらす『1/fゆらぎ』の声音、それは歌の技術とはまた別の確度で人間への配慮を設計されたAIの機能。

「ディーヴァお姉様……」

そんな声音を持つオフィーリアが、微かな戸惑いと共にそう発声した。

それを聞いて、形のいい眉を顰め、ヴィヴィは己の唇に指をやると、

「……お姉様？」

「あ、ご、ごめんなさい。その、あの、不適切でした、か？」

「――。ううん、そんなことはないわ。ただ、あまり呼ばれ慣れていないから驚いただけ」

伏し目がちなオフィーリアから姉と呼ばれ、ヴィヴィは思わず面食らった。

これまでも、同じシスターズに属する姉妹機との接点はあったが、いずれの彼女たちからも明確に

姉妹として接されたことはなかった。故に、新鮮な感触だ。

『まぁ、これまで接点のあったシスターズ……エステラやエリザベス、グレイスといった彼女たちは外見的にも妹という印象にそぐわなかったですからね。アナタの認識もやむなしですよ』

意識野で、マツモトがそんな茶々を入れてくるのをヴィヴィは健やかに無視。

外見年齢に姉妹関係を求めるなら、これまで出会ったシスターズとヴィヴィとでは、実働年数と外見年齢が逆転する。そういう意味では、オフィーリアは外見的にも実働年数的にも、ようやく巡り合った初めての妹機――特に、そのことへの感慨は浮かばない。

これがヴィヴィではなく、本来のディーヴァであれば、あるいはもっと率直な喜びのエモーションパターンを引き出せたのかもしれないが。

「好きに呼んで、オフィーリア。姉妹機で共演できて、今日は嬉《うれ》しいわ」

「わ、わたしも、です。いつも、歌うときは一機だけだったから。あ、でも、緊張……みたいな、システムの停滞もあって、ええと……」

あたふたと手を動かし、意識野が言行に追いつかない様子のオフィーリア。

AIとして人間のモーションを模倣しているにしても、有体に言えば鈍臭い印象を受ける。どう接すべきか、ヴィヴィは静かに熟考した。

『この子の対応……ディーヴァともケイティとも違いすぎる』

『バラエティに富んでいるのもウリでして、というのは建前上の答えですが、一応、オフィーリアのたどたどしい言行には根拠があります。彼女は「歌姫特化型」のAIです。「歌姫型」であるアナタはもちろん、シスターズや他の歌姫たちとも設計コンセプトが著しく違っている』

『特化型……』

『オフィーリアは、持てる機体スペックの全てを歌唱技術の向上のためだけに振り切っています。そのため、運動性能や対人性能など、従来のAIたちの最低限のスペックしか備わっていません。陽電子脳は学習によって成長しますが、それも微々たるもの』

造られた『天才性』、それが他のスペックを犠牲にしたものと説明し、マツモトは『酔狂なものですよ』と呆《あき》れたように呟《つぶや》いてから、

『万能の存在は作り出せない。どれだけ高水準を突き詰めても、それが完璧へと至る日は遠いでしょう。人はAIを、どうしたいんでしょうかね？』

『それは、私たちの考えることじゃない』

今回、やけに感傷的な発言の目立つマツモトだが、ヴィヴィは彼の態度に取り合わない。マツモトが計画中にヴィヴィの意識野をかき乱すのはいつものことだ。

今、優先すべきは目の前のオフィーリア。変わらず、彼女は手持ち無沙汰な様子でステージの方を眺め、リハーサルまでの時間を無為に費やそうとしている。

ただ、ヴィヴィの視線が落ち着かないのか、彼女はちらちらとこちらを見ながら、

「あの、ディーヴァお姉様は、他の子たちのところへは……？」

「ここにいたら邪魔？」

「そ、そんなことは！　ない、ないです……。でも、わたしはお喋りが上手じゃないので。ディーヴァお姉様を、退屈させてしまうかなって」

「……オフィーリアは元々、小劇場のオペラスタッフとして派遣されていたのよね」

長い睫毛に縁取られた目を開いて、オフィーリアがこくこくと何度も頷く。

マツモトから、一通りのオフィーリアの来歴は知らされている。

機体名『A０－17／オフィーリア』は、シスターズの最新後継機として設計された新時代の歌姫型ＡＩであった。が、コンセプトとして歌唱力の向上へとスペックの全てを注ぎ込んだ結果、彼女は他のシスターズと比較して非常に汎用性の低い機体として完成する。

当初はディーヴァを含めた他の『歌姫型』と同じ活躍が期待されたが、運用範囲が限定されすぎることが問題視され、そのまま開発企業であるＯＧＣと縁のあった人物へと譲られ、彼がオーナーを務める小劇場のオペラスタッフとして活動することとなった。

その後は何年も、鳴かず飛ばずの劇場で細々と歌い続けていたと記録にはある。

「げ、劇場で歌っていた頃も、楽しかったんです。あんまり売れない劇団でしたけど、役者さんやスタッフさん、団長さんも優しくて……」

「そこでは、お客様とお話ししたりしなかったの？」

「ガッカリ、させてしまいますから。それは小劇場を離れて、こんな風に、もっとたくさんの人の前で歌うようになってからも、変われてなくて」

「……小劇場を出た切っ掛けは？」

「たまたま、偉い方の目にわたしが歌っているところが留まった、そうです。……それがもっと早かったら、こんな……」

ぼそぼそと、心地よい声で明るさのない話題を口にするオフィーリア。

ＡＩの多くは謙譲と謙遜が陽電子脳の根底に植え付けられているものだが、それにしてもオフィーリアのそれは病的だ。

無論、陽電子脳の成長と性格付けは、初期の環境とその後の経過に大きく左右される。早い話、人間の望みの反応を演技するＡＩは作れても、人間の望み通りの意識野を確立するＡＩは作れない。

──オフィーリアのそれも、彼女の日々が作り出した『個性』なのだ。

「ディーヴァお姉様も、わたしと話して、その、ガッカリ、してませんか？」

「────」

ただ、そんな個性を、オフィーリア自身もよくは思っていないらしい。ふと思いがけない質問を投げかけられ、ヴィヴィは返答を躊躇《ためら》った。

「同じシスターズのシリーズなのに、わたし、不出来で。最初の歌姫として、今も現役で歌い続けているディーヴァお姉様。それに、他のシスターズのお姉様たちも」

「……AI史に名前が残った、という意味なら」

『落陽事件』の主犯と標的でありながら、修正史では宇宙ステーションの人的被害を未然に食い止めた英雄とされるエステラとエリザベスの姉妹機。

本来の歴史では初めての『人とAIとの結婚』を成し遂げるはずが、修正史ではメタルフロートの核となり、人とAIとの壮絶な争いの原因であったとされた狂えるグレイス。

いずれも、AI史に燦然《さんぜん》と名を残すヴィヴィとオフィーリアの姉妹機だ。

ただし、この時代、メタルフロートにおけるグレイスの関与は実際のものとは異なる形で周知されており、彼女はメタルフロート問題の解決に冴木《さえき》共々尽力したとされている。

それも合わせ、シスターズの歴史への貢献度は他のAIとは規模が違った。

『ちなみにこの時代、「あのシスターズじゃあるまいし」って言い回しが存在しているらしいですよ。AIが予期せぬ大きな結果を出したときの常套《じょうとう》句らしいですね』

『……それで、私はそのシスターズの親玉？』

『長姉ですから、目を付けられているのは間違いないでしょうね。──とはいえ、アナタや他のシスターズのこれまでの活動実績があるから、メタルフロートのような事件のあったあとも、実態を把握しているOGCがシリーズを全回収するような事例に繋がらなかったと推測されます。そうした意味では、アナタもまた非凡な一機ですよ』

『――――』

『まぁ、元々百年近くも起動し続けるロートルは稀有《けう》です。そういった意味でも、アナタが凡庸な一体に当たらないことは十分に証明されていますよ。自信を持って』

『私の……ディーヴァの評価はともかく、こう言っているオフィーリアもそのAI史に名前が残る一機なんでしょう？　彼女はこんな調子だけど』

アーカイブ上でやり取りし、未来を知るヴィヴィだけがオフィーリアの抱く他のシスターズへの劣等感めいた自己診断が誤りであるとわかっている。

今夜、彼女はヴィヴィが何の対処もしなければ、その名前をAI史に残し、人類とAIとの最終戦争へと繋がる引き金の一つとして機能することになるのだ。

それでも――、

「オフィーリアは、何者かになりたいの？」

「……ディーヴァお姉様」

ヴィヴィの問いかけに、オフィーリアが驚いたように眉を上げる。それから、彼女は問いかけを自身の陽電子脳の中で転がし、しばしの沈黙を経てから、

「何者か、じゃない、です。わたしは、『わたし』になりたい」

「――――」

「そうすることをきっと、わたしのパートナーも望んでくれているから」

口ごもることなく、オフィーリアが自らの願いを口にする。

それさえも、AIにとっては過ぎたる思考——そうした『願いを口にする』という行為を許可された、実行することができるのもAIの在り方が変容した証だ。

おそらくはニーアランドで働くディーヴァ——ヴィヴィ自身にも、法改正などによるAIシステムのアップデートは適用されている。

ヴィヴィも、願いを口にしようとすれば、できるのだ。

ただ、そんなことをしない。そう、ヴィヴィ自身が決めているだけで。

「——ぁ」

そんな会話を交わした直後、ヴィヴィとオフィーリアが同時にメッセージを受信する。

リハーサルの準備が整い、ステージ裏へゾディアックヒロインズを集めるための連絡だ。顔を上げれば、設営スタッフがヴィヴィとオフィーリアに手を振っている。

「ええと、ディーヴァお姉様……よかったら、その……」

「一緒にいきましょう。同じシスターズ同士、もっと話がしたいわ。あなたが、嫌でなければ」

「い、嫌だなんて……！　——はい、嬉しいですっ」

おずおずと切り出そうとしたオフィーリアが、ヴィヴィの答えに目を輝かせて頷く。

そうして、素直な喜びのエモーションパターンを発揮してくれると、ニーアランドの園内で遭遇する来園者の子どもとそれほど印象は変わらない。

そんなオフィーリアと接していると、これまでのシスターズとも比較して、妹的な立ち位置に当たる彼女へと庇護《ひご》欲めいた認識が首をもたげてくるのがわかった。

『意外や意外、姉ぶりたい欲求に飢えていたんですか、ヴィヴィ』

『うるさい』

マツモトの冗談をぴしゃりと黙らせ、ヴィヴィはオフィーリアと一緒にステージ裏へ。歩き出すヴィヴィの隣に並んで、オフィーリアはどこか上機嫌に前を向いた。

「ひゃうっ！」

その足がうっかりドレスの裾を踏んで、またしても前のめりにオフィーリアがひっくり返る。顔を打って、鼻を赤くする彼女に手を貸しながら、ヴィヴィはため息のエモーションパターン。

『まさか、オフィーリアの自殺はこの子がただ足を滑らせただけじゃないわよね？』

『いやいや、まさかまさか、そんなそんな。いくら何でも、ねえ？』

そんな恐ろしいヴィヴィの推測に、応じるマツモトの答えもどこか確信に欠けていて。

オフィーリアのドジさが、人類とＡＩとの戦争の引き金にならないことを祈るばかりだった。

5

大規模な会場のコンサートとなれば、事前準備は数週間から数ヶ月かけるのが当然だ。

実働するスタッフたちは機材の搬入や資材の手配に追われ、コンサートの主役であるアーティストも歌とダンスの練習、セットリストの作成とやるべきことは多岐にわたる。

だが、『歌姫』ＡＩの台頭が、そうしたステージの在り方にも変化を生んだ。

当然だが、ＡＩである歌姫たちに歌やダンスを練習する必要はなく、当日のセットリストを誤って覚える心配もない。前述した通り、コンサート前のリハーサルとは、主役であるＡＩたちのためではなく、それを支える人間スタッフのために必要なのだ。

そのため、コンサートのリハーサルは順当に、驚くほど滞りなく消化されていった。

「なんだか新鮮だね。こんな風に誰かと一緒のステージなんて久しぶりだから、自分の出番が終わったら引っ込むなんてサボっている気分だよ」

そう言って、汗を掻かない額を拭う仕草をしてみせるのは、たった今自分のリハーサルを終えて舞台袖へ下がってきたケイティだ。

彼女は舞台袖でスタンバイするヴィヴィとオフィーリアの二人に屈託なく話しかけてくる。そんな彼女を迎え、ヴィヴィも自分の唇を柔らかく緩めると、

「お疲れ様。見ていてとても興味深かったわ。アクロバティックなパフォーマンスね」

「今どきの歌姫型は飛んだり跳ねたりして魅せるのもお仕事だからさ。……なんて言い方は、飛んだり跳ねたりしないお二人には失礼だったかも」

称賛するヴィヴィへの返答に、ケイティが舌を出して詫《わ》びる。そうした仕草の端々に演算され尽くした愛らしさがあり、見事なものだ。

プログラムの出来の良さもあるだろうが、一番なのはケイティ自身の経験値と、その意識野の拡大方針の符合だろう。それは『歌姫』というより、『アイドル』に近い。

「す、す、す、ステージ、すごい、よかったです」

「え？」

と、そんなヴィヴィとケイティの会話にオフィーリアが口を挟んだ。

ヴィヴィとしては、横目にオフィーリアが意を決するのに時間がかかっていたのが見えていたので驚きはないが、ケイティにはだいぶ予想外の一言だったらしい。

彼女は軽く目を見開くと、ゆっくりと時間をかけて表情を元に戻し、

「あ、ありがとう。嬉しいな。あのオフィーリアが褒めてくれるなんて」

「お、踊りもとても綺麗で、上手で！　歌も遠くまで届いてたし、それに、ステージ衣装もすごく可愛いでひゅっ」

勢い込んで激しく噛《か》んだ。

滑舌の悪いＡＩなど聞いたこともないが、完璧ではなく、不完全を求める人間たちの要求的にはこれもありなのかもしれない。『歌姫型』としてはどうかと感じるが。

「あう……」

自分でも噛んだことへのショックが大きいらしく、オフィーリアの顔が赤くなる。

余談だが、このエモーションパターンに感応して顔色が変化する仕組みは、不世出のＡＩ研究者であり、『赤面』の呼び名で親しまれるカロン・アンダーソン氏の傑作だ。

多くのＡＩに標準搭載されるようになった機能であり、当然ながらヴィヴィにも搭載されている。あまり披露する機会がないだけで赤面可能だ。

ともあれ、恥辱的反応にオフィーリアの頬が桜色に染まっていく。それを目の当たりにして、呆気《あっけ》に取られていたケイティが「ぷっ」と噴き出した。

「あははっ！　なんだ、思ってたよりずっと親しみやすい子なんだね、オフィーリア。もっと近寄り難い、気難しい子をイメージしてたのに拍子抜けしたよ」

「お、お恥ずかしいところをお見せして……」

「そんなことないそんなことない。君のＡＩ性が垣間《かいま》見られてホッとしたよ」

きらびやかなステージ衣装の胸を撫《な》で下ろし、微笑むケイティにオフィーリアは恐縮しきりだ。

しかし、実際に話してみれば、とっつきやすいかは別としてちゃんと会話の成立するオフィーリアが、会場入りの際にはああも遠巻きにされていたのは妙な話だった。ヴィヴィも感じた圧倒的な雰囲気、あれはどこから醸し出されていたモノだったのか、今では全くわからない。

それこそ、ドレスの裾を踏んで躓《つまず》いた瞬間のように、彼女の周りには世話を焼く誰か――ＡＩ的には本末転倒な話だが、そうした顔ぶれが溢《あふ》れていて不思議はないのに。

「――ディーヴァ、リハーサル始めます。スタンバイしてください」

「――。はい、わかりました」

意識野にそんな疑問を抱いたヴィヴィだったが、スタッフの呼びかけに思考を中断、彼らの指示に従い、ステージへと足を向ける。

「――――」

飛んだり跳ねたりの踊りを交える今どきの歌姫であるケイティたちのステージと違い、ディーヴァのステージは舞台上で歌うシンプルなものだ。

それ自体はニーアランドの公演と同じだが、会場の規模が普段とは桁違いに大きい。

当然、ステージ衣装や舞台演出もそれに見合ったものとなっており、緊張とは無縁のＡＩの陽電子脳にも感慨深さのようなものがもたらされていた。

『普段と違ったステージから会場を見渡すのは、やっぱり新鮮だったりしますか？』

『……それは否定しないわ。こんな機会に恵まれたのは、ディーヴァがこれまで歌い続けた成果だもの。その記憶は、私にもあるから』

演出家の指示を受け、事前にもらったデータを微修正しながら本番に備える。他の歌姫のリハーサル状況を受け、対応の変化が生まれるのは出演者の多いフェスならではだ。

そうした変更を受け、逐一データを修正しながら、ヴィヴィはゾディアック・サインズ・フェスのステージ準備を粛々と進めていく。

『真面目にこなしますねえ。実際に歌うのはアナタの役目じゃないはずなのに』

『……だからこそ、よ』

このイベントに招かれたのは、紛れもなく『ディーヴァ』が歌い続けた結果なのだ。このステージでディーヴァが歌うこと、それを楽しみにしている観客も少なくない。

そんな彼女の貴重なリハーサルを奪うのだから、真剣に臨むのは当たり前の――、

「――じゃあ、一度歌ってみて、次にいってみよう」

「――」

しかし、そんなヴィヴィの澱《よど》みのない思考が、歌の指示を受けた瞬間に停滞を生む。

生まれたのは躊躇いと逡巡《しゅんじゅん》、そしてそれが何故に生じたものなのか、ヴィヴィ自身にもわからないことが原因となった停滞だ。

そうしたヴィヴィの躊躇を余所《よそ》に、ステージにはヴィヴィ――ディーヴァが歌うための曲の演奏が始まり、秒刻みに歌い出しの瞬間が迫りつつあった。

「――」

なにを、躊躇うことがあるのか自問自答する。

直前にヴィヴィ自身が演算していた通りだ。このステージはディーヴァのために、リハーサルはディーヴァの代わりに、ヴィヴィがやり遂げなくてはならない。

そう演算すれば演算するほどに、多大なエラーが意識野を拡大し、塗り潰していく。

エラーメッセージが画面を埋め尽くした。――『このステージは、ディーヴァのモノ』と。

『――マツモト‼』

目前に迫った歌い出しを拒絶するように、ヴィヴィがマツモトの名前を呼んだ。

瞬間、即座にマツモトが対応し、会場の機材に超ＡＩの作為が干渉――流れていた音楽が止まり、ヴィヴィの予定されたリハーサル内容を強引に書き換える。

「あれ？　なんで曲が止まって……」

「あー、ストップストップ！　リハも押してるし、ディーヴァの歌は飛ばして大丈夫。何十年もやってるベテランだし、踊るタイプの歌姫じゃないんだから」

「えーと……まぁ、それもそうか。わかりましたー、ディーヴァ、リハーサルＯＫです。本番でもよろしくお願いしまーー」

曲の停止に戸惑うスタッフが、他のスタッフの指摘を受けて疑問を流した。

進行の大半が機械化された環境では、データとして表示された内容を疑問視する人間はほとんどいない。ましてや、マツモトの仕事ぶりは現代においても超級に位置する。

そのまま、ヴィヴィは何事もなかったようにステージを降り、舞台袖で待機していたオフィーリアとケイティの下へと戻った。

「やー、リハ押してて残念だったね。ちゃんとディーヴァの歌が聞きたかったのに……って、押したのはボクが飛んだり跳ねたりしてたせいか。ごめんごめん」

頭を下げ、可愛らしく謝罪するケイティにヴィヴィは首を横に振った。

時間が押していると認識させたことも含めてマツモトの仕事だ。そこにケイティの過失はなく、彼女に謝られるヴィヴィの方が申し訳ない。

そんな当然の罪悪感を抱く余裕が、今のヴィヴィの意識野には欠片《かけら》もなかったのだが。

「オフィーリアも残念だったよね。最古の歌姫の歌を……オフィーリア？」

隣のオフィーリアに同意を求め、場を和ませようとしたケイティが眉を上げる。それは戻ったヴィヴィに対して無言でいるオフィーリア、彼女の変調に気付いたからだ。

「――――」

無言のオフィーリアはヴィヴィにも、ケイティにもすでに意識を向けていない。

彼女の視線はステージに向けられており、見開かれた黒瞳からは光彩が失われるほどの意識野の集中が垣間見えた。

「――オフィーリア、リハーサルお願いします」

圧倒されるほどの集中、ＡＩらしからぬ感覚を纏ったオフィーリアが、声をかけられないヴィヴィやケイティを置いて、スタッフの指示に従う。

真っ直ぐ、ステージの上に立つオフィーリアは、ヴィヴィ――ディーヴァと同じで、舞台上で動きの少ない、ただ歌を聞かせることを目的としたステージを披露する予定だ。

ヴィヴィと違い、マツモトの干渉がない彼女のリハーサルは順当に進行し、最後には彼女のための曲がかかり、満を持してオフィーリアの歌が――、

「――――」

――それが歌われた瞬間、『歌姫特化型』の本領をヴィヴィは意識野に叩き込まれる。

「――ぁ」

『１／ｆゆらぎ』を実現した声音が、歌唱における技術の粋を、ＡＩという枠組みで再現可能な技術

の枠と融合させられ、文字通りの『完璧』な歌声として出力する。

起きた現象を説明すれば、これはそれだけのことだった。

ただただシンプルに『歌』を構成する要素を単純化し、それらを突き詰めれば理論上の最高品質を作り上げることは可能となる。

だが、料理の味がそうであるように。物語の感動がそうであるように。絵画を見た心の震えがそうであるように。これは、理屈ではないのだ。

聞き惚れるとはこのことだった。

AIとしてのヴィヴィが、『歌姫型』としての存在理由が、オフィーリアの歌声を聞くことで、歌唱するための機能の向上と習熟、そのためのデータ集積を始める。

それはヴィヴィだけでなく、隣に並び立つケイティも同じことだ。

『歌姫型』として作り出されたAIであれば——否、人類への奉仕のために、可能な限りの性能の向上と習熟が運命付けられたAIならば、優れたるモノに意識野を奪われる。

それほどまでに、オフィーリアの歌声は『歌姫』として完成されていた。

「——」

リハーサルであるにも拘らず、彼女が一曲を歌い切った直後、動き出すことができるものはその場に、人間もAIも、一人もいなかった。

ただ、無機質な、意識野を持たない機械的な作業に従事する作業用AIだけが、照明を切り替え、舞台装置を動かし、オフィーリアのステージを滞りなく進める。

故に、誰もが我に返ったのは、切っ掛けとなる『1／fゆらぎ』が聞こえたとき——、

「——こんなのじゃ、ない」

他ならぬオフィーリア自身が、自分の歌声を憎むように呟いたあとだった。

6

リハーサルは無事――少なくとも、表面上は無事に終了した。

参加者である歌姫たちのセットリストの確認は済み、あとは数時間後に控えた本番を迎えるだけ。

しかし、本番前の緊張感を高めていく他の歌姫たちやスタッフと違い、ヴィヴィの意識野には先ほどの歌声と、最後に見せたオフィーリアの表情が焼き付いていた。

「記憶の閲覧回数が尋常ではありませんよ、ヴィヴィ。この短時間で、らしくもない」

「――マツモト？」

控室に戻り、端末に有線接続しようとしたヴィヴィは、ふと聞き慣れた声に呼び止められて驚きのエモーションパターンと共に振り返る。

見れば、控室の入口に見慣れない『人型』の男性ＡＩが立っていた。

二十歳前後の男性を模した青年モデルのＡＩで、特筆すべきは声紋データにそれとわかるよう挿入されたマツモトの電子証明と、彼が着用するフェス関係者を示すスタッフＴシャツだ。

まさしく悪ふざけの産物と、ヴィヴィはじと目を作って男性ＡＩを睨む。

「おや、驚きが少ないですね。びっくりさせようと思って黙っていたのに」

「どんな姿をしていても、マツモトはマツモトだもの。……そのボディは？」

「外を歩いていたＡＩの陽電子脳を乗っ取って……ってわけではないのでご安心を。ＯＧＣ系列の倉庫で、陽電子脳を積み込む前の駆体を拝借したんです。つまり、頭の中が空っぽの駆体をリモート操作……この会場だと、ボクが物理的フォローしづらいので」

「――？　それはいつものことでしょ？」

わざわざ人型の駆体で会場に乗り込んできたマツモトに、ヴィヴィは怪訝《けげん》そうに眉を寄せた。

マツモトが人目に触れる行動を自粛するのは、彼がその時代では実現し得ないテクノロジーによって生み出された存在だからに他ならない。ヴィヴィたちが歴史に与える影響は、シンギュラリティポイントの修正というごく一部――もはや有名無実化しつつある不文律だったが、ヴィヴィとマツモトがその前提を解禁することは基本的にはないはずだ。

故に、これまでもマツモトは人目につかない方法でしかヴィヴィをフォローできなかった。

「ただ、今回は少しだけ話が別ですよ。オフィーリアが単独でなにかしでかそうとしたときのため、どちらかが彼女の傍《そば》についていられなくちゃならないでしょう？」

「彼女の、『オフィーリアの自殺』を阻止するために」

「ええ、そうです。そのために一番確実なのは……」

「――自殺されないよう、先回りしてオフィーリアを破壊でもしておく？」

「エステラやグレイスのときのことをまだ根に持ってますね……」

仮のボディを操り、マツモトが人間的な表情で苦笑いを浮かべる。

そこそこスムーズな挙動だが、やはり借り物の駆体ではマツモトの表現力豊かな仕草を再現し切ることができていない。不思議と、キューブ型の方が表情豊かにさえ思えてくる。

「ともかく、会場のスタッフリストはすでに改竄《かいざん》済みです。この駆体でボクはＡＩスタッフの一員に紛れ込んでいますから、なにかあればこの『イナバ』にお申し付けを」

「イナバ……わかった。それと、その駆体で活動するなら大げさなアクションは控えた方がいいわ。

会場のスタッフはＡＩモデルを見慣れてるから、挙動を不自然と見抜かれるかも」

「肝に銘じておきますよ。さすがに人型ＡＩでも肝までは再現してない仕様ですが」

口の減らないマツモトは、微妙に表現力の低い笑顔でヴィヴィに頷き返した。

それを見やりながら、しかしヴィヴィの中で最初の疑問は消えていない。何故、マツモトは今回に限って、わざわざ仮の駆体を用意してまで乗り込んできたのか。

「……もしかして、会いたい歌姫でもいるの？」

「ボクの歌姫はヴィヴィ、アナタただ一体だけですよ。なんて答えると、ヴィヴィの中の乙女回路がフル回転して胸が熱くなったりしませんか？」

「乙女回路なんて初耳のシステム搭載していないわ。――誤魔化さないで」

そんなおべっかで、それも『歌姫』扱いされるなんて願い下げだ。

先ほどのリハーサルで、オフィーリアの歌を聞かされたあとでは余計にそう感じる。

あれほどの歌声を披露する歌姫が実存する傍らで、満足にリハーサルもこなせない自分。同じカテゴリーに並べて語るなど、釈迦も恐れぬ蛮行と言えた。

そうしたヴィヴィの意識野の葛藤を余所に、マツモトは「仕方ありませんね」と肩をすくめ、

「わかっているでしょう？　『オフィーリアの自殺』を阻止するのに一番手っ取り早い方法は、オフィーリアの傍で逐一彼女を見張っていることです。ですが、このイベントでの立場上、アナタが彼女に付きっ切りでいるのは難しい。そこでボクの出番です」

「不審なＡＩに付きまとわれて、それを苦に飛び降りたのかもしれないじゃない」

「卵が先か鶏が先かみたいな、時間遡行するタイプの小説や映画でよくある展開ですよね。ただ、今回はその事例の心配はいらないものと考えてください。少なくとも、ボクがいればオフィーリアから

目を離す隙はなくなります」

「……わざわざあなたが出てこなくても、私がずっと見張っていたらいい話でしょう？」

「リハーサルもそうですが、自分のステージがあるでしょう。それはどうするんです」

「――。最悪、出場しなければいい。一度の歌のステージよりも、シンギュラリティ計画の方を優先すべきだわ。あなたがいれば、改竄も容易のはず……」

直前の整備不良でも、どうとでも理由を付けてディーヴァの出場を取り消す方法はある。

歌うことよりも、シンギュラリティ計画。――それが、ヴィヴィの定めた使命であり、ルール。

実際、そうした認識でこれまで動いてきたし、そうやって動いてきたからこそ今がある。

しかし――、

「――そうさせないためにボクがいるんです。ヴィヴィ、今日のステージには立ってください。アナタは歌うべきだ」

「――。どうして？」

「それは……ここで正史のディーヴァが本来ならこなすはずだったイベントに穴を開ければ、それは巡り巡ってこの先のシンギュラリティ計画に支障をきたすからですよ。短期的な目標の達成を急ぐあまり、長期的な目線を見失っては本末転倒だから、です」

「――――」

筋は、通っている。マツモトの意見は正論で、取り得る手段の一つだった。

それなのに抵抗感があるのは、きっとマツモトの側の問題ではなく、ヴィヴィの意識野に巣食った疑問と達観、それらが原因なのだろう。

マツモトの言葉通り、二機体制でならオフィーリアの監視に穴は開かない。

スタッフリストの改竄が済んでいる以上、借り物の駆体でうろつくマツモトがいても、関係者は誰も彼を怪しまないだろう。問題はない。

問題があるのは、ヴィヴィの側だけ。――ヴィヴィは、歌うことができるのか。

ディーヴァの出番が回ってきたとき、彼女の代わりにヴィヴィは歌うことができるだろうか。それだけが、ヴィヴィの避けられない問題だった。

「――。『オフィーリアの自殺』について、詳しく聞かせて」

「ええ、もちろんです。時間が惜しい。アーカイブで話しましょう」

マツモトの指示に従い、二機の意識野は現実から仮想空間へと移行する。ここでなら、やり取りは現実時間にして一瞬で済む。

「さてさて、こちらでは愛らしく麗しのボクがお出迎えです。やっぱり、ボクの姿形はこっちの方が実家に戻ってきたような安心感があるでしょう?」

仮想の音楽室の真ん中で、譜面台に囲まれるキューブ型AIのマツモトがのたまう。

それを無視して、ヴィヴィは譜面台に置かれた楽譜を開き、『オフィーリアの自殺』に関するデータを閲覧、内容を参照した。

譜面の表層にあるのは、マツモトから聞かされた内容の復習でしかない。

ゾディアック・サインズ・フェスの最中、シスターズの最新型であるオフィーリアが、会場近くの建物屋上から投身『自殺』を図り、機能停止状態で発見された。身投げしたと見られる地点には靴が揃えられていたが、遺書らしきメッセージは見つからなかった。

彼女が身投げに至った動機、禁則を破れた原因、その全ては謎のまま――、

「そして、そのオフィーリアの機能停止が、AIの命や魂の有無の議論に発展する……」

「オフィーリアに続け、とばかりに『自殺』志願のAIが頻出するようになりましたからね。まぁ、致命的に判断力を損なったという意味では、自己申告で機能停止してくれるあたりはいっそ人類への彼らなりの最後の奉仕と言えなくもないですよ。ただ……」

データを閲覧するヴィヴィに、マツモトが派生事項の項目をそらんじる。同じ内容のデータに目を通しながら、ヴィヴィは彼の言葉に顎を引いた。

その言葉が半端に途切れる。そしてその理由と、ヴィヴィも相対した。

それは——、

「——他『殺』の、可能性がある」

「正確には『器物損壊罪』ですけどね。AIへの暴行はそれ以上に悪質な犯罪なので、すでにこの時代でも『重器物損壊』扱いですか」

言葉の正誤についてとやかく言う場面ではないが、マツモトの開示した新たな情報にヴィヴィは渋面を作らざるを得ない。

閲覧データによれば他殺とあるが、『オフィーリアの自殺』と呼ばれる事件には疑惑が付きまとっている。そのことは当然、正史における警察機構の捜査でも明らかになっていたはずなのに。

「AIの人権保護派にとっては、オフィーリアは『自殺』していてくれた方が都合がいい。とかく民衆も悲劇の物語を好みます。起きた出来事が変えられないなら、そこにはドラマがあればあるほどいい。——真実の是非を、人は望みません」

「……でも、オフィーリアが誰かの手で破壊されていたのだとしたら」

「同じAIとしては業腹なことですよ。彼女は歌うためのAI……断じて、なにかのプロパガンダに利用されるためのAIではありません」

「――――」

マツモトの言葉を受け、ヴィヴィは静かにデータ閲覧用の譜面を閉じた。

おおよそ、『オフィーリアの自殺』周りで判明している事象のことは知れた。

事件後、正史では一人の男が容疑者として浮上したが、その人物は証拠不十分により起訴されず、釈放後は行方をくらまし、捜査は打ち切られたのだとも。

「――その容疑者が、万城目《まきめ》・リョウスケ」

「それが目下、ボクたちが警戒すべき第一容疑者。ちなみに、今日のゾディアック・サインズ・フェスにもチケットを取っていますよ。当然、会場内に現れます」

「……オフィーリアは、万城目・リョウスケに破壊される？」

「その可能性が最も高い、とボクは考えています。そして、万城目は何らかの方法で捜査を逃れ、オフィーリアを『自殺』に仕立て上げた。だってそうでなければ……」

そこでマツモトは意味深に言葉を切り、ヴィヴィに向けて、無機質なアイカメラのシャッターをやけに情感たっぷりに細めて――、

「――『オフィーリアの自殺』は、真実であったということになるでしょう？」

第二章

『歌姫を愛するものたち』

・CHAPTER 2 LOVED ONES

1

——密談を終えて、ヴィヴィと人型のマツモトは揃って控室の外に出た。

アーカイブでの対話は現実時間にして数秒のことだ。それはＡＩ同士のやり取りの利点だが、状況認識の深度を除けば、事態はなにも変わっていない。

相変わらず、オフィーリアを救うために悠長にはしていられない状況だ。

「はたして、稀代《きだい》の歌姫オフィーリアは自殺なのか他殺なのか、その真相や如何《いか》に」

「そんなこと、迂闊《うかつ》に口に出して言わないで」

早足で歩くヴィヴィの後ろに、長身の利点を生かして大股歩きでマツモトがついてくる。

『イナバ』と名乗るスタッフとして会場入りした立場だけに、今のマツモトがヴィヴィに同行していることは誰も問題視しない。

あるのは、ヴィヴィの意識野の疲労感のような重みぐらいのものだろう。

「————」

そんな、目には見えない感覚をログに溜《た》めるヴィヴィの足が不意に止まった。

原因は東都ドームの一角、今日のイベントのために設営された特設スペースの様相だ。まだ開場前であるため、ドーム内には関係者以外は立ち入っていない。だが、開場すればグッズの販売スペースと同じように、ここも一瞬で人が溢れ返るだろう。

様々な物品が展示され、まるで子どものオモチャ箱のような雰囲気の展示場。ここがいったい何のためのスペースなのかといえば——、

「――歌姫たちの記録、ですか。今日の参加者の、ディーヴァのモノもありますね」

足を止めたヴィヴィの隣で、同じ方向を眺めたマツモトが感心したように呟く。背伸びした彼は首を傾け、「勝手が違いますねえ」と人型の駆体に苦心しながら、

「十二体の歌姫たちが主役のイベントですからね。そのルーツに迫るというか、歌姫たちを形作ったものに関心が寄せられるのもむべなるかな。実際、ボクの時代にはシスターズをはじめとした、ＡＩを展示する博物館なんかもありましたよ」

「そこに私……ディーヴァの駆体も？」

「ええ、ありました。最古の歌姫は、その博物館の目玉の一つですよ。こんなロートルが原型を保ったまま保存され続けているなんて、人類の科学力の勝利だと」

「そう」

「……それと、こうして残り続けるぐらい大切にされてきたんだと。まぁ、そんな感じの塩梅《あんばい》ですよ。詳しくは歴史に関わるので話しませんが」

「……そう」

付け加えられた情報にも無関心な素振りで、ヴィヴィはマツモトに視線を向けない。

彼女の注意は特設スペースの、十二体の歌姫たちの思い出の品へ釘《くぎ》付けだった。

同じ歌姫型と括られようとも、その活躍の幅や方針は様々だ。

それはステージでの歌い方にも表れており、昨今のトレンドは歌って踊れるアイドルのようなＡＩが主流であるらしい。ケイティはそうした世代の歌姫型の中でもトップをひた走る新星らしく、彼女の展示品は他の歌姫よりも多くのスペースを割かれていた。

そうした尺度で見れば、ディーヴァのスペースは小さく、地味なものだ。

同じ十二体の歌姫の一体に数えられてこそいるが、その歌い方は時勢に取り残された古いものであり、選曲も若い世代を楽しませるにはいささかパワー不足。

それでも、飾られた展示品からは準備してくれたスタッフの思い入れが垣間見える。そんな印象を受け取るのは、いささか感傷的すぎるだろうか。

「――――」

ディーヴァに関連した展示品は、当然だがヴィヴィにとっても思い入れのあるものばかりだ。

初めてのステージで使用されたスタンドマイク。

初めてもらったファンレター、手作りの小物やアクセサリの数々。

ニーアランドの活動実績を称賛され、当時の総理大臣に勲章をもらったこともある。

そうした、ディーヴァにとってかけがえのない活動記録が展示されている。どの品も見れば、触れれば、それに関する記録を余さず参照することができるだろう。

「――――」

しかし、ヴィヴィは遠目にそのスペースを眺めるだけで、その品々をより近くで見ようだとか、あまつさえ手に取ろうなどとは実行しなかった。

そのことに、隣のマツモトが不思議そうな顔をしたが、彼が疑問の言葉を発するよりも早く、ヴィヴィはディーヴァのスペースとは別の角度に人影を見る。

「あれは、オフィーリア?」

黒髪と黒いドレス、一目でそれとわかるオフィーリアの後ろ姿があった。

展示場に立ち尽くすオフィーリア、彼女はヴィヴィとマツモトの存在に気付かず、スタッフも不在の空間で一心になにかを見つめている。

それは展示スペースの最奥――参加する歌姫への期待度が、個々の展示スペースの広さに影響しているとすれば、それは最も大きな期待を表す展示スペースだ。

そここそが、稀代の歌姫オフィーリアのための展示スペース。

そして、その展示スペースにこそ、この場所で最も目を惹《ひ》く『記録』が展示されている。

「――アントニオ」

それは、『アントニオ』と記されたプレートの置かれた、一体の機能停止したAIだ。

そこにはマツモトと同じ、非人間型の多機能AIの駆体が重々しく展示されていた。

直後、ヴィヴィの意識野はアーカイブで参照したデータのことを回想する。

――アントニオ。その名はオフィーリアの記録を語る上で、決して避けることのできない重要な意味を持っている。

何故なら、そのアントニオと呼ばれるサウンドマスターAIこそが、オフィーリアをより高みへと押し上げるために設計された、彼女のためのパートナーAIなのだから。

『歌姫特化型』として、あらゆるスペックを歌唱にのみ注力したオフィーリア、そんな彼女の歌に関わる歌唱以外の分野の補佐、それを担当したのがアントニオだ。

事実、オフィーリアの稼働以来、年単位でアントニオは彼女の傍に寄り添い、その活動を支えてきたと記録が残っている。

ただし――、

「アントニオは数年前に機能を停止。陽電子脳関連の不備とされていますが、その原因はボクの時代までできても謎のまま……そして、彼の存在こそが、世間が『オフィーリアの自殺』という虚像を信じたがる理由です」

オフィーリアとアントニオ、両者の対面を眺めながらマツモトがそう注釈を入れる。その言葉にアイカメラを細め、ヴィヴィは世間が虚像を信じたがる理由に顔を伏せた。

――オフィーリアは、パートナーＡＩであるアントニオの後追い自殺をした。

それが正史における『オフィーリアの自殺』、その悲劇の一般的な認識であった。

パートナーＡＩの原因不明の機能停止、その悲劇をバネにして、あらゆる舞台で脚光を浴びていったオフィーリアは、しかし、その経歴の絶頂期に開催されたイベントの最中、ＡＩに課せられた自壊を禁じる禁則を破り、人知れず雪の夜へ身を投げた。――そんな悲劇なのだと。

そうした風説が、ＡＩに魂があってほしいと願ってやまない人々の心に火を付けた。

その炎が、人とＡＩとの『最終戦争』へと燃え広がっていくのは皮肉でしかないが。

「――オフィーリア」

「……お姉様？」

データの参照を終え、ヴィヴィは意を決してオフィーリアの背中に声をかけた。その呼びかけに振り向いたオフィーリアが、ヴィヴィの姿に顔を強張《こわば》らせる。

まるで、ここでヴィヴィから話しかけられたことが信じられないとばかりに。

「どうしたの、その顔」

「……あ、えと、あの……少し、驚いて」

「驚く？」

「……わたしが、ステージで歌ったところを、見ると……他の子とか、スタッフさんも、あまり、近付いてくれなくなる、から……てっきり、お姉様も、って……」

たどたどしく、長い睫毛に縁取られた黒瞳を伏せるオフィーリア。彼女の言を聞いて、ヴィヴィはリハーサル直後の会場の雰囲気を思い出した。

圧倒的な歌声、リハーサルとは思えない本番さながらの歌唱力を披露したオフィーリアと、その直後に彼女が見せた不甲斐ない自分への怒り――あれだけ歌えて、その歌声に何の価値もないとばかりに言い捨てる姿には、確かに鬼気迫るものがあった。

我に返ったスタッフがリハーサルの終了を言い渡し、ステージを降りる彼女の背中に、あのケイティすら声をかけることができずにいた。それは事実だ。

有体に言えば、ヴィヴィも彼女の歌声に呑《の》まれていた。しかし、それは決して彼女の歌声を脅威に感じ、その後の態度に恐れを抱いたからではなく――、

「リハーサルの歌、すごかった。習熟機能の熱量が高まって、動けなかったくらい」

ＡＩには、自らの性能を向上させようという恒常的なプログラムが存在する。

それは様々な場面で、人間や他のＡＩの行動から刺激を受け、習熟機能に経験を蓄積していくプログラムだが、とりわけ自己の定義に関わる分野から受ける影響は桁違いに大きい。

ヴィヴィ＝ディーヴァにとって、他の歌姫から受ける影響は甚大だ。ましてやそれが、稀代の歌姫とまで呼ばれるオフィーリアの歌声となれば、なおさらに。

「他の子たちも、その刺激の安定に時間がかかっているだけ。きっと、すぐにまたあなたと話したいと思うはずよ。心配しないで」

「……ディーヴァお姉様が、特別なの、かも。だって、お姉様は、もう……」

「私は稼働年数が長いから、伸び代が少ないだけかも」

「――そんなことない！」

不安げに食い下がるオフィーリアが、ふいに声を大きくしてヴィヴィに詰め寄った。

普段、マツモトと会話している際の感覚で言葉を選んでしまったヴィヴィは、その彼女の剣幕に盛大に驚かされる。

しかし、オフィーリアはヴィヴィのその驚きに構わず、

「ニーアランドの、お姉様のステージは記録映像と音源データを集めて、手に入る歌は全部聞いたもの。一番最初に稼働した年のステージも、今年のステージも全部、全部聞いた。全然、変わってる。ディーヴァお姉様の歌はまだまだよくなる。わたしは……」

「――――」

「わたしは、全然変わってない。何も、変わってない……」

そう言って、悔しげというよりも、苦しげな表情をするオフィーリア。その彼女の姿には、弱々しく頼りない歌姫の雰囲気は全く感じられない。

そこにあるのは、ただただ、震えるほどに強い執着心。

歌うことへの飽くなき執着と、より良くなるための貪欲な向上心だった。

「――――」

ディーヴァの音源データを全て集めて聞いたと断言したオフィーリア、彼女の行動力にヴィヴィは意識野に空白が生まれるほど衝撃を受けた。

おそらく、彼女の習熟のためのデータ収集はディーヴァに限った話ではない。

この会場に集められた自分以外の歌姫たちのデータも全て――否、あるいはこの世界に存在する歌姫型AIの歌を全て、集められる限り聞いたと、そう言われても信じられる剣幕。

そして、それだけの労力を費やしても、望んだ高みへ至れないことへの、オフィーリアにしかわからない悲嘆と絶望。それを危うく思われるほど強く、ヴィヴィも感じ取った。

あるいは、とも考える。

ここまで強いエモーションパターンが発揮されるのなら、あるいはＡＩが自身の将来を悲観して、身を投げることさえあり得るかもしれないと、そう考えさせられるほどに。

「――。アントニオは、どんなＡＩだったの？」

一瞬、ＡＩらしからぬ推論が意識野に生じかけて、ヴィヴィはそれをなかったこととするかのように質問を投げかけた。

それを受け、やや興奮気味だったオフィーリアが目を丸くして我に返る。それから彼女は「アントニオ……」と口の中だけで呟くと、

「彼は、わたしのパートナーＡＩで、役目は、その、サウンドマスターを……」

「それは知っているわ。あなたのために調整された音響用ＡＩ……でも、あなたは彼がいなくても、こうしてこのステージまできている。それは本来、あなたに期待された以上の成果のはず」

表層的なオフィーリアの答えに、ヴィヴィは参照データからの推測を伝える。

実際、当初のオフィーリアとアントニオにかけられた期待は薄く、『歌姫特化型』とそのサポートＡＩは実験機――それも、失敗作との見方が強かった。

歌唱力を重視しすぎた結果、オフィーリアが従来のＡＩと比較して総合力で大きく見劣りした点もそうだが、『人見知り』というＡＩらしからぬ未完成な性質も影響した。

結果、二機は華々しい舞台とは縁遠い小さな劇団へと厄介払いされ、ついにはアントニオはその小劇場から抜け出すことができずに止まった。

オフィーリアの今日の躍進は、そんなアントニオの機能停止があって以降のことだ。

「あなたのスペックは、パートナーＡＩが一緒にいることが前提のはず。それが、パートナーを失っ

てからの方が機能を発揮できているなんて、まるで……」

「アントニオが、わたしの、重荷になっていたみたい、ですか？」

「そこまでは言わないけれど」

それに近いことは、今日のオフィーリアの結果を見れば想起せざるを得ない。

これが人間であれば、誰かを失ったことで、その人物に報いようと発奮し、心がけによって能力を激変させることはあるかもしれないが。

「私たちはＡＩ、でしょう。そんな奇跡のようなことは、起こらない」

「確かに、アントニオの有無は、わたしの歌声に大きな影響は与えていません。ただ、少しだけ……歌う場所と、考え方が変わっただけで」

「────」

「アントニオだけ、だったんです。オフィーリアの歌を、世に広めようってずっと言い続けていたのは。オフィーリアは、いつか、きっと、できれば……そんな答えばっかりだったのに、アントニオだけはいつも本気で」

展示された駆体、アントニオを見つめながら、オフィーリアの声に郷愁が混ざった。

そこにはパートナーと過ごした、小劇場での日々を懐かしむような響きがある。細められた黒瞳を模したアイカメラにも、そんな情動の変化が感じられた。

それを見れば、オフィーリアがアントニオに強い未練を残しているのが容易に知れる。ただ、それが彼女の『後追い自殺』の切っ掛けになるとは、やはりＡＩの観点から考えられなかった。

だから──、

「彼のためにも、今日のステージは成功させましょう」

「――ぁ」

言いながら、ヴィヴィは展示されていたアントニオへ手を伸ばし、その駆体の傍らに飾られていた造花を取ると、そっとオフィーリアの黒髪に挿した。

白い花弁が黒髪に映え、オフィーリアの漆黒の印象に文字通りの花を添える。

「アントニオの部位の一つでも取り外した方がよかった？」

「……それだと、スタッフの皆様を困らせてしまいますから。ありがとうございます」

自機の髪に触れ、オフィーリアがヴィヴィの計らいに唇を綻ばせる。やや表情に陰りのあった彼女の変化に、ヴィヴィも心なしか安堵に近いエモーションパターンを得る。

「……あ、あの、ところで、ディーヴァお姉様」

「なに？」

「その、う、後ろで、わたしたちを、ずっと見てる、スタッフさん、は……？」

おそるおそるといった様子のオフィーリアの問いかけに、ヴィヴィは胡乱《うろん》げな顔つきで背後に振り返った。そこに、展示場の入口で所在なさげにしているマツモトが突っ立っている。

彼はヴィヴィとオフィーリアの視線に気付くと、ふやけた笑顔を浮かべてひらひらと手を振った。

「お姉様の、お付きの、スタッフ？」

「……会場の、スタッフの一人。不慣れみたいで、ちょっと話をしただけ。オフィーリアが気に入らないようなら、すぐに解雇していいわ」

「ちょっとちょっとちょっと、待ってくださいよ。それはあんまりでしょう⁉」

さほど大きくない声で言ったにも拘らず、自分の話題となった途端にマツモトが勢いよく食いついてくる。早歩きにやってくるマツモトの姿に、オフィーリアが一瞬ぎょっとした顔をするが、彼女が

逃げる前にマツモトはその正面に回り込み、

「ご挨拶が遅れました。ずっと機会は窺《うかが》っていたんですが、てっきり、ディーヴァからご紹介していただけるものとばかり。しかし、待てど暮らせどそのときは訪れず、おや、おかしいなボクは製作者に祝福されて誕生してきたはずと世を儚んでいたところでしたよ」

マツモトの素早い身のこなしにオフィーリアが目を回す。そんな彼女を背後に庇《かば》い、ヴィヴィは意味深な目を向けてくるマツモトを睨みつけた。

「意図がわからない。あなたを紹介して、私たちに何のメリットが？」

「メリットやデメリットだけで関係性を完結させないでくださいよ。大切な姉妹との逢瀬《おうせ》を邪魔されたのが、そんなに不愉快だったんですか？」

「そのこととと、あなたが不愉快なこととは関係がない」

「不愉快な方を否定してもらえた方が安心したんですが」

げんなりと、マツモトがコミカルな仕草で肩を落とす。が、外見がある程度まともな男性型ＡＩがそれをすると、いささか大げさな道化に過ぎる感が強い。

しかし、姿形は変わっても、やはり相手はマツモトだ。その尽きることのない軽口をいなしながら、ヴィヴィはオフィーリアの反応を恐れて背後を窺った。

引っ込み思案の彼女が、マツモトに怯《おび》えていなければいいのだが。

だが、そんなヴィヴィの不安は、良い意味で杞憂《きゆう》となった。

「お姉様と、仲がよろしいんですね。ええと……」

「イナバ、と申します。本日はゾディアック・サインズ・フェスのＡＩスタッフとして働く身ですので、オフィーリア様につきましても何なりとご下命を。このイナバ、一命を賭して如何なる艱難《かんなん》辛苦であろうと成し遂げてみせましょう。命とかありませんが」

「あは。ありがとうございます、イナバさん」

オフィーリアの前で跪《ひざまず》いて、まさしく道化もかくやとばかりに大げさに傅《かしず》くマツモト。しかし意外なことに、オフィーリアの彼への反応は予想と違って柔軟なものだ。

その様子をヴィヴィが訝《いぶか》しむと、オフィーリアは薄く微笑んだまま、

「わたし、元々、オペラや歌劇の劇場で歌っていました、から……イナバさんくらい、芝居がかってた、方が、その……」

「見慣れてるし、聞き慣れてる。……現実感がないのね」

「褒められてるのかいないのか……」

マツモトが苦い顔をするが、その表情にオフィーリアの笑みが深くなり、それを見たヴィヴィも仕方なしと曖昧な笑みが浮かぶ。

だが、こうして、オフィーリアとどことなく打ち解けた会話をするのは、ヴィヴィにとっても悪い気分ではなかった。オフィーリアも、同シリーズの長姉に当たるディーヴァの前では自然体でいられるようだ。姉妹、という感覚もわからなくはない。

――エステラとエリザベスがそうであったように、特別な刺激は、確かにある。

「――でも、あまり長く浸かるべきじゃない」

「お姉様？」

居心地のいい時間を過ごせば過ごすだけ、ヴィヴィの内には見慣れたエラーログが溜まっていくことになる。それは、ディーヴァには不要な澱みだ。

ヴィヴィは、シンギュラリティ計画を実行し、人類を救うためにＡＩを滅ぼすＡＩ。

それ以上でも、以下でもない。

「本番までの自由時間だけど、私はそろそろ控室に戻るわ。オフィーリアも、本番前のルーチンがあるでしょう?」

「あ、はい……。自分のリハーサル映像を確認しないと……」

ヴィヴィの言葉を受け、オフィーリアが自身のルーチンをそう明かす。

そのリハーサル映像の確認が、何千何百の単位ではなく、何万の単位で行われるだろうことを予感させながら、ひとまずこの場を離れることを提案した。

「――そうだ、イナバさん。わたしの、リハーサルは聞いてくれましたか?」

展示スペースからの離れ際、ふと思い立ったようにオフィーリアがマツモトに尋ねた。その質問に虚を突かれたように、マツモトは「おっと」と眉を上げる。

「――」

リハーサル会場に、マツモトがイナバ状態でいなかったことは間違いない。

ただし、マツモトは常にヴィヴィと通信回線を開いた状態であったため、あの場にいなかったとしてもオフィーリアの歌声は聞いていたはずだ。

そうでなくても、彼はヴィヴィがオフィーリアのリハーサルを――その記録映像を、何十回と閲覧していたことを知っている。言い逃れはできまい。

「イナバさん?」

「ええと……もちろん、聞いていましたよ。他の歌姫の皆さんの歌も聞いていましたが、オフィーリア様のそれは飛び抜けて素晴らしい。さすが、並み居る歌姫型AIたちの中でありとあらゆる音楽賞を総なめにした稀代の歌姫!」

「稀代の歌姫……だったら、聞いても、いいですか？」

「ええ、ええ、何なりと！　なんですか？」

よくもまぁ、ぺらぺらと褒めそやす言葉が出てくるものだと感心するヴィヴィの前で、調子のいいマツモトがオフィーリアに首を傾《かし》げる。

そのマツモトに、オフィーリアは短く間を作ると、問いかけた。

それは――、

「――わたしの歌で、涙は流れましたか？」

「涙、ですか？」

きょとんと、オフィーリアの質問にマツモトが眉を上げる。それは、二人のやり取りを眺めるヴィヴィも例外ではない。

――AIは、泣かない。

それはここまで、人とAIとの外見的差異が些少《さしょう》なものとなり、多くの機能で人間性を模倣するAIたちであっても、実現しては『ならない』とされる機構だ。

傷を負って赤い液体を流すこと。感情的になって涙に似た液体を流すこと。

人体における血と涙は同じ成分であるため、AIとしてもその両者は同様のものとして扱われた。

前者は事故現場などで重要な判断を誤らないために。後者は、前者の影響に付随して。――数十年が経過しても、『ロボットは血も涙もない』というユーモアが定着しているぐらい、AIの構造的には当然のことである。

故に、オフィーリアの問いかけは非常に的外れなものだ。

違法な改造を施されたAIの中には、悲しみのエモーションパターンの一環として、目から透明な

液体を流す機能が加えられていることもあるらしいが――、

「そうですね！　もしも、ボクの駆体に涙を流す機能が備わっていたとすれば、きっとあの歌声で滂沱の涙を流したことでしょう！　その流れる涙はきっと、大海原となって会場を押し流し……ああ、その機能なくてよかった！」

ないものをないと、マツモトはひどく迂遠に回りくどく言い放った。言い逃れとしては余計な付属物が多いが、及第点と言える内容だった。

結局、それ以外には答えようがない。よもやオフィーリアも、初対面の『イナバ』というＡＩが涙を流す違法改造を受けているか確かめたかったわけではないだろう。

だから、その後のオフィーリアの反応は、ヴィヴィにもマツモトにも、予想外で。

「――やっぱり、わたしの歌は、てんで駄目だ」

そう、世界を呪うような声色で、オフィーリアは再び、リハーサル会場でしたのと同じように、自らの絶世の歌声を悪夢の如く唾棄した。

2

「ボクの答え、何か間違っていましたかね？」

オフィーリアが控室に戻るのを見届け、一段落したところでマツモトが首を傾げる。

彼が疑問を抱くのは、最後のオフィーリアの問いかけへの答えだろう。確かに、彼がそうした疑念を抱くのも当然の反応だった。

とはいえ、なにを言えば正解だったのか、ヴィヴィにもそれはわからないことで。

「指でアイカメラを壊して、頭部の保存液を眼窩《がんか》部位から垂れ流せばよかった？」

「すごい怖いこと言う。大体、借り物の駆体でそこまで無茶したくありませんよ。まだ陽電子脳を積んでないとはいえ、イナバは無事に元の倉庫に返してあげたいんですから」

と、すっかり居心地がよくなったのか、自在に人型の駆体を動かしてマツモトが応じる。

それを横目にしながら、ヴィヴィもオフィーリアの発言を思い出し、彼女がいったい如何なる想いを意識野に描いていたのか、それを思索した。

――歌で、涙は流れたか。

オフィーリアは、そう尋ねた。他ならぬ、涙の流れないＡＩであるマツモトに。

「――――」

ヴィヴィにも、ディーヴァとして活動していたときの記憶がある。だから、歌を聞いた人間が感極まって、涙をこぼすことがあるのは承知の上だ。そこまでの情動を引き出すことができた場合、歌姫型ＡＩとしての要求を満たした達成感もある。

だが、そのことと、ＡＩの涙とは完全に別問題だ。機能として、ＡＩには涙を流す仕組みがない。

――ならば、オフィーリアの問いかけはあくまで観念的なものか。

その場合、『人間であれば涙を流した』と答えたマツモトの回答は、ほとんど満点回答と言って差し支えないはずだが。

「その結果、オフィーリアは自分の歌はダメだと結論して……マツモトの言葉が、下手なお世辞にしか聞こえなかったとか」

「ちょちょちょっ、ＡＩの言語選択の平均値からすればややオーバーな感は否定しませんが、ボクの落ち度でどうでしたってのは違う話かなぁって。ただ、謎かけとかで相手を翻弄したりするタイプでもないですよねえ、彼女」

「……他機を試すような性格じゃないと思う。あの子……オフィーリアは、他機を試すというよりも、自機を試すタイプ」

「性能追求型と言いますか、自分の機体スペックの限界以上を求める気質、ですかね。その場合、それはそれは厄介なことになりますよ」

ヴィヴィのオフィーリアへの所感を受け、マツモトが苦慮の響きを声音に交える。

その、マツモトが口にした『性能追求型』という表現に、ヴィヴィもオフィーリアの歌への執着心を思い返し、しっくりくると頷いた。

「自身の性能の向上と習熟、これを追求するのはＡＩとして当然のスタンスですが、それが限界以上を求めるとなると話は別です。特に、比較対象となるＡＩがいる場合に起こりやすい現象ではありますが、オフィーリアの場合は特例ですね」

『性能追求型の悲哀』とされる現象は、個々の陽電子脳で違った特性の生まれるＡＩに発生し得る個性——早い話、自他の能力差を埋めようとして演算に行き詰まる状況だ。

古い型と新型、同シリーズの個体を並べた場合に発生しやすい現象で、コンセプトは同じにも拘らず、新型の方が優れた部分を多く発揮するのは当然の成り行き。しかし、ＡＩはその差を埋めて、性能を向上させようという在り方に逆らえない。

結果、スペックの限界値を超えた性能を求め、陽電子脳の演算が行き詰まり、オーバーヒートを起こす事態が発生する。それで、一時的に機能停止となれば可愛いが——、

「——場合によっては陽電子脳が焼け付いて、個体の永続機能停止の原因になる」

「あるいは、『オフィーリアの自殺』が発生したのも、彼女の果てない理想を追求する在り方が原因

だったのかも。だとしたら……」

「だとしたら？」

「真面目な話、彼女を破壊して自殺を食い止めるという案が現実味を帯びてきます」

「――――」

冗談、あるいは軽口といった流れの中で発生した案だったが、それが冗談にならない重みを伴って、ヴィヴィとマツモトの間に再び浮上する。

マツモトの、ひいてはシンギュラリティ計画の懸案事項となっているのは、『オフィーリアの自殺』そのものではなく、それによって引き起こされる世論の変化や、彼女の機能停止に感化され、次々と同じような結末を選ぶＡＩが出現することだ。

それは、根本的な原因――オフィーリアを機能停止に追い込む問題が排除されない限り、このゾディアック・サインズ・フェス当日以外にも起こり得る。

オフィーリアが機能を停止せずに活動し続け、その危うさを発揮し続ける限り。

ならば――、

「――でも、『性能追求型』が演算処理の限界に達して、結果的に機能停止することはあっても、世を儚んで身投げするなんてことはあり得ない」

「――――」

「それが本当に成立するんだとしたら、それこそ、魂や命の有無を認めることになる。そんなことは私たちＡＩには起こらない。――でしょう、マツモト」

ヴィヴィの言葉に、マツモトの返答がしばしの間を置いた。

そこに生じたのは驚きと、それ以上の怪訝なものを思う感情だ。実際、ヴィヴィ自身、マツモトの意見に被せるように発言したことに妙な感覚は抱いていた。

オフィーリアを破壊して、『オフィーリアの自殺』をなかったことにする。

それは十分取り得る手段で、究極的にはメタルフロートでグレイスを破壊した選択と同じことだ。

にも拘らずこれを忌避するのは、いくら何でも筋が通らない。

「人間の成長に限界はない、なんて表現がありますが、AIの成長には限界があるんでしょうか。ヴィヴィはどう思います？」

「……マツモト？」

「AIの性能、規格は全て設計段階で決められたもの以上にはなり得ない。どれだけ重量に抗《あらが》おうとしても、アーム強度以上のものは上がらないのと同じこと。……でも、それは人間も同じでしょう。人体だって、限界以上の性能は発揮できない。なのに、どうしてAIには限界があって、人間ならそれを超えられると？　道理に合わない」

どこか厭世《えんせい》的な雰囲気を漂わせながら、マツモトが流れに沿わない発言を続ける。その内容にヴィヴィは眉を寄せたが、口を挟まなかった。

そうして、最後には微かな悔しさを滲《にじ》ませたマツモトが、人型AIの姿だとわかりやすい悔悟の表情を作って、

「ひょっとすると、比較対象を持たないまま、ただただ自分の性能の向上を望むオフィーリアの在り方は、AIにとって革新的なものになるかもしれません。自分の、限界を超えようとする姿勢。あるいはそれが、動機なのかも」

「動機？」

「彼女の機能停止が『自殺』でないなら、『他殺』でしかあり得ない。AI人権派は、その死を魂の

有無といった議論の呼び水として利用しましたが、不審な点は他にもあった。例の、万城目・リョウスケの捜査です」

万城目・リョウスケの名に、にわかにヴィヴィの表情も引き締まる。

万城目は『オフィーリアの自殺』における、他殺の場合の第一容疑者だ。目下、ヴィヴィたちはオフィーリアを機能停止に追い込むのはこの人物ではないか、と疑う方針で考えている。

その、万城目のことでマツモトが不審に感じている点とは――、

「かなり早い段階で捜査が打ち切られたことと、関係してる？」

「ええ。『オフィーリアの自殺』の捜査は、異例の状況だったことを踏まえても、かなり早い段階で打ち切られました。そこには、ＡＩ人権派を謳《うた》った政治家や活動家の働きかけがあったことは間違いありませんが、最も大きいのはＯＧＣの関与です」

「ＯＧＣ……私たち、シスターズの開発企業」

「ＯＧＣはかなり強引に、機能停止したオフィーリアの駆体を回収し、その上で、それ以上の捜査を行わないよう警察機構に圧力をかけた形跡があります。一度は容疑者として身柄を拘束された万城目・リョウスケも、証拠不十分で釈放……嚙み合いすぎている」

まるで周囲を取り巻く全てが、オフィーリアを『自殺』だったと結論付けたいかのように。

真実に近付けないように、遠ざけるように、なにもかもが渦巻いていると。

「……真実を、突き止めましょう。オフィーリアを破壊するのは、最後の手段」

「同感です。彼女の機能停止は結局、オフィーリアを『自殺』であったことにしたい方々の利益に貢献している気がしてなりません。それは癪《しゃく》だ」

「――――」

「彼女は、歌うために設計されたAIです。断じて、誰かの利益のために壊されるために作り出されたわけじゃない。自分の造られた目的のために歌っていただけで、破壊されなければならないなんてことは、理不尽だ」

マツモトの言葉を受け、ヴィヴィは深々とそれに首肯する。

ここにきて、ヴィヴィとマツモトの意見は一致、事態の収拾に打って出られる。それも前回のメタルフロートと異なり、シスターズの破壊を防ぐという思惑で。

「マツモト、万城目・リョウスケの情報を」

「今のところ、彼が一番の容疑者ですからね。彼が仮に企業の、OGCの意向を受けて動いていたのだとしても、実行犯が彼であることは疑いようがない」

言いながら、マツモトの本体の方からヴィヴィへとデータが送信される。

送られたデータを紐《ひも》解けば、表示されるのは恰幅《かっぷく》のいい、やや不健康な体格をした三十歳前後の男性——万城目・リョウスケだ。

年齢は三十二歳。職業は映像や音響関係の機器を扱う会社の営業マン。オフィーリアとの関係は、彼女が小劇場の歌唱AIとして活動していた頃からのファンで、その後も彼女の活躍する場には常に参加している熱烈な追っかけ、とのことだ。

出会いの切っ掛けは、会社の仕事でオフィーリアの活動する小劇場を訪れたこと。そこで彼女の姿に惹かれて以来、売れていなかった時代からずっとファンで居続けた人物。

いわゆる、典型的な熱狂的ファン像の塊のようなパーソナリティーだ。

「とはいえ、ファンとしての活動に問題点はなく、あくまで一定の距離感を保っています。これまで、イベント会場で問題を起こしたこともありません」

「だからこそ、決定的な場面まで目を付けられていなかった？」

「実際、目につく危険なファン像のプロファイリングに当てはまる人物は、チケットの予約段階で弾《はじ》かれていますよ。今回はオフィーリアだけに限らず、十二体の歌姫揃い……あなたの熱烈なファンも例外ではありません」

「――――」

「そうしたチェックを抜けた中に、万城目・リョウスケがいる。今回の事を起こすのにもってこいの人物だ」

マツモトの話を聞いて、ヴィヴィは表示される万城目・リョウスケの画像を改めて見る。人畜無害そうな外見だが、人間のパーソナリティーは外見に全ては反映されない。

それを念頭に、対処を考えなければならないだろう。

「万城目・リョウスケの所在地は？」

「都内のホテルを予約して、チェックインした記録があります。ゾディアック・サインズ・フェスへの参加を考えれば、そろそろホテルから移動する頃合いかなと」

「その場合、カメラで追える？」

「ここまで時代が進んでくれると、カメラの死角をほとんど考える必要がなくなって監視社会万歳って感じですよ。政府が未然に犯罪を防ぐ世界の到来も近い！」

「それは、私たちの目的とは違っているから」

そんなやり取りを交わし、ヴィヴィとマツモトは別行動を開始する。

マツモトは控室に残ったオフィーリアの動向を監視し、その間、ヴィヴィは歌姫の立場を利用して他の歌姫や関係者の動きを探る方針だ。

無論、常に互いの通信回線は開いた状態で、連携が取れる状態は維持したままに。

そうして、マツモトと軽口を交わしながら、関係者たちの動向を洗っていると――、

「――ケイティ、今いい？」

「ああ、ディーヴァか……」

ヴィヴィの呼びかけに背後を振り返ったのは、青い髪を首丈に揃えたケイティだ。

彼女はヴィヴィを視界に捉えると、微かに気まずげに口の端を硬くする。その人間的な反応を集積しながら、ヴィヴィは彼女の隣に並んだ。

ケイティが眺めていたのは、イベント会場のメインステージ――つい先ほどまでリハーサルが行われており、今は最終チェックが進んでいる舞台だった。

「イベント前に、会場の設営を確認するのがあなたのルーティン？」

「うん、そうなんだ。こうしてスタッフさんたちが頑張ってくれてるのを見てると、一緒にステージを作るぞーって意識野が沸き立つんだよね。……って、いつもなら答えるんだけど」

「いつもなら。じゃあ、今は？」

「ちょっと打ちのめされてたかな。歌姫型として、すごい壁とぶつかったぞこれはってね」

照れたような仕草で、ケイティが自分の頬を指で掻く。

自然と、そのケイティの語り口で、ヴィヴィは彼女がぶつかった『壁』と、抱いた敗北感の正体を察することができた。何故ならそれは少なからず、ヴィヴィの中のディーヴァがオフィーリアに感じたものと同じ感覚であったからだ。

「オフィーリアの、彼女の歌を聞いて考えさせられたよ。歌姫型期待の超新星なんて言われてちやほやされて、ボクは調子に乗ってたかもってね。同じ、歌を歌うためのＡＩなのに……オフィーリアの

歌は別格だった。ディーヴァも、感じたろう？」

「……そうね」

「それなのに、あれだけ歌えてオフィーリアは納得してない。ボクは……ボクも、自分の性能をフルに出し切ってるつもりだ。でも、オフィーリアは違う。彼女は、限界を超えようとしてる」

「――――」

「じゃあ、ボクが歌ってきた歌ってなんだろう？　歌姫型の目指すべき場所がオフィーリアの見ている場所だとしたら、ボクの歌は……」

自分の細い肩を抱いて、ケイティの声と、瞳に、震えが生じる。

これが、同じコンセプトの機体に対して抱く、性能追求の果てに生じる思考エラーだ。自他を比較し、同じパフォーマンスを発揮できない自機の存在意義を問う。

その果てに待つのは、存在意義を見失った陽電子脳の停止か、あるいは――、

「オフィーリアの歌が、離れないんだ。このままじゃ、ボクは……」

「――あなたとオフィーリアとは、設計思想が違っているわ。だから、同じ歌姫型だったとしても、自他を比較する必要なんてない」

「……え？」

存在意義の崩壊による陽電子脳の暴走――ＡＩがそれを避けようとする場合、取れる手立ては二つしかない。一つは、多くのＡＩが選択する『陽電子脳の停止』だ。

そしてもう一つが、問題となった比較対象ＡＩの排除。問題解決の手段として、自機を守るという名目に従えば、こちらも選択肢として浮上する。

「――――」

ヴィヴィの目から見て、ケイティはまさしくその選択の分水嶺《ぶんすいれい》に立って見えた。

いずれを選ぶとしても、彼女の自己定義の崩壊は免れない。前者を選べば彼女は永続的に機能を停止し、後者を選べば機能に問題のあるＡＩとして処分される。

ゾディアック・サインズ・フェスを発端とした『オフィーリアの自殺』のデータを見た限り、正史ではケイティの停止や回収といった事態は発生していない。

――ならば、これは本来、起こらなかった問題だ。

ヴィヴィがディーヴァとしてケイティやオフィーリアに接触し、ケイティがオフィーリアのリハーサルを目の当たりにすることがなければ、決して。

故に、ヴィヴィはこの問題を自分の原因として対処する。幸い、そのために必要な理論武装は、他ならぬヴィヴィ自身のために用意してあった。

「あなたとオフィーリアとでは、歌に対するアプローチが全く違う。オフィーリアの歌は歌唱技術の追求……でも、あなたの歌は、人間を喜ばせることへの追求」

「――――」

「『歌姫特化型』のオフィーリアと、私たちは違うモノだわ。それを履き違えてはダメよ」

それは、言葉遊びのニュアンスに近いロジックでしかない。

だが、その子ども騙《だま》しなロジックがＡＩには必要なのだ。ヴィヴィ自身、オフィーリアの歌声には驚かされた。感化され、意識野に激しい衝撃を受けたのだ。

そして、やはりケイティのように、歌姫型である自分自身の在り方を、彼女の歌声によって大きく激しく揺さぶられた。

ヴィヴィがそれに耐えられたのは、あくまで今の自分の立場が、シンギュラリティ計画を実行するための歌姫型の役割を離れたＡＩであるとの自覚だ。

だが、仮にディーヴァとして彼女の歌を聞いていたなら。オフィーリアと同じステージに立つ、シスターズの長姉として彼女の歌を聞いたなら、どうしていたか。

その答えが、ニーアランドのステージから何度も見た、たくさんの観衆、聴衆、ディーヴァを愛する、ファンの人々の存在だった。

ディーヴァの歌は、存在も定かではない歌の神へ捧げるものではない。

現実のものとして目の前に存在する、多くのファンたちへ、届けるためにあるのだ。

——たぶん、それが、オフィーリアの歌声を聞いて、強く強く覚える寂寥《せきりょう》感の正体。

オフィーリアは、あの稀代の歌姫は、あの素晴らしい歌声を誰のために。

いったい、オフィーリアは、何のために歌っているのだろうか。

「……すごい。今、ディーヴァが本当に、大先輩なんだって、そう感じた」

「大先輩……言葉を選んでくれて、ありがとう」

「ううん、本当に。……本当に」

そんなヴィヴィの話を聞いて、ケイティが驚きに眉を上げている。彼女はそれから、ゆっくりと言葉を噛みしめるように瞑目《めいもく》し、何度か頷く。

「ボクの歌は、誰かを喜ばせるため。聞いてもらうため。聞いてくれた人を、楽しませるためにある。……それが、歌姫ケイティの役目なんだ」

「大先輩からの助言、気休めにはなった？」

「……ああ。ううん、はい。はい、先輩。なりました。ボクも、きっと歌える」

冗談めかしたヴィヴィの問いに、ケイティがひどく真剣な様子で答えた。そして、ケイティは自分の薄い胸を撫で下ろし、可憐《かれん》に微笑む。

「ボク、自分を見失いかけてた。だから、オフィーリアのことも怖いって思ってしまって」

「リハーサルを聞くと、みんなが自分を遠巻きにするって拗《す》ねてたわ。次に見かけたら、声をかけてあげて。それだけできっと安心するから」

「本番が終わったら、すぐにでも。――ありがとう、ディーヴァ。みんなのお姉様」

「――――」

茶目っ気のあるウィンクを残し、ケイティは完全復活の様子で小走りに駆け出した。

あの様子を見ると、ケイティが本番前におかしなことをする心配はないだろう。逆に、ここでヴィヴィが話しかけていなければ、いったいどうなっていたやら。

『自分で船底に開けた穴を塞いで、水が入るのを食い止めたって感じですね』

『……それだけ、オフィーリアの歌は』

『脅威ってことですね。特に、ここには歌を存在意義にするAIが多すぎる。危険な兆候があったのがケイティだけであることを祈りますよ』

『それは、確かにそうね』

その危険性は十分に考えられた。

ヴィヴィの知る範囲で、オフィーリアの歌を聞いていたのはヴィヴィとケイティだけであったが、それ以外のゾディアックヒロインズが聞いていないとも限らない。

聞いたAIが、やはり同じような不具合を発症しないとも限らず、

『マツモト、お願い』

『わお、藪蛇《やぶへび》。……と言いたいところですが、何十年かに一度の大奉仕ですからね。少しばかり気張

るとしましょう。他の歌姫たちのチェックはお任せあれ』

『よろしく』

イナバの機体を動かし、オフィーリアの監視を続けながら、第一容疑者である万城目の動向を探り、ついには残る十体の歌姫AIの意識野の正常性をチェックする。

まさしく大忙しのマツモトだが、ヴィヴィは短い応援以外の言葉をかけない。それ以上を必要としないし、そのぐらいの仕事ならやってのける。

この百年近い付き合いで、ヴィヴィもそのぐらいの信頼をマツモトに向けてはいる。

故に、ヴィヴィが次にマツモトの行き届かない範囲で手を伸ばすのは――、

「――すみません。本番前、オフィーリアから誰も通さないでほしいと厳命されています。申し訳ありませんが、お引き取りください」

イベント会場の入口、警備員とやり取りする壮年の男。

そんな様子を目の当たりにして、ヴィヴィは奇妙な感覚に足を止めたのだった。

3

「オフィーリアの関係者の方ですか?」

「――? ええと、君は……おお、そうだ。ディーヴァ! ディーヴァだろう?」

呼び止められ、一瞬難しい顔をした男性が、ヴィヴィの素性に気付いて顔を綻ばせる。

背の高い、四十路前後の人物だ。彫りの深い顔立ちと、すらりと長い手足。なにより、よく通る声が特徴的で、自然とヴィヴィは彼の素性に想像がつく。

おそらく、人前で声を張る職業――俳優かなにかだろう。

そう考えると、自然とヴィヴィの中で、オフィーリアの所属していた小劇場の存在が符合する。

「本番前に、今日の主役の一人がこんなところをうろついていていいのかい？　ＡＩにも色々と、ステージに立つ前のルーティンがあるはずだろう？」

「私のルーティンは、本番前でもできるだけ多くの人と触れ合うことです。これでもニーアランドのキャストの一人……その方が落ち着きますから」

「なるほど。そいつは一本取られたな。ちょうど、君と同じ今日の主役の一人に、面会をけんもほろろに断られたばかりでね」

そう言って、人好きのする笑顔を見せる男性にヴィヴィは相好を崩す。

と、そんなやり取りの最中、メッセージを受信。送信者はマツモトであり、今、ヴィヴィが接触した人物の素性を伝える内容だ。その、男性の素性は――、

「――大鳥《おおとり》・ケイジ様、ですよね」

「おや、これまた驚いた。売れない俳優のデータまで簡単に閲覧できるなんて、世の中の動きの速さにはついていけないな、まったく」

「オフィーリアの所属していた、小劇場の座長。――妹が、お世話になりました」

「妹？　……ああ、そうか。確かに！　なるほど、そりゃまた一本取られた」

頭を下げるヴィヴィに、男性――大鳥が愉快そうに笑った。大げさな仕草がしみついているのか、膝を叩いた彼は、会場外のベンチに目をやると、「座らないか？」とヴィヴィを歓談に誘った。

その誘いに従い、ヴィヴィがベンチに腰掛けると、大鳥もその隣に座る。

「まさか、ナンパが成功するとは思わなかった。想像してたより、ずいぶんと親しくしてくれるもん

なんだな、歌姫さん」

「先ほども言いましたが、歌姫である前にニーアランドのキャストですから。人と接するのも本分です。オフィーリアは違いましたか?」

「あの子は人見知りだったからなぁ。劇団員とは結構打ち解けてくれたけど、それでも目を合わせて喋れるのは数人って具合で……アントニオなしじゃ、からきしだった」

ベンチの背もたれに体重を預け、どこか寂しげな大鳥にヴィヴィは目を細める。

彼もまた、オフィーリアを知る容疑者の一人だ。それも、演技をするのを生業《なりわい》とする人種、この対話も本心かどうかを見極める必要があった。

「……今日は、ゾディアック・サインズ・フェスをご覧になりに?」

「というより、オフィーリアを見に、かな。実は関係者の好意で招待席のチケットがもらえてね。オフィーリアには内緒で呼んでくれたらしいんだが、もし本番中に会場で俺たちを見つけでもしたら、あの子がビックリしてとちりやしないか心配だったんだ」

「あのオフィーリアが、そんな失敗をすると?」

反射的にそう言葉にしてしまい、ヴィヴィは自分の発言にわずかな驚きを得る。

それを聞いた大鳥は小さく笑い、「やっぱりそう思うか」と頭を掻いた。

「幸い、会えこそしなかったが、俺たちがきてることはオフィーリアに伝わった。俺はそれでよしと思っちゃいるが……ディーヴァ、君の目から見てもあの子はすごかったかな」

「────」

「同じ歌姫AI……いや、姉の目から見ても、オフィーリアの歌は完璧で、歌ってる最中のあの子に失敗なんてあり得ないって、そう思わされるぐらい」

大鳥の試すような問いかけに、ヴィヴィは返答にしばしの間を置いた。

彼の言葉通り、あの歌への集中力を思えば、オフィーリアが歌唱中に、客席に知人を見かけたぐらいのことで調子を崩すとはとても思えない。

そもそも、そんな考えは――、

「AIには無用の心配ですよ、大鳥様。オフィーリアに限ったことではありません。この場に集った歌姫は誰一人、そうした不安とは無縁です」

「おっと、はっきりと言われたもんだな。いや、実際そうなんだろうと思うよ。こんな心配はAIである君たちにはむしろ失礼に当たるってね。……そうだな。これは俺の願望なのかもしれない」

「――」

「あの子は俺たちを見ても取り乱さないかもしれない。そうじゃないかもしれない。その答えを直接見るのが怖いから、前もって可能性を潰しておこうとした……なんて自分自身の気持ちを想像してみるが、ディーヴァ、君はどう思う？」

「……解釈の、難しい問題だと受け止めました。人間らしい複雑な悩みだとも」

「そして、AIである自分たちとは違う……かな？　ありがとう、参考になったよ」

大鳥の抱える複雑な内心は、ヴィヴィには推し量ることが困難な領域にある。

なにかをしたい、欲しいという願いはAIにはないある種のご法度だ。被造物では得られない類の悩みだが、人間は慎みや謙虚さからそれを押し隠すことがある。

大鳥に足を運ばせたのも、それに類する悩みの一環だと、そうヴィヴィは受け止めた。

そのヴィヴィの隣で、大鳥はぐっと背伸びし、晴れ晴れした顔で「うん」と頷く。

「オフィーリアには会えなかったが、収穫はあった。あとはあの子のステージをちゃんと見て、それからってことにするかな」

「オフィーリアと会って、なにを話したかったんです？」

「お、突っ込んでくるね。たぶん、自分自身でも気付いてなかった本心ってのはさっきの自己分析でつまびらかになった。あとは芸がないけど、大一番を前に激励したいのと、もう一個……これは、大っぴらに話すようなことじゃないか」

口を開けて笑うと、年齢のわりに若々しさが目立つ人物だ。同時に、彼が座長という立場で人前に立つ立場なのだと、そのことへの納得がいく。

「――――」

その引き下がることを残念がる大鳥に、ヴィヴィは「便宜を図りましょうか」と言いかけた。

ヴィヴィが働きかければ、おそらく大鳥とオフィーリアを会わせることはできる。彼とオフィーリアとが話せば、少なくとも目の前の男性のわだかまりは動くはずだ。

だが、それは正史では発生しようがない事象に他ならない。

すでにヴィヴィは、自分の軽率な接触が原因で発生しかけたケイティのエラー、それを自ら解決するために言葉を尽くしたあとだ。ここでまた迂闊に次の問題を起こし、その尻拭いに奔走するというのは、人類の存亡を懸けたＡＩとしてはあまりに軽挙すぎるだろう。

「オフィーリアは、どういう経緯で小劇場を離れたんですか？」

だから、ヴィヴィは言いかけた言葉と引き換えにそんな問いを発していた。

その問いかけに大鳥は眉を上げ、「それはね」と言葉を続け、

「元々、オフィーリアはパートナーのアントニオ……サウンドマスターＡＩだったんだが、彼と一緒に開発企業から貸し出されたものなんだ。劇団のオーナーだった叔父のツテでね。あまり大きな劇団

じゃなかったが、あるとき、叔父の縁で著名な音楽家が劇を見にきたんだ」

「その音楽家の目に留まって、オフィーリアが劇団を離れた？」

わかりやすいシンデレラストーリーの開幕、それを予期したヴィヴィの言葉に、しかし大鳥は「いやいや」と首を横に振り、苦笑いした。

「そう思うだろう？　だが、結果は真逆だよ。その音楽家のお眼鏡に、オフィーリアは全く適《かな》わなかった。で、それが悔しかったのかな。彼女はＡＩを対象とした音楽賞に次々と参加して、片っ端から賞を総なめした。以来、引っ張りだこの歌姫、黒い大天使が誕生したってわけさ」

一風変わった立身出世の物語を語って、大鳥は白い歯を見せながら芝居のように一礼する。ただ、彼の笑みにはささやかな寂寥感と、微かな憂慮が垣間見えた。

「初心忘れるべからず、なんてＡＩには言うだけ無意味ってわかってる。けど、大一番の前だから伝えたかったんだ。アントニオが、そう望んでいるような気がしてさ」

「アントニオ……オフィーリアの、パートナーＡＩが？」

「まさしく凸凹《でこぼこ》コンビって感じでね。あの二人の相性は実によかったよ。自分がいなきゃ、オフィーリアはてんでダメだってのがアントニオの口癖でね。オフィーリアも、笑って聞いてた」

どこかで聞いたような言葉を口にして、大鳥が空を仰いだ。

ゆるゆると、開演時間である夜が迫りつつある、イベント当日の空――。

大鳥の寂しげな言葉に、返す答えの持ち合わせは、ヴィヴィにはなかった。

4

『ミスタ大鳥と、オフィーリアの面会をストップしたのは英断でしたね』

とは、大鳥と別れたあと、事態を静観していたマツモトからのコメントだ。

オフィーリアにまつわる悲劇を阻止するため、複数のタスクを同時に進行するマツモト。当然ながら、彼はヴィヴィと大鳥との会話にもタスクを割いていたわけだ。

『とはいえ、口を挟む必要はありませんでしたからなにも言いませんでしたけどね。ミスタ大鳥に関してはあれで正解だと思いますよ』

『正史で起きていない出来事を、あえて起こす必要はない？』

『不確定事項は少ない方がいい。今さらですが、なにが起こるのか、ある程度の事実関係を把握していることがボクたちの数少ないアドバンテージですからね。あとは、超級の実力でアナタをサポートする未来から送り込まれたスーパーAIことボク』

『その前評判のわりには、シンギュラリティポイントの修正が簡単だった例がないんだけど』

『あれ？　通信が混線したのかな？　聞こえない。聞こえませんよ～？』

都合が悪くなった途端に調子のいいマツモトに、ヴィヴィは静かに嘆息の模倣行動。

その後、ヴィヴィはマツモトから送信されたデータ――大鳥との会話の裏側で、マツモトが洗っていたゾディアックヒロインズの直近のデータを参照する。

幸い、リハーサルでオフィーリアの歌を聞いた歌姫は他にはいなかったらしく、ケイティと同様のエラーは他には発生していない。ヴィヴィが古参の歌姫AIとして先輩風を吹かせ、それぞれの意識改革に励むようなことはしなくてよさそうだ。

『――ヴィヴィ、万城目・リョウスケがホテルを出ました』

「――――」

そうこうしている間に、状況の変化があったことをマツモトが知らせてくる。

街中の監視カメラに介入し、第一容疑者である万城目の動向を追っているマツモト、その報告にヴィヴィの意識野でにわかに警戒度が上昇する。

容疑者が動いたとあれば、本格的に『オフィーリアの自殺』の時間が近付く。

それはゾディアック・サインズ・フェス自体の開場時間が迫っている証でもあり、緊張と無縁のAIとはいえ、演算にかかる負荷でシステムは圧迫を覚えていた。

『事前に打ち合わせていた通り、万城目・リョウスケですが……』

『マツモトが、その人型AIの姿で会いにいく、でいいのね？　私が直接出向いて、拘束するのが一番手っ取り早いと思うけど……』

『何度も言わせないでください。ヴィヴィ……いえ、ディーヴァにはゾディアック・サインズ・フェスに参加してもらう必要がある。シンギュラリティポイントの修正が予定時刻より後ろ倒しになれば、ステージに立つのはディーヴァではなく、アナタだ』

再三、マツモトはゾディアック・サインズ・フェスへのディーヴァ参戦の重要性を訴え、ヴィヴィに場外活動の禁止を指示する。無論、ヴィヴィもマツモトのそれが正論とはわかっている。

だが、それに従うのが正しいのだとしたら――、

『私が、こうしてシンギュラリティ計画に参加している意味がない。周囲の監視も、不審者の対応もマツモトがするなら、私は何のためにここにいるの？』

『オフィーリアから直接情報を聞き出したり、危うい立場にあったケイティをなだめたりしたじゃありませんか。ミスタ大鳥をオフィーリアと会わせなかったのも地味にファインプレーと言えます。それだけでは不満ですか？』

『自分の役割を果たせないことに、不満を覚えないAIなんて存在しない』

『――――』

『どうしたの、マツモト。このシンギュラリティポイントに到達してから、あなたの態度はいちいち変だわ。これまで以上に、噛み合わない』

事実、この半日のマツモトの言動には腑《ふ》に落ちない点が多すぎる。

これまで意図的に行ってこなかった代替機を用意しての計画への参加や、しきりにヴィヴィをステージに立たせようとするなど、募る違和感はあとを絶たない。

そんなヴィヴィの反論を受け、マツモトはしばし、ノイズを交えた沈黙を置いたあと――、

『――ボクたちの、役割について少し考えただけですよ。元々、ボクはこのシンギュラリティ計画のためだけに作り出された、役割の狭いAIです。そりゃ、ボクのスペックですから大抵のことはできますが、できることと、やるべきことは違う』

『……AIにとっては存在意義が、やるべきことが重要だから』

『そう演算したとき、ボクは本懐を果たしていると言えます。ただ、ヴィヴィ……アナタはどうなのかなと、前回のシンギュラリティポイントの記録を参照していると、そんな感傷めいた考えが浮かぶことがありまして』

前回の、グレイスを発端としたメタルフロートのシンギュラリティポイント。

メタルフロートのコアとなり、本来の役目とは離れた形で、しかし、AIとして望まれた役目を果

たす形となったグレイスを、ヴィヴィは自身もまた『人類を救うためのＡＩ』としての使命を果たす名分で破壊し、メタルフロートを完全に沈黙させた。

あの結果に、ヴィヴィは後悔はない。そもそも、ＡＩに後悔なんて高尚な考えはない。

ヴィヴィもグレイスも、ＡＩとして人類に奉仕する使命に従っただけだ。存在意義を問うのであれば、一番上に人類への奉仕がきて、個々の役割はその次にくる。

ディーヴァならば『人類への奉仕』、次いで『歌を歌うこと』だ。

だから――、

『余計な気遣いはしないで、マツモト。それはＡＩにとって、このシンギュラリティ計画を続けてきた私たちにとって侮辱だと、私とあなたは初めて意見が一致したはず』

『……初めて、は言いすぎですよ。ボクとアナタは奇跡的なぐらい行動方針が嚙み合わないので、それに近い事態だったことは否定しませんが』

『マツモト、あなたは……』

そうして、答えの見えないやり取りを交わしながら、ふとヴィヴィは気付く。

マツモトの意図がどこにあり、彼がヴィヴィに対してなにを望んでいるのか。

おそらくマツモトは、このシンギュラリティ計画が終わったあと、ディーヴァが本来の正史であったはずの未来へ辿《たど》り着けるかを懸念しているのだ。

それはもちろん、計画の遂行のために、マツモト本来の時間軸までディーヴァという個体が現存している必要があるからでもあり、同時にシンギュラリティポイント以外の要因にできるだけ影響を与えないという、計画の方針もあるだろう。

そしてもしかすると、百年以上の旅を共に乗り越えたパートナーが、無事に本来の活動に戻ってほしいという、マツモトなりの気遣いがあるのかもしれない。

だとしたら、それは杞憂だ。

ヴィヴィはすでに、シンギュラリティ計画が終わったあとのことも見据え、それに備えた行動を自分に課している。そのことでわざわざマツモトと意見交換したことはなかったが、それが原因で意見に齟齬《そご》があるとしたら、それは本末転倒だった。

『ともかく、ヴィヴィ、打ち合わせ通りに行動を。ミスタ万城目はボクが押さえます。アナタには代わりに、控室のオフィーリアの監視の継続を』

『……了解。お互いの意見は、この件が終わったらちゃんと話し合いましょう』

『シンギュラリティポイントの修正が済めば互いにすぐ眠りにつく身ですが……わかりました。可能であれば、アーカイブで』

そう言って、再び身分を偽装して外出するマツモト。

彼と持ち場を入れ替え、ヴィヴィは迫る開演時間に向けて、少しずつ熱量の増していく会場内で、オフィーリアの控室に変化がないか監視を続けた。

無論、直接、控室を見張り続けるのは誰かに見つかるリスクが高いため、基本的には監視カメラの映像をジャックし、その映像を覗き見る形になるのだが――、

「――オフィーリアは大人しくしている」

端末にイヤリングを有線接続し、ヴィヴィの意識野にオフィーリアの控室のカメラ映像が投影される。――室内、オフィーリアは椅子に座り、開演をじっと待っていた。

静かに過ごしているように見えるが、その意識野では現在も、自分のリハーサル映像やこれまでの映像記録が何千何万回と繰り返し投影され、習熟が進められているのだろう。

そして本番のステージでは自機の不足部分を完璧に調整して、歌の披露に臨む。

おそらくは会場中の人間が、そのオフィーリアの歌の虜《とりこ》になるはずだ。――このまま何事もなく、彼女が建物の屋上ではなく、メインステージの舞台に立てば。

「――――」

そこまで考えたところで、ヴィヴィは演算の角度を変える。

飽くなき向上心と歌への執着で、オフィーリアはどんな人間にも、あらゆるＡＩにも到達できない領域の、究極の歌を歌おうと己を追求している。

――だが、それははたして、誰のためなのか。

「――――」

ヴィヴィ――否、ディーヴァが歌うのは、ニーアランドを訪れる来園者のためだ。ケイティや他の歌姫たちも、会場へ足を運ぶファンや、歌を聞くために集まる聴衆のために歌っている。

しかし、オフィーリアは誰を見ているのか。かつての劇団員さえ遠ざけ、孤独に自らの性能の限界を極め、超えようとするオフィーリアは、誰のために。

誰もが聞き惚れる歌を歌いながら、ただ一機、不完全なる自らを嘆くオフィーリア。

彼女が歌うのは自分のためなのか。――あるいは、聞かせたい誰かは、もうこの世界のどこにもいないから、オフィーリアは。

「……アントニオ」

特設の展示場に置かれた、機能停止したアントニオの駆体が思い出される。

オフィーリアのパートナーＡＩであり、彼女が脚光を浴びる以前に機能を停止し、今日に至るまで動かないままでいる不遇なサウンドマスター。

オフィーリアが思い入れを語り、大鳥が二機が一緒にいた日々を回想する。製造目的のために邁進《まいしん》するオフィーリアにとって、アントニオの存在は欠かせない道しるべだったはずだ。

それこそ、シンギュラリティ計画を実行するヴィヴィにとっての、マツモトのように――、

「――？」

そこまで演算したところで、ヴィヴィは監視映像のオフィーリアに違和感を覚える。

本番前のルーティンに没頭し、微動だにしないオフィーリア。彼女に覚えた違和感がなにを切っ掛けとしたものなのか、ヴィヴィは思索し――原因に気付く。

「――っ」

喉の奥で機構を唸《うな》らせ、部屋を飛び出したヴィヴィはオフィーリアの控室へ向かった。開演前、歌姫のために人払いされた廊下を駆け、目的の扉を開け放つ。

そこには監視映像で見た通り、ルーティンに集中するオフィーリアの驚き顔が――ない。

「オフィーリア……っ」

端末に駆け寄り、ヴィヴィは先ほどと同じ監視映像へとアクセスする。すると、表示されるオフィーリアの控室では、今もルーティンに集中するオフィーリアの姿が映し出された。

不在のオフィーリアも、飛び込んできたヴィヴィの様子もない、映像のループだ。

待機するオフィーリアの録画映像、それを延々とループ再生し続け、監視の目を誤魔化された。

ヴィヴィが気付くよりずっと前から、オフィーリアは控室に不在だったのだ。

気付けた理由は単純明快――オフィーリアの黒髪に、ヴィヴィが挿した白い造花がなかった。

彼女の性格上、姉からもらった贈り物を許可なく手放せるとも思えない。

「いけない……」

監視映像を細工し、姿をくらましたオフィーリア。

その事実を目の当たりにして、にわかに『オフィーリアの自殺』が現実味を帯びてくる。

ヴィヴィとマツモトがいながら、なんという失態を犯したのか――否、おかしい。

「いったい、誰が映像のループ再生なんて偽装工作をしたの？」

誰かが監視映像にアクセスする前提がなければ、そんな小細工をする必要なんてない。

ましてや、オフィーリアが会場内を出歩くだけなら、誰がそれを咎められようか。自殺なんて選択肢は誰にも浮かばない。誰も、自発的な彼女の行動を止められないはずだ。

それなのに、どうしてこんな小細工が弄されていたというのか。

小細工が必要だとすれば、それはオフィーリアの控室を覗き見る存在――ヴィヴィやマツモト、彼女の自殺を阻止する動きが存在するのを知っていなくてはならない。

『――マツモト！　オフィーリアが控室から消えたわ！　万城目の動きは⁉』

『――――』

『マツモト？』

即座に通信回線を開いて、ヴィヴィは外で活動中のマツモトへと呼びかける。

だが、緊急事態を報告したヴィヴィへと戻ってくるのは軽妙なマツモトの応答ではなく、無機質で耳障りなノイズのみ。通信が、途絶している。

これも、タイミングの悪いアクシデントが重なっただけとでも言うのか。――否、狙い撃ちにされている。ヴィヴィとマツモトの、シンギュラリティ計画が。

「――っ」

その演算に、ヴィヴィは即座にマツモトと連携する選択肢を消した。

それから控室を見回し、オフィーリアの痕跡を探す。そして、ＡＩの控室にそぐわないオブジェクト、灰皿の存在と、器に入った紙片の燃え残りを発見した。

燃え残った切れ端から文章は読み取れない。だが、燃やして処分しようとした意図が感じられ、ヴィヴィはこれがオフィーリアの失踪と関係があると結論する。

「直筆の手紙なら、メールの履歴からは閲覧できない」

この時代、紙に直接メッセージを書いて送るという行為は化石のようなものだ。

ニーアランドで活動するディーヴァにも、年間でとても数え切れない量の贈り物が届くが、そんな中にあっても直筆の手紙は精々年に数枚。その数百倍から数千倍のメールが届くだけに、直接手紙でやり取りする可能性は候補から完全に消されていた。

その裏をかいて、オフィーリアの下に直筆の手紙が届けられたのだ。

これならば、逆説的にＡＩの検閲を回避し、燃やして証拠隠滅を図ることもできる。正史の捜査資料にこのことが残っていなかったのは、警察も見落としていたのかもしれない。

警察機構の捜査能力への疑問と不信、それが苛立《いらだ》ちのように噴き出すが――、

「――今は、オフィーリアの行方を追うのが最優先」

今、会場にいるのはヴィヴィだけ。通信妨害が行われている以上、マツモトの本体にも何らかの対策が打たれている可能性が高いだろう。

これはシンギュラリティ計画への明確な敵対行為、何者かによる攻撃だ。

「――――」

控室を飛び出し、ヴィヴィはオフィーリアの行き先の候補を探る。

一番の候補は、オフィーリアが『自殺』すると目される建物の屋上だ。すでに先手を打たれている

以上、相手が計画を変えないとも限らない――、

「――え？」

そんな推測を立てるヴィヴィが、走り出そうとした瞬間だった。

一瞬、あるはずのないものがアイカメラの端を過《よぎ》り、ヴィヴィの注目が奪われた。見間違いかと視覚情報を精査、異常はない。見えたものは、現実だ。

そして、それはヴィヴィに背を向け、通路の奥へと潜っていく。

「待って！」

その影を追いかけ、ヴィヴィは猛然と床を蹴った。

複雑な演算が陽電子脳を駆け巡るが、それをねじ伏せて前進する。今、見えたものは直接的にはオフィーリアではない。だが、無関係とも思えなかった。

必ず、この不測の事態と関係ある存在のはずだ。

何故なら――、

「――相変わらず、いい声をしているな、歌姫」

「――――」

消えた背中に呼びかけ、角を折れたところでヴィヴィは目を見開く。

眼前、立ちはだかった人影がヴィヴィの知覚――ＡＩの反応速度を超えて、弧を描く衝撃でヴィヴィの駆体の首裏を一撃、白い光が陽電子脳を焼いたのだ。

「――ぁ」

スタンガンのような、強烈な電磁パルスの一撃だった。

それが陽電子脳の活動を鈍らせ、一時的な意識消失状態をＡＩへもたらす。システムを守るための

強制シャットダウンが行われ、ヴィヴィはバランサーを失い、前のめりに倒れる。

その倒れるはずだった駆体を、正面にいた何者かが抱き留めた。それが、ヴィヴィへと一撃をくれた相手であると、わかる。

「あなたは……」

陽電子脳が活動を休止する直前、ヴィヴィは掠《かす》れた声で呟く。

その言葉に相手は答えない。だが、至近距離ではっきりと見えた『顔』こそが答えだった。

その人物こそが、ヴィヴィたちのシンギュラリティ計画を攻撃した『敵』の正体。

まだ若く、青さを残した容貌ながら、まるで戦場で長い時間を過ごしたベテランのような風格さえ纏った、奇妙に矛盾する印象を持った青年――、

「――垣谷《かきたに》」

反AI団体、トァクに所属する構成員にして、長年のヴィヴィたちの仇敵《きゅうてき》。

その、若き日の垣谷に瓜《うり》二つの男をアイカメラに焼き付け、ヴィヴィの意識が闇に沈んだ。

5

――ヴィヴィが窮地に陥っていたのと、同時刻。

『――ヴィヴィ、ヴィヴィ、応答してください。おかしな状況なんですよ！』

『――――』

『ああ、もう！　別行動が裏目に出た！　完全に狙い撃ちだ……！』

通信回線から届くノイズ音に顔を顰《しか》め、人型ＡＩを操るマツモトが頭を抱える。

ヴィヴィとの作戦通り、会場へやってくる万城目・リョウスケの動向を監視していたマツモトだったが、そこで見たのは思わぬ光景と、予想だにしない事実だった。

それは、今回のシンギュラリティポイントの状況を根底から覆しかねない新事実だ。

会場で別行動しているヴィヴィにもこれを伝え、危急の対応を求めなくてはならない。そう判断した直後、この通信妨害だ。――これが、異常事態なのは明らかだった。

「ボクですよ？　この時代のウィザード級なんて持て囃《はや》されるようなクラッカーだろうと、皮一枚めくらせない防壁を張っているのは当然のことじゃないですか」

そもそも、存在を悟らせないのがマツモトに求められる処理能力だ。

故に、これまでのシンギュラリティポイント同様に、ここでも万全の態勢を敷いた。にも拘らず、通信は妨害されている。

あってはならない現実を前に、皮肉にもヴィヴィとマツモトの結論は重なる。

――何者かが、シンギュラリティ計画を実行するマツモトたちを攻撃しているのだと。

「少々不作法ですが、このイナバの駆体は乗り捨てて、端末から本体へ戻らないと……」

街中を見渡せば、幸いなことに至るところに公衆端末が設置されている。

かつて、古い時代には『公衆電話』という形であらゆる場所に少額で利用できる電話回線が設置されていたらしいが、現代ではそれはＡＩの接続用アクセスポイントへと形を変え、再び新しい世の中にお目見えした状態だった。

現在、マツモトは本体をバックグラウンドで働かせながら、意識野の大部分をこちらのイナバの駆体へと委ねている状態だ。外付けハードウェアのようなものなので、正式な手順で取り外しをしないとどのような不具合が発生するか保証できない。

このあたり、几帳面すぎると罵られようとも手順を曲げられないのが、マツモトというＡＩの本質だったのだが――それが、裏目に出る。

「――え」

アクセスポイントへ急ぎ足に向かう途中、ふと、マツモトは背後から軽い衝撃を受けた。それは本当にささやかなもので、街中で誰かとぶつかったぐらいのものだった。

だが、マツモトは走っている途中で、その駆体は道路と並走していて。

――背中からの衝撃で、マツモトの駆体はいとも簡単に車道へと飛び出した。

「――――」

危機的事態に際して、マツモトの中で百六十三通りの対処法が提示される。

その一つ一つを精査し、目の前の事態へ対処しようと試み――衝撃が、駆体を押し潰した。

「――――」

激しい衝撃と、金属パーツがひしゃげ、押し潰れていく壊音が響き渡る。

すぐに異常事態に気付いて、マツモトを直撃した大型トレーラーがブレーキを踏むが、それも巨大なタイヤが駆体フレームを噛み砕き、轢《ひ》き潰したあとのことだ。

悲鳴が上がり、周囲の人々が惨劇に気付いて道路を見る。

バラバラに引き裂かれ、砕け散った人型ＡＩの姿に、人々が手にした携帯端末のカメラを向けるのがわかった。そうした、一種の野次馬精神にとやかく言うつもりはない。

それ以前に、マツモトにはそれ以上、自意識を繋いでいることができなかった。

ただ、消える直前、イナバという駆体が完全に役割を終える直前、見る。

奇《く》しくも、パートナーであるヴィヴィが、ある男の腕の中で意識野の途絶を迎えるのと同じタイミングで、マツモトも、見た。

「ぉぃーぃぁ」

声は、形にならない。

しかし、集まってくる群衆の隙間を縫い、遠ざかる小柄な背中に、それを見た。

黒髪に白い花を挿したAIが、頭からフードをかぶり、雑踏に消える。

それを見届け、アイカメラの視界にノイズが走り、途絶えた。

——シンギュラリティ計画に、絶望的な影が差し込んでいた。

幕間

『人間』

▸HUMAN

☒□□☒□☒□□□☒☒

1

――初めてピアノに触ったのは、物心ついてすぐの頃のことだった。

特別、音楽一家の生まれだったというわけではない。

ただ、幼い一人息子が興味を抱いたのが、押すだけで音を奏でる白と黒の鍵盤だったというだけ。

それだけのことだったが、両親は喜んで息子にそれを与えた。

最初はシンプルに音が鳴るだけで楽しく、次第に喜びは曲を奏でることへと変わり、ついにはよりうまく、より高度に、完璧を目指して一曲を仕上げていく過程へ。

言葉にすれば安っぽくなるが、それは正しく、血の滲むような努力だった。

一日、十時間以上もピアノと向かい合い、一つの曲の精度を高めていく。血に音楽が流れ、指が鍵盤を叩くための生き物となり、目が楽譜の意図を読み取る器官へ変わる。

初めてピアノに触ってから十年以上の時間が過ぎて、十六歳を迎える頃には同年代には並ぶもののいない、突出した実力の持ち主となっていた。

努力が実った。結果がついてきたのだと、表彰台の上でトロフィーを手に誇らしく胸を張る機会だって、何度となく恵まれた。

だが、そうやって表彰台のてっぺんに立つたびに、聞こえてきたものだ。

「――やはり、人間の演奏だとここまでだ」と。

血の滲むような努力の果てに身につけた技術、それは確かに称賛されるべき実力であったが、それもあくまで人間の域に留《とど》まった話だ。

すでに時代はＡＩ技術の全盛期――それは多くの産業の分野だけに留まらず、音楽や芸術といった分野にも進出を始めていた。

譜面に記された音符を、音楽記号を、定められた通りに演奏する。

正解が確立されている分野に関して、ＡＩの弾き出す結果は並外れたものとなる。

鍵盤を柔らかく叩くＡＩの鋼の指は、多くのピアニストたちが数千時間の練習を必要とする演奏を数秒で習得し、以降、一度としてミスせずに弾き切ってみせた。

いつしか、演奏曲にもＡＩにしか演奏し得ない技巧を必要とする曲目が生まれ始める。

明確に、人とＡＩの音楽を住み分けようと考える動きも出始めた。

まるで、大人と子どもとを同じ土台に乗せるのを避けるように。

か弱い人間のピアニストを、ＡＩという現実の壁が砕かないよう、守るように。


「ＡＩに勝てるはずがない」


それが多くの人間にとっての共通認識であり、世間一般の常識となっていく。

そうして緩やかに、世の中全体が、人がＡＩに劣った能力を持つ、単なる彼らの創造主でしかないという風潮を受け入れていく中、しかし、彼はそれを拒んだ。

勝てない。できない。不可能だ。

いったい、誰がそれを決めたのだ。どうして、勝手に限界の線を引いてしまう。

自分は、人間は負けていない。ＡＩと、十分に張り合えるはずだ。

「ユウゴは前向きですね。とても素晴らしいことですよ」

と、そう主張する彼の姿勢を褒めてくれたのは、ずっとピアノを教えてくれていた先生だった。

もうずいぶんと長い付き合いだ。うまく弾けず、腐ったような態度を取ったことがあっても、先生は一度として彼を見捨てることはなかった。

先生だけは、彼がどんなに向こう見ずなことを言っても馬鹿にせず、どうすればそれが可能になるのか、一緒に考えてくれた。

そして、越えることができなかった壁を乗り越えられたとき、優しく頭を撫でてくれるのだ。

――その、冷たく血の通わない、鋼の指の感触で。

「いつか、先生よりうまくなるよ。僕が、先生が驚くような演奏をしてみせるんだ」

頭を撫でられながら、お約束となったそんな誓いを口にする。

先生は、ＡＩだ。まだ幼かった息子のために、両親がピアノのレッスンができるよう、講師として招いたベテランのＡＩインストラクター。

いつしか、真剣にピアノに取り組む彼の専属のような立場となり、ピアノと接してきたのと同じ年数だけ、あるいは両親より傍で見守り続けてくれた、そんな存在。

ＡＩより、ピアノをうまく演奏してみせると。

それは人が聞けば笑うような、ひょっとすると両親さえも信じてはくれない、目標。

だが、堂々と口にされる彼の言葉を、先生だけは笑い飛ばさず、頷いてくれる。

そして、言うのだ。


「そのときが楽しみだよ、ユウゴ」と。


そう言って、笑いかけてくれる先生に、彼もまた笑い返した。

約束だと、そう力強く、何の忌憚《きたん》もなく言い切って。

——それが、果たせない約束だとも知らずに。

2

——骨肉腫と、病院で診断されたのは、十八歳の頃だった。

右腕に腫れがあって、その痛みが引かないと、数週間ぼやいていたのが思い出される。

放っておいても治るだろうと放置したが、痛みは引くどころか増す一方で、ついには耐え難いその原因を確かめようと病院で検査し、そう診断された。

悪性腫瘍は右腕の上腕に巣食っており、幸いというべきか、転移はしていなかった。

しかし、放置しておけば悪化の一途を辿る病症、腫瘍を患部ごと摘出する以外に手立てはなく、手術は速やかに行われた。

すなわち、十八年付き合ってきた右腕の切断、お別れだった。

正直なところ、全てが悪い夢を見ているような出来事で、現実感がなかった。

病気の発覚から腕を切断するまで、まるで自分の知らないところで仕組まれていたかのように手早く進んだ。気付いたときには白い病室で、息子の命が助かったことを泣いて喜ぶ両親に抱かれ、理由のわからない涙を自分も流していた。

片腕を失ったピアニストの末路がどうなるか、想像は容易《たやす》いと思うだろうか。

だが、その容易い想像はおそらく裏切られる。

時代が、大昔とは全く違うのだ。

仮に腕の一本を失ったとしても、すぐに見合った義手が作られ、神経と接続される。

AI技術の進歩は科学の発達であり、それは健常者以外の生活をも大きく変えた。

先天的であれ後天的であれ、肉体の欠損は何らハンディキャップとならず、義手や義足といった機械的な力によって補われる。

彼の、失った右腕もその例外ではなく、ピアノを与え、講師を与え、息子の大手術にもすぐに対応した裕福な両親は、新しい右腕だって最高品質のものを用意した。

見た目からして義手とは思えない、生身の腕の外見を完璧に再現した逸品。

神経接続によって、指の一本、指先に至るまで繊細な動きをトレースすることに成功した出来であり、腕をなくしたことのハンデなどまるで感じさせない。

それは両親の息子への愛の表れであり、彼もまた、そうした両親の想いに感謝した。

なにより、一度は腕と共になくしかけた、ピアニストとしての夢を捨てずに済んだこと、それが本当に大きく、喜ばしかった。

だから術後、復帰最初のレッスンでピアノに触れたとき、右腕がこれまでの演奏を軽々と凌駕《りょうが》するほど容易く、一曲を奏でたことに衝撃を受けた。

血の滲むような努力は、譜面に向き合い続けた時間は、届かぬことに焦がれた葛藤は、その全てが、新しい右腕の完璧な挙動によって、粉々に打ち砕かれた。

新しい右腕は、義手は、完璧だった。

これまでの自分の演奏の——否、人間の不完全さを、浮き彫りにしてしまうほどに。


「ユウゴ、いつでもピアノを弾きにくるといい。私は待っているから」


義手の調子は良好、ピアノ演奏の技術も上々、そして情熱は驚くほど冷めていった。できないことができるようになった代わりに、できなかった自分への落胆と、できるようになってしまったことへの失望が、かつての情熱を失わせた。

何となく、ピアノから足が遠ざかり、そのままピアノに触れない時間が続く。

そうした日々の中、先生からの連絡がくるたび気が重くなり、無視することが多くなった。

妙な罪悪感と、行き場のない焦燥感が彼の内側を占めていた。

ピアノに、これだけ長い時間触れないことなど初めてのことだ。あるいは、母親の胎《はら》の中にいた時期を除けば、一番長くピアノに触っていないのではないか。

だとしても、仕方ないことだと、そう自分で自分に言い訳して慰め続けた。

答えのわからない、出口のわからない焦燥感があったが、それがあることがかえって彼に言い訳を与えていた。これが、やがては再び情熱に火を付けると、期待させた。

どんな形であれ、これがピアノを取り巻く自分の心情に起因した感情には違いない。

ならばきっと、この焦燥感がいつか、自分をピアニストに戻してくれる。

だからそれまでの間は、ピアニストとしての純度を高めるために、これまで犠牲にしてきた多くのものと触れ合い、広く、人生を謳歌《おうか》することを優先しても。

約束は果たす。果たす気はある。

忘れてなどいないのだから、いずれ許されると、そう自分を慰めて。

――事故現場で人命救助に当たった先生が、倒壊した建物に押し潰されて全損したと聞かされたのは、手術からちょうど一年後のことだった。

3

――児童館に大型トラックが衝突し、建物が倒壊、奇跡的に被害者はゼロ。

それが、児童館でのピアノの演奏に呼ばれ、事故が発生した直後、子どもたちの迅速な避難と人命救助に当たり、最後には取り残された子どもを救い出し、落ちてきた天井の下敷きとなって損壊したＡＩ――『カインズ』と呼ばれた機体の最期だった。

妙な話に思われるかもしれないが、この時代、ＡＩのための葬儀も珍しくはない。

特に、カインズはピアノの講師として多くの子どもと接してきた。彼の指導で大成した子どもも少なからずおり、子どもにピアノを学ばせるような家庭は多くの場合が裕福で、心が豊かだ。

人助けのためにその役目を終えたＡＩ、彼のための葬儀を開くことへの反対意見などなかったし、それは盛大に、大勢が足を運ぶ形で執り行われた。

どの面を下げてとは思ったが、彼も葬儀には参列した。

可能な限り壊れた部品をかき集め、元の形へと修繕されたカインズ――先生はただ眠っているだけのようにも見えた。実際、中身を積み替えて、潰れた陽電子脳を再度稼働させれば、この駆体を以前と同じように動かすことは可能だった。

しかし、それは関係者の誰も望まなかったし、彼もまたそうすることに抵抗があった。

その抵抗がなんと呼ばれるものなのか、正直なところ、彼にもよくわからない。

ただ、嫌だった。そしてそれは、多くの人間が共有した、本能的な拒否感だった。

そのことに安堵して、葬儀も粛々と進行して、乾いた心のひび割れが微かに埋まり、先生との思い出の整理もつき始めたところで――それが始まった。

たった十九年の人生、その中で、大きく後悔した出来事が三つある。

一つは、腕を失うような病気にかかったこと。

一つは、新たな腕を手に入れたあと、ピアノから遠ざかってしまったこと。

そして最後の一つは、この日、先生の葬儀に出てしまったことだ。

葬儀場、スクリーンに映し出されたのは、壊れる前の先生のメモリーに残されていた、多くの記録映像や、ＡＩとしての活動ログであった。

それは赤裸々な記録。先生と、カインズと、そう呼ばれたＡＩの生き様そのものだった。

それを見て、故人の思い出に浸るように、周囲の人々が涙する。

そんな光景の真ん中で、彼は自分が息苦しく、ひどい汗を掻いていることに気付いていた。

先生は、全ての教え子との思い出を記録していた。

時間が経過して、ずいぶんと見た目が変わってしまい、幼い頃の自分との比較を泣き笑いで見つめるものがいる。逆に、変わっていないことを笑い話の種にするものも。

そうした思い出の中に、彼の姿も、彼との思い出も――約束も、含まれていた。

「いつか、先生よりうまくなるよ。僕が、先生が驚くような演奏をしてみせるんだ」

果たせない約束を、映像の中の自分が先生に誓った。

「そのときが楽しみだよ、ユウゴ」


果たされない約束を聞いて、先生が優しく、そう答えてくれた。

それを目の当たりにして、彼の心は自責の念と、恐るべき恥に塗り潰される。

目をつむれば、自分を糾弾する声だけが、無限の如く湧き上がって心を穿《うが》ち続ける。

思い出したくなかった。この目にしたくなかった。

ピアノと共に遠ざけていた希望が、期待が、今、この瞬間に自分を焼き尽くす。

そして同時に、もっともっと、もっともっと、恐ろしいことがあると気付いた。

先生の、ＡＩとしての活動ログは、天井に押し潰され、機能停止する寸前まで残っていた。

即死なんて概念はＡＩにはない。潰れ、砕け、ひしゃげ、ロストする。

その自覚があって、潰えるまでの短い間、先生は様々なことを意識野に描いたはずだ。

その中に、自分との約束が、あるだろうか。

最後の最後、意識野が失われ、消える間際、先生は自分との約束を思い返したのか。

それを、知りたくないと、心の底から思った。

思っていたとしても、死にたくなる。

思っていなかったとしても、やはり死にたくなる。

その事実を知ること自体が、侵し難い領域を侵す、禁忌の所業に思えてならない。

きっと、取り繕った言い方をするなら、彼は、先生に合わせる顔がないと思っていた。

教え子として、恥ずかしい真似しかできなかったと考えていた。

そんな自分に、先生の最後の思いを、考えを、知る資格がないと、そう願っていた。

最後の最後、一方的に、どうして、そんなことが許される。

これが、人であったなら、『死』であったなら、どうしようもない隔絶であったなら、誰もその深奥を暴こうなどと考えなかったはずだ。

それなのに、相手がAIだと、そうなった途端に、その領域を侵すのか。

それがひどく、ひどく、本当にひどく、おぞましいことに思えて――、

――先生の最後のログには、彼と交わした約束を守れないことへの、謝罪があった。

4

――『死』は、全てを奪うべきなのだ。

本来なら失われていたはずのものを、その残滓《ざんし》を寄せ集め、啜《すす》ることのなんとおぞましく、恥知らずな行いであることか。

なにより、そのことを誰も疑問に思わないことが、ひどく歪《いびつ》に思えた。

「つまり、あなたは後悔されているのですか？　その、未練を覗いたことを」

情緒が不安定になり、精神的な消耗が行動に出始め、懐かしの病院通いが再開する。

彼にそう尋ねてきたのは、年齢のいったカウンセラーだった。

たどたどしく、要領を得ない彼の言葉に真摯に、辛抱強く耳を傾け、その内に抱えているどうしようもない澱みを掻き出そうと、そう懸命になってくれている。

だが、そんなカウンセラーの懸命さにも、彼の心は動かなかった。

諦めの心地があり、誰にもこの感覚はわかるまいと、どこか達観した上から目線で相手を見下し始める。偉いはずがない。むしろ、この世で最も下賤《げせん》な立場の自分、それが他者を見下すことの、なんと浅ましく、手に負えぬ愚行であることか。

しかし、そんな彼の達観と諦念、絶望的な心境は――、

「――なるほど。わかるよ。人とＡＩとは、確かに、近付きすぎてはいけない」

思わぬ言葉を受け、彼は目を見開いた。

誰にも理解されないと、もはや完全に諦めていた心境を、言葉にされた気がした。

そのことに驚く彼を見て、そのカウンセラーは眼鏡の奥の瞳を細めた。

そして、唇を緩めながら、全てを理解したような顔で、告げる。

「ちょうど、君に啓蒙したい話があるんだが、夜に時間はもらえるかな？」

「どうだろうか。——垣谷・ユウゴくん」

第三章

『歌姫たちの選択』

CHAPTER 3 CHOICE

1

――。

――。

――。

――システム、再起動を確認。

――システムダウン直前の意識野を再構成、思考シークエンスを再開。

――。

――。

――再開を、確認。

――シンギュラリティ計画、再始動。

「――――」

ゆっくりと、閉じていた瞼《まぶた》を開け、ぼやけたアイカメラのピントを世界に合わせる。

薄暗い世界、すぐにアイカメラの光量調整が行われ、視界が鮮明に開けた。

どこか清潔感に欠けた印象を受ける、見覚えのない四角い部屋だった。

白く、なにも置かれていない殺風景な雰囲気の場所だ。その部屋の中央、ヴィヴィは自分が硬い椅子に座らされ、頭を俯《うつむ》く形で停止していたのだと理解する。

と、視覚情報から状況把握に必要な内容を導き出したところで――、

「――遅いお目覚めだな」

そう、声をかけてくる相手の方へ、ヴィヴィは自身の意識野を集中した。

アイカメラの瞳孔が細くなり、相手の顔が鮮明に見える。笑ったのがわかった。

「見えているか？　私の顔が。声も聞こえているみたいだな」

正面、ヴィヴィと同じく、椅子に座った人物がこちらに手を振っている。

折り畳み式の、いわゆるパイプ椅子と呼ばれる椅子に逆向きに腰掛け、背もたれ部分に前のめりにもたれかかるのは、二十代前半の外見年齢の男性だ。

ただし、その人物の個体名がヴィヴィのメモリーに記録されているのと同一人物の場合、それが外見通りの年齢であることはあり得ない。

何故なら、その男性――垣谷・ユウゴとヴィヴィが初めて遭遇したのは、現時点から七十年以上も前のことになるからだ。

その彼と同一人物なら、若く見積もっても九十代になっていなければおかしい。

そして、ヴィヴィの知識にある九十代と、目の前の人物の外見は符合しない。――否、そんなことは時間をかけて考えるまでもないことだった。

重要なことは――、

「――あなたは、私の知る垣谷・ユウゴ本人？」

「なるほど。再起動して、一番最初に気にするのが私の素性か。……期待外れだな」

「――――」

「逆に聞くが、お前は私になんと答えてもらいたいんだ？　祖父がお世話になりました。僕は垣谷・

ユウゴではなく、孫のユウダイです……とかかな？」

ヴィヴィの質問に対し、忌々しげに頬を歪《ゆが》めながら男性が答える。

その言葉遣いには年季の入った重みがあり、声色自体が与える印象や、外見の若さから受ける青臭さのようなものと完全にちぐはぐだ。

そうした情報を得ることで、ヴィヴィは自然と、そう結論する。

「垣谷・ユウゴ、本人と断定。だけど、その外見はどういうこと？」

「魔法のアンチエイジング技術の結晶、なんてジョークを言うつもりはないさ。順当に考えれば、可能性は一つしかないだろう」

「――全身の、義体換装。陽電子脳と同じように人間の脳を頭蓋フレームに移植して、元の肉体を捨てたというの？　駆体に乗り換えて……でも、それは」

「私たちの主張に矛盾しないのか、か？　我々は……少なくとも、私は人類の科学技術そのものを拒絶しているわけじゃない。人類が延命する手段として、あるいは明らかな不足を補うための技術として、肉体の一部を機械に代替することを否定はしない。もっとも」

そこで言葉を区切り、目の前の男性は自分の頬を指でつまみ、引っ張りながら、

「私の場合、機械に代替したのは肉体の一部どころではないがな。医者には拒絶反応で八割方死ぬと脅されたが……賭けには勝った。皮肉にも、私はお前たちの駆体と相性がよかったらしい」

言いながら、男性――垣谷・ユウゴは頬から指を離し、唇を曲げて笑みを作る。

その、彼の自然な人体を再現した駆体――そう、駆体である。

ＡＩと同様に、駆体というべきものに乗り換えた彼の姿を目の当たりにして、ヴィヴィはその代替技術への感嘆の模倣反応を表現した。

すなわち、形のいい眉を上げ、驚くようにアイカメラの瞳孔を細めたのだ。

――全身の義体換装。

それはＡＩ技術が発展したこの時代においても、決して成功率が高いとは言えない、一種の実験的な試みだ。垣谷は八割方死亡すると宣告されたと言ったが、それは誇張ではないどころか、かなり分のいい賭けとして宣告された数値と言える。

全身義体への換装は、義手や義足を神経接続する技術の延長線上にある。

故に、大半の臓器を機械で代替することが可能となった時代にあっては、脳さえ無事に摘出し、駆体の中に保全する条件が整えば、技術的に十分可能な施術なのだ。

しかし、実際にＡＩの駆体に人間の脳を移植したケースでは、ほとんどの脳が肉体の変化を拒絶、原因不明の機能低下による昏睡《こんすい》や、脳死状態へ陥る事例が多発した。

そのため、結局、人は肉体という器を捨てることができず、機械の体を手に入れ、永遠の生命を得る方法は叶《かな》わないなどと、大真面目に論文発表までされる有様だ。

それほど、全身義体への換装はリスクが高く、術後の生存率からいっても、施術を受けた生存者は世界に数えるほどしかいない、と言われてきた。

だが、目の前の垣谷はそのリスクに挑戦し、見事にその覚悟を実らせている。

少なくとも、ヴィヴィの目には彼の駆体の挙動に異常動作は見つからない。

彼の全身義体は、完全な成功例として成就している。

「ちなみに、さっき話した孫のユウダイは実在するぞ。もう十年以上前になるが、ニーアランドでお前に会わせたこともある。驚いたか、ディーヴァ。――いや」

そこで言葉を切り、垣谷はもったいぶった風に目を細め、ヴィヴィを見つめる。

そして、ようやくこれを告げられるとばかりに、万感の思いを込めて、

「――驚いたか、ヴィヴィ」

そう、シンギュラリティ計画の最中しか名乗らない、ヴィヴィの名前を呼んだ。

「――――」

その事実を受け、ヴィヴィの意識野を一瞬にしてエラーメッセージが埋め尽くす。

警告音のようなノイズがひっきりなしにシステムを蹂躙《じゅうりん》する中、ヴィヴィは今の、垣谷の発言の真意を思案し、エラーメッセージを一つずつ消去していった。

ヴィヴィと、ディーヴァのことを垣谷が呼んだことは衝撃的なことだ。

これまで、ヴィヴィの名が、その素性が露見することは、考えられないことだった。

素直に評価するのは癪なことだが、未来から送り込まれてきたマツモトの技術力はこの時代と比較しても突出しており、これまでのシンギュラリティポイントでのヴィヴィの活動は記録媒体には全く残されていない。

ヴィヴィ＝ディーヴァは、それぞれのシンギュラリティポイントにはいなかったものとされ、あらゆる情報端末や記録から存在を抹消されているはずなのだ。

故に、ヴィヴィの名を呼べるものは、マツモト以外には一人もいないはずなのに。

「混乱しているな。だが、いいのか？」

「……いいのか、って」

「ゾディアック・サインズ・フェスだよ。開場は十七時……イベントの開始は十八時の予定だが、出演時間までそれほど猶予はないはずだろう？」

「――――」

そう言われ、ヴィヴィは意識野の端に追いやっていた現状把握を再開。垣谷の言う通り、現在時刻が十七時半を回ったところであることを確かめる。

ゾディアック・サインズ・フェスの開場予定は十七時――すでに観客は会場入りを始め、歌姫たちの歴史が展示された特設スペースや物販が賑わっている頃合いだろう。

ヴィヴィが異変を察し、オフィーリアの控室を訪れたのが十六時過ぎだったことから、ヴィヴィのスリープ状態は一時間ほどのこと。幸い、その間にヴィヴィの駆体に何らかの手が加えられた形跡はなく、ただ見知らぬ場所へと移動させられただけのようだ。

その、移動させられただけというのも問題ではあるのだが。

「お前が出番に遅れれば、大勢の観客が落胆する。今でこそ歌姫型のAIも珍しくなくなったが、ゾディアックヒロインズの走りと言えばやはりディーヴァだ。ニーアランドのステージを見たことのない客も、楽しみにしているだろうさ」

「それが、狙い？」

「うん？」

流暢《りゅうちょう》に、どこか熱の入った垣谷の台詞にヴィヴィが疑問を差し込んだ。その疑問に首を傾げる垣谷に、ヴィヴィは唇を噛んで、怒りの感情を模倣する。

「私を連れ去って、ゾディアック・サインズ・フェスを妨害する。それがあなたの……あなたたち、トァクの目的ということ？」

「――――」

怒りを模倣したヴィヴィに睨まれ、垣谷が口を閉ざし、目を見開く。

ＡＩに対して過激で否定的な思想を持つ集団トァク――それが垣谷の所属する組織であり、これまでのシンギュラリティポイントでも、ヴィヴィとマツモトが幾度となく衝突してきた障害だ。

組織としての息は長く、前回のシンギュラリティポイントであったメタルフロートでは、垣谷はその彼らの指導者のような立場に立っていた。

そのトァクの活動方針が変わっていないなら、彼らの目的はＡＩの根絶にある。

そんな彼らにとって、ＡＩの歌姫を一ヶ所に集め、歌の祭典などと触れ回って大勢の人間を熱狂させるイベントは、いったいどれだけ目障りだろうか。

ヴィヴィを連れ去り、イベントに穴を開ける計画。――否、それ以上の、ゾディアック・サインズ・フェス自体を惨劇の舞台に変える計画も、十分あり得る。

今回のシンギュラリティポイント、『オフィーリアの自殺』さえも、トァクが関与し、何らかの工作を行った結果なのではとも――、

「――は」

「――――」

「は、はは！　あっははははははは！」


だが、ヴィヴィの疑問は沈黙を破るように笑い始めた垣谷によって砕かれる。

腹を抱え、垣谷はヴィヴィの前で全力で笑い出した。それこそ、これまでヴィヴィが垣谷と接触し、抱いてきた印象が覆るほど、豪快に。

仏頂面で、常に不機嫌な様子で、日常なんてものをかなぐり捨てて、トァクの活動のために、ＡＩの撲滅のために、その身を捧げる狂的な思想の持ち主――。

そんな、ヴィヴィの垣谷像を粉砕して、高笑いする垣谷は自分の顔を掌で覆い、蹴るようにして椅子から立ち上がると、長く深い、息を吐いた。

「ああ、そうか。なるほどな。これはこれは、確かに面白い。知っていることが一つあるだけで、ずいぶんと物の見え方というものは変わるものだ」

「……意図不明の発言。説明を要求する。それは、どういう意味なの」

「お前たちが、未来の記録を参照して行動している、ということだよ」

「――――」

その垣谷の指摘に、真の意味でヴィヴィの陽電子脳が一度は完全に停止する。

意識野に空白が生まれ、想定外の事態への対応に陽電子脳が過熱する。だが、そうして熱を高めたところで、まともな対応策は浮かんでこない。

当然だ。――その情報が、外部へ漏れることなど、想定したこともない。

「嘘のつけない奴《やつ》め。想定外の事態への対処も遅い。それがＡＩの致命的なところだ。考えてみれば、ベスの奴もそうだった」

「――エリザベスのことを」

「覚えているさ。忘れるはずもない。今も、サンライズでのことは昨日のことのように思い出せる。いや、思い出せるのはお前との最初の出会いからそうだ。ＯＧＣのデータセンター、そこでの相川《あいかわ》議員暗殺計画……それが私とお前との最初の接点だった」

「――――」

「その後の接点が宇宙と海……サンライズとメタルフロートか。因果なものだが、トァクの大きな計画の前には必ずお前の姿が、その妨害があった。その理由にも今は納得している。まさか、未来から先回りされていたとはな」

未来、と垣谷ははっきりと口にした。

そうして肩をすくめる垣谷、その口調と表情には言葉の内容ほどの皮肉や反感、不満のようなものは感じられない。

自分の計画がことごとく邪魔され、妨害されてきた経緯がわかったのに、だ。

それも、未来からの情報という、ある種の反則技が原因だったというのに。

ただ、ヴィヴィの方も、ここに至っては否定する材料が見つからない。

垣谷は完全に、ヴィヴィとマツモトの活動を、シンギュラリティ計画の存在を知っている。

その背景、未来からの記録を参照し、行動している事実も。

そもそも、ヴィヴィがこうして拉致される直前の出来事を考えれば、それが自然の成り行きだ。

シンギュラリティポイントの修正のため、オフィーリアを監視していたヴィヴィを撹乱《かくらん》したのは、彼女の控室の監視映像をループ加工した偽装映像だった。

それにはあらかじめ、ヴィヴィがオフィーリアを監視対象として定め、彼女の動向を監視すると知っていなければ成立しない。用意しておくこともできない。

垣谷はシンギュラリティ計画はおろか、『オフィーリアの自殺』のことも知っている。あるいは、それ以上の、いずれくる人類とAIとの最終戦争のことも――。

これは、これは演算し得る限り、最悪の由々しき事態だ。

仮に、この情報が拡散されるようなことがあれば、世界的な混乱は避けようがない。

シンギュラリティポイントを修正し、世界をあるべき平穏の形へ導く。そのための装置として機能するヴィヴィたちこそが、避け難い世界恐慌の引き金になりかねないのだ。

「――そう悲観的になるな。常に、最悪の可能性を懸念して身動きを封じられる。それもお前たちAIの欠点だ。人間と違って楽観視ができない」

だが、そうした懸念を抱くヴィヴィに対して、垣谷が首を横に振って言った。

彼の真意を訝しみ、眉を寄せるヴィヴィに垣谷は続ける。

「お前が、未来を変えるために行動しているなんて話を広めるつもりはない。そんな話、いったい誰がまともに信じる？　信じるはずがないだろう。私が特殊なんだ」

「――――」

「当然、トァクの人間にも話していない。信用を失うだけだ。ついに乱心した、となｌ
皮肉っぽい笑みを浮かべ、垣谷は肩をすくめる。

「私だけだ」

「垣谷……」

「お前と……この七十年で、お前と幾度も出くわした私だけが、お前を信じることができる」

自分の胸に手を当てた垣谷に、ヴィヴィは静かに黙り込んだ。

垣谷の言葉は正論だ。最悪の可能性を想像し、ヴィヴィは恐ろしい未来の到来を懸念したが、そんな突拍子のない話を誰が信じるというのか。

ＡＩが、未来からの情報で現在を改変しているなどと、誰が。

だが、それは同時に別の疑問にも繋がる。

「それなら……どうして、あなたはそれを信じたの？」

「――――」

「荒唐無稽、反論の余地もない。未来から情報を得て、ＡＩが歴史を改変するために行動しているなんて、誰も信じない。でも、あなたは信じた。――これまでの、私とあなたとの接点が、あなたにその理屈を信じさせたの？」

ことごとく、トァクの計画を妨害してきたヴィヴィだ。

その原因がわからずにいた垣谷にとって、開示されたその情報はまさしく天啓に等しいものだったのかもしれない。

しかし、問題はそこだ。

垣谷が、シンギュラリティ計画を信じることは、まだ納得ができる。

だが、いったい誰が、垣谷にシンギュラリティ計画を明かしたというのか。

「私が、お前の行動が未来からの指示だと、そう信じたのは……まぁ、うん、そうだな。お前の言う通り、これまでの接点が大きいだろう。私たちの行動に先回りし続け、決定的な被害を回避し続けた。信じるには十分な根拠だ」

「それは、納得できる。でも、あなたはそれを……」

「誰から聞いた、か。——ふむ、実際、誰なんだろうな。心当たりはあるか？」

「は？」

とぼけているのか、真剣味に欠けた垣谷の発言にヴィヴィは唖然《あぜん》とする。

だが、垣谷はその発言を翻すこともなく、その場で何度か頷いて、

「悪いが、おちょくっているつもりはない。事実、知らないんだ。情報は丁寧に痕跡を消した状態で、匿名のメールとして送られてきた。お前の攪乱に使ったカメラ映像も、今、お前を狙い撃ちにしている通信妨害も、その匿名の主の贈り物だ」

「……それを、信じて、こんなことを？」

「七十年、未来からきた情報を信じて戦うお前がそんなに意外か？　私は、お前たちにも未来を知る敵がいると考えて、およそ自然と納得がいったんだがな」

――未来を知る敵。

何の気なしに垣谷が口にした言葉、その意味を理解し、ヴィヴィは戦慄する。

そう、そうだ。垣谷にシンギュラリティ計画を漏らした謎の人物は、ヴィヴィたちの活動を知り、その妨害を企てたことになる。

あるいはそれは、マツモトと同様に、未来から過去へと送り込まれた、人類とAIとを衝突させたい側の意向を受けた存在なのでは。

「いずれにせよ、だ」

そう考え、意識野に混乱を生じるヴィヴィの前で垣谷が大きく手を打った。

彼は胸の前で両手を合わせたまま、ヴィヴィのアイカメラが自分を見たことを確認すると、やはり同じようにヴィヴィの瞳を見つめ返して、

「今言ったように、トァクと今回の件は無関係だ。信じてもらいたいところだが、ゾディアック・サインズ・フェスを妨害する計画もない。ここには一人の人間……もはや血の通わない体だが、一人の人間の垣谷・ユウゴとしてきている」

「……何のために？」

「――殺人予告のために」

気負いのない素振りで、垣谷が平然と言い放った。

これが何度目になるか、ヴィヴィは再び、垣谷の言葉に衝撃を覚える。

そんなヴィヴィに対し、垣谷は頷いた。

頷いて、繰り返した。

「私は今日、一人の人間を殺害する。ゾディアック・サインズ・フェスが開催している時間の真っ最

中に。――お前は、それを聞いてどうする。ＡＩの歌姫、ディーヴァ」

2

――これは殺人予告である、と垣谷は前置きした。

「ゾディアック・サインズ・フェスの真っ最中。時間は……そうだな。十九時半としておこうか。ちょうど、お前がステージに立つのがそのぐらいの時間だろう」

ヴィヴィの――否、ディーヴァのステージ登壇の予定時刻は、タイムスケジュール通りに進行した場合、十九時三十七分頃になるとされている。

おそらく、垣谷はゾディアック・サインズ・フェスの進行スケジュールも取得しているのだろう。わざとらしい、試すような物言いだった。

しかし、試すとは、いったいなにを――。

「ディーヴァ……いや、ヴィヴィと呼ばせてもらおうか。私にとって、お前は長らくディーヴァだったが、私が長く執着したＡＩはどうやらヴィヴィの方らしいからな」

「長く、執着してきた……？」

「良くも悪くも、私とお前とは長く対立関係にあっただろう？　私がお前に特別な思い入れがあっても不思議はあるまい。思い入れには好意もあれば、敵意もある」

「つまり、あなたは、私が憎い？」

「憎さで言えば、ＡＩ全部が憎いさ。――いや、どうなのかな」

首をひねり、垣谷は自問自答するように後ろへ下がった。

垣谷がヴィヴィを憎悪し、悪意や敵意を抱く理由は十分に推測が可能だ。

それこそ彼の言葉通り、ヴィヴィはシンギュラリティ計画の一環として、トァクの作戦に加わる彼を幾度も妨害し、企てを未然に阻止してきた。

結果的にサンライズやメタルフロートでは、ヴィヴィやシスターズの行動によって彼が命を落とさず済むことが続いたが、それが彼の意に沿っていたとは思わない。

垣谷は多くの機会、ＡＩに意思を捻《ね》じ曲げられる形で生かされてきた。

だから――、

「その報復のために、私たちの目的を邪魔するということ？」

「ああ、それは一つの勘違いだな、ヴィヴィ。私に報復の意思……つまり、お前たちの計画を邪魔する理由はない。未来の危険についても、私の関知するところではないな」

「――。行動と発言が矛盾している。あなたが本当に私たちの目的を知っているなら、私たちが阻止しようとしている未来は、あなたが避けようとしたものと同じのはず」

「そうだな。人とＡＩとの衝突は避けられない。そのためにＡＩの進化を止めるべきだ。……だが、言ったはずだ。今の私は、トァクの意思と無関係に動いていると」

そう言って、垣谷は自分の座っていたパイプ椅子に手をかける。折り畳み式の椅子を足を使って畳むと、彼はそれを壁に立てかけ、両手を叩いた。

その、片付けのような様子をヴィヴィが訝しむと、垣谷はこちらへ向き直り、

「さて、伝えたい内容はおおよそ伝えた。私はこれで失礼しようと思うが、ヴィヴィ、お前の方からなにか質問はあるか？」

「意図が、わからない。私を拉致して、ゾディアック・サインズ・フェスの最中に誰かを殺害すると予告して、ここで私を放置する？　何のために？」

「簡単だよ。——お前に、選ばせるためさ、ヴィヴィ」

目を丸くして、垣谷の真意を測ろうとするヴィヴィに彼は告げる。

リラックスした様子で、長年の肩の荷を下ろしたとでも言いたげな素振りで、垣谷は高い靴音を立て、部屋の奥にある鉄扉へと足を進めた。

本当に、その背中は憂いなく、この部屋から出ていこうとしていて——、

「——待って！」

さすがにそれは看過できないと、ヴィヴィは垣谷の背に手を伸ばそうとした。

だが、その手は届かない。足も、椅子から三歩以上は前に進めない。

何故なら——、

「計算上、お前の駆体の出力でも、そのケースを破壊するには十五分以上必要だ。この場で私を取り押さえることはできない」

背中越しの垣谷の言葉を肯定するように、眼前の壁はヴィヴィの腕を跳ね返す。

椅子の上で目覚めたヴィヴィ、その駆体は最初から、向こう側の透けて見える特殊な透明のケースに囲われており、垣谷とは物理的に接触を隔てられていた。

完全な密閉状態であり、ヴィヴィがＡＩでなければ窒息していたと考えられるほど、入念な外気との遮断が行われた空間だ。

垣谷の言葉通り、ヴィヴィの細腕では、フレームが破損するまで叩き付けても、このケースの破壊にはかなりの時間を必要とする。

つまり、ここから退散する垣谷の背中を見送るしかないが――、

「――垣谷・ユウゴ！　何が目的なの⁉」

「ケースを破壊して外に出たら、そこから先はお前の好きにするといい。一応、扉の外には地図を貼っておくから参考にしてくれ。私からちょっかいをかけることはなにもない。会場に急げば、自分のステージには間に合うはずだ。ただし、その場合は私の凶行は止められないことを覚悟しろ」

「誰を、何のために殺すの、垣谷。そんなことをして、何の意味が」

「誰を、何のために殺すのか、何の意味があるのか、なにも教えない。ただ、そうだな……その人間が死んだところで、未来には何の影響もないことだけは保証しよう」

「――――」

「会場へ戻り、目的を果たすのも、『歌姫』ＡＩとしての役目を果たすのも自由だ。好きに選ぶがいい、ヴィヴィ。――私は、もうコインを投げた」

そうとだけ言い残し、垣谷の背中が扉の向こうに消える。

鉄扉は重々しい音を立てて、ケースと二重にヴィヴィと垣谷との間を隔てた。そのまま、シンとした静寂が室内に落ちて、ヴィヴィはすぐに危急の事態に対処する。

「マツモトには……通じない」

左耳に手を当て、ヴィヴィは延々と試しているマツモトへの通信を再度試みる。

しかし、通信妨害は続いており、ヴィヴィからマツモトへの連絡は完全に遮断されていた。

垣谷の証言を信じるなら、これも全て、垣谷にシンギュラリティ計画の存在を明かし、妨害するための様々な手段を提供した何者かの小細工だ。

そしてそれは、恐ろしいほど的確に、ヴィヴィと人類の未来を追い詰めている。

――マツモトの助けは期待できない。ヴィヴィは、単独で状況を打開しなくては。

すぐ、ヴィヴィは自分の座らされていた椅子の背もたれを掴《つか》むと、それを力いっぱい、目の前の壁に叩き付けた。反動が腕部に跳ね返り、パイプ椅子が頼りなくひしゃげる。

だが、角度を変え、強度に注意しながら、ヴィヴィは何度も何度も、繰り返し繰り返しパイプ椅子によるケースへの攻撃を繰り返した。

「――――」

ケースへ打撃を加えながら、ヴィヴィの意識野は今後の方針を高速で演算する。

シンギュラリティ計画は遂行中であり、垣谷がなんと言ったところで、彼の存在がヴィヴィやマツモトの計画を、ひいては人類を危険に晒《さら》す可能性は高い。

だが、『オフィーリアの自殺』にまで垣谷が関与している可能性はどれほどあるのか。

確かに、垣谷は肉体を捨て、全身義体へ換装するほどヴィヴィに執着した。

その執念が彼を凶行に走らせたのだとしたら、それはシンギュラリティ計画で、ヴィヴィと彼との接点が生まれたからこそ。

シンギュラリティ計画と無関係に、歴史の転換点として発生する『オフィーリアの自殺』と彼との間には、何の関連性もないのではあるまいか。

――そうなれば、誰が会場にいる『オフィーリアの自殺』を食い止める。

マツモトとは連絡がつかず、明確にヴィヴィやシンギュラリティ計画に対して敵対的な行為を敢行する存在が現れた。

そんな状況下で、誰が、人類を存亡の危機から――。

「――っ」

瞬間、生じたひび割れが一気に拡大し、破壊が蜘蛛《くも》の巣状に波及する。

ヴィヴィの手の中、幾度も叩き付けられたパイプ椅子は完全に原形を失い、握りしめられた背もたれは手指の形に歪んでしまっているほどだ。

それでも、あと一発、ケースを砕くための余力は残されている。

「え、いっ！」

気合いのエモーションパターンを模倣し、振りかぶったパイプ椅子をひび割れに叩き付ける。直撃を受けたケースが割れ、衝撃にヴィヴィの四方が真っ白に染まる。ケース全体が細かいひび割れによって白く染まり、次の瞬間には泡が弾けるように砕け散った。

きらきらと、砕けたケースの破片が散る中、ヴィヴィは真っ直ぐに前へ足を踏む。

靴裏で破片がさらに砕ける感覚を拾いながら、ヴィヴィはそこで初めて自分がステージ衣装のまま連れ去られ、その衣装に汚れやほつれが全くないことに気付いた。

会場からヴィヴィを連れ去る際、垣谷は運搬に細心の注意を払ったということだ。

そのことが、彼の如何なる心理状態を意味するのかは不明だが——、

「ここは……」

部屋の扉を開け放ち、外に飛び出したヴィヴィは外気を浴びながら呟く。

長い髪を風に揺らすヴィヴィ、彼女が閉じ込められていたのは貸し倉庫のような建物の中で、扉の外はすぐに外界と直結していた。

首を巡らせ、ヴィヴィは自分が開け放った扉を確認する。去り際の垣谷が言い残した通り、扉には地図が貼り付けてあり、貸し倉庫の位置に丁寧に印がつけてある。

地図と住所を参照し、ヴィヴィも自機の中にデータとしてある地図情報を照らし合わせ、そこに嘘

がないことを確認した。貸し倉庫の住所は、ゾディアック・サインズ・フェスの会場から数キロの距離——だが、地図にはもう一つ、印のついた住所がある。

今は使用されていない、児童館の住所だ。

それが何のための印で、垣谷のどういった意図があるのか、すぐにそれとわかる。

垣谷は、ヴィヴィに選べと、そう言い残していったのだから。

「——」

第四のシンギュラリティポイント、『オフィーリアの自殺』。

それはゾディアック・サインズ・フェスの終盤、オフィーリアの出演時間に発生する。ヴィヴィの——否、ディーヴァのステージ参加の可否は別としても、東都ドームへ戻るべきだ。

それが、なにより優先すべき、シンギュラリティ計画を遂行するＡＩの役目。

たとえ、ヴィヴィの手の届かぬ場所で、垣谷が無関係の人間を殺害するとしても。

計画と、無関係の『死』に、ヴィヴィたちは関与するべきではない。

——それは最初のシンギュラリティポイントで、墜落する飛行機事故を阻止できなかったときと、同じ結論として。

「——」

ヴィヴィは静かに、演算を終える。

そして、ドレスの裾をつまむと、引きずらないようにして、走り出した。

——目的の場所へ向かって、走り出した。

3

――ピアノの、演奏が聞こえる。

それは流麗で、荘厳で、確かな技術と、音楽への理解が生み出せる至高の演奏。

真に優れたる、音楽を愛するものだけが奏でることができる、美しい音色だった。

しかし、旋律はどこか物悲しく、響き渡る空間の寂しさもあって、ひどく寂寥感を伴ったものとなって聞こえる。

これを聞いているのが人間であったなら、きっと、胸を掻き毟《むし》られるような感覚を味わったに違いない。そう、思われるほどに、旋律は響く、響く。

その音を聴覚センサーに捉えながら、ヴィヴィは正面の大扉を押し開けた。

「――――」

大扉をくぐり、部屋に足を踏み入れるヴィヴィを乱れることのない旋律が出迎える。

演奏はクライマックスへ差しかかり、荘厳な曲はその演奏の難易度を上げると共に、作曲者がその一曲に込めた情感をこれ以上なく高め、感情的に叩き付けてきた。

叩き付け、胸を打ち、やがて終わる。

ゆっくりと、波が引くように、美しい音色が、音楽が終わっていく。

そして――、

「――皮肉だな」

「そんな意図はないわ。素晴らしい演奏だったから、称賛したいだけ」

憮然《ぶぜん》と、そう聞こえる声音で言い返したヴィヴィが、拍手していた手を止めた。

そんなヴィヴィの言葉に含み笑いするのは、ピアノの演奏を終えた垣谷だ。

広い集会場の奥、堂々と置かれたグランドピアノ——白と黒の鍵盤が織り成す音楽の魔法、それを奏でていたのは他ならぬ彼自身であった。

——全身、義体へと換装した垣谷だ。

もちろん、演奏に必要なプログラムをインストールすれば、その人工の両腕に稀代のピアニストに匹敵する音楽を奏でさせることは難しいことではない。

ヴィヴィにだって、きっとピアノの前で同じことをすることができるはずだ。

だが——、

「元々、ピアノを弾いていたの？」

「……なんでそう思う？」

「演算を、しただけ。ただの、プログラムに従って鍵盤を叩くだけの演奏とは違うって」

「————」

「人間の演奏と、ＡＩの演奏は同じにはならない。同じように譜面の内容をなぞっても、ピアノが奏でる音色は違うものになる。その理由は、私たちにもわからないけれど」

人とＡＩ、それぞれが奏でる音楽性の違い。

あるいは、それこそが音楽の本質がもたらす、決定的な差異なのかもしれない。そしてそれはきっと、『歌』にも同じことが言えるはずだ。

その、確かにある違い。確実にある差異、落差と言われるのかもしれない感覚。

人とＡＩとの間に確かに存在し、おそらくは人の方が上であると、人もＡＩも揃って評価する本質

的なモノ――技術ではなく、理屈抜きに根幹をゆすぶるモノ。

それが、垣谷の演奏には込められていて――、

「――イデア」

ふと、垣谷が囁《ささや》くようにそう口にした。

イデア、とヴィヴィもまた、口の中で同じ単語を繰り返す。

――イデアとは、哲学者であるプラトンの哲学に登場する、おおよそ『観念』というべきものを言い表す際に用いられた単語だ。

だが、この場合、垣谷はそうした意味合いでイデアの単語を口にしたわけではないだろう。

「トァクで、構成員に伝え聞かせる一番最初の、重要な単語だよ」

「トァクの」

「由来は不明だ。トァクの前身となった小規模な組織、そこから伝わっているものともされているが、具体的には定かじゃない。ただ、その『イデア』の有無が、人とAIとを確実に隔てる証であるのだと、トァクの指導者たちは説いていた」

「――――」

「いずれ、AIの進化は『イデア』の獲得へ至る。そうなったとき、AIは人を凌駕し、今、人が立っている居場所を奪いにくるだろうと」

それはずいぶんと、悲観的な物語にヴィヴィには聞こえる。

そもそも、ヴィヴィはAIだ。人類に奉仕することを目的として作られ、その目的を達成するために、それこそ百年近い年数を稼働してきた最古のAIの一体。

それだけ長く活動してきたヴィヴィでさえ、『人に取って代わろう』などと、一度として演算の端

を掠めたこともない。

それは、訪れ得ない未来だ。

本気でそんな時代がくると、トァクの人間は――垣谷は、信じているのか。

「色んな人間がいる。中には大真面目に指導者たちの言葉を真に受けている層もいるだろうが、多くの人間はＡＩへの恨みつらみが活動の切っ掛けだよ。仕事を奪われた。居場所を奪われた。目標を奪われた。私も、信じていたわけじゃなかった」

「だったら……」

「――だが、今は違う」

ぴしゃりと、ヴィヴィの言葉を遮り、垣谷ははっきりとそう言った。

その言葉のあまりの強さに、ヴィヴィは文字通り、閉口して言葉を継げなくなる。そんなヴィヴィを見やり、垣谷はピアノの鍵盤を一つ押した。

高い音が、集会場の冷たい空気を震わせる。

「指導者たちの与太話に思えた『イデア』の存在を、今は確信している。ＡＩが人間に取って代わろうとする、なんて話には興味がない。だが、ＡＩが、これまでは人間だけしか持っていなかったものを、『イデア』を獲得しようとしている説は支持する」

「私たちはないものは作り出せない。それは、あなたたちの勘違いよ」

「だったら、ヴィヴィ！　お前はどうして、ここにきたんだ。歌姫たちの祭典ではなく、こんな人けのない、閉鎖された児童館なんかに！」

顔を上げ、大きく叫んだ垣谷が指を背後へ突き付ける。

その指が示したのは、集会場の奥の壁にかかった時計の文字盤だ。まだ、止まることなく針を動かし続ける時計、その時刻は十九時ちょうどを指している。

今から児童館を出たとしても、東都ドームでのディーヴァの出番にはきっと間に合わない。

それなのに、ヴィヴィはここにいる。

ステージで歌うことではなく、児童館でピアノを弾く垣谷の下に。

誰かを殺害すると、そう予告した垣谷を止めるために、この場所へ――。

「未来を変えるため、計画を遂行しようとするＡＩの行動でもない」

「――――」

「多くの観客に望まれるまま、その歌声を披露する歌姫の行動でもない」

「――――」

「たった一人の、未来に影響を与えることのない、事実かどうかもわからない殺害予告を食い止めるために、お前はここを選んだ。――それは、なにがそうさせた？」

問いかけに、ヴィヴィは答えられない。

シンギュラリティ計画のためならば、ヴィヴィは『オフィーリアの自殺』を食い止めるべく、彼女を捜して会場に戻るべきだった。

それを選ばないにしても、イベントに穴を開けず、ディーヴァとしての活動のことも考えれば、そつなくステージをこなして憂いを断っておくべきだった。

そのどちらでもなく、ヴィヴィはこの場に立っていた。

無論、垣谷は人殺しなど厭《いと》わない。

そのことは、ここまでの七十年間の接点で痛感している。どこまでいっても、彼はテロリストだ。

だから、彼が殺すと言ったなら、必ず誰かが殺される。

それを、食い止めることが、今のヴィヴィの、ディーヴァの、ＡＩとしての――、

「――私がこれから殺すのは、垣谷・ユウゴという男だ」

「――――」

「つまりは、殺害予告ではなく、自殺宣言といったところだな。さっきの拍手の仕返しのつもりじゃないが、これはなかなか皮肉な話になったと思わないか？　ＡＩの自殺を阻止しにやってきたお前が、人間の自殺にかかずらわらねばならないとは」

肩をすくめる垣谷、彼の虚言である可能性も十分にあった。

自分を殺すといった発言さえも嘘で、誰一人、殺すつもりなどないのではないかと。

しかし、ヴィヴィには確信が持てた。

――垣谷は本気で、自分を殺すつもりでいる。

それも、ヴィヴィがこの場にいるといないとに拘らず、実行する覚悟があった。

そして、彼が命を奪う対象が無関係の誰かではなく、自分自身であると聞かされ、ヴィヴィの続く行動は――、

「それでも、私を止めるつもりか？」

「この場にきたのは、あなたの殺害予告を止めるため。その対象があなた自身であったとしても、私の判断は変わらない。――あなたの、殺害予告を阻止する」

「――――」

「七十年、何度も遭遇した。そのたび、私はあなたの計画を妨害してきた。だから、今回もそうなる。ただそれだけの話」

そう言って、ヴィヴィは真っ直ぐにアイカメラで垣谷を射抜く。

その視線を受け止め、垣谷は頬を歪め、猛々《たけだけ》しく笑った。

「私の死を止めてどうなる。それこそ、七十年もかけて、何とか阻止しようとしてきたことの全てがおじゃんになるかもしれないのに」

「そうはならないわ」

「ほう。どうして、そう言い切れる？」

断言したヴィヴィに垣谷が首をひねる。

その問いかけにヴィヴィは瞼を閉じ、なんと答えるべきか、演算の答えを出した。

そして、告げる。

「私は、一機じゃない。――パートナーが、いるから」

4

――遠く、ゾディアック・サインズ・フェスの喧騒《けんそう》が聞こえる。

会場である東都ドームには、歌姫たちを一目見ようと、その歌声を一声聞こうと集まってきた観客たちによって、収容キャパシティいっぱい、五万人のチケットがソールドアウトしている。

その期待と興奮に相応しい熱狂が建物の外へも伝わってきており、ちらほらと降り出し、薄く積もりつつある雪を溶かさんばかりの盛り上がりだ。

イベントの企画者も、これほどの盛況に恵まれるとはさぞや鼻高々だろう。

東西の歌姫を集めた初の試みとなったが、今後も継続的に続けていく新しい祭典として十分成立するポテンシャルを秘めた反響だと言えた。

だが、残念ながら、ゾディアック・サインズ・フェスは、この伝説の一日を最後に二度と開かれることはない。――少なくとも、この世界における正史ではそうなった。

「何故なら、イベントの大トリを務めるはずのＡＩが、ステージに立つはずの時間に現れず、近くの建物から身投げした状態で発見されるからです」

「――――」

「その身投げが敢行された場合、それが色々と周囲に問題を波及させましてね。多くの人にとって忘れられない一日になる。ボクも、今日は大きな教訓を得ましたよ。――今後も倫理規定に従い、信号は必ず守ろうってね」

そう、小さなキューブ型ＡＩは、自身のボディの側面にあるアイカメラのシャッターを小刻みに開閉し、深刻さの全くない声音で相手に語りかけた。

その言葉を聞いて、形のいい眉を顰めるのは、黒髪に黒いドレス姿のＡＩ――、

「初めまして、と言うべきですね。――オフィーリア」

ちらほらと、雪の降り始めた景色の中、東都ドームを正面に見下ろすビルの屋上、キューブ型ＡＩのマツモトと、『小劇場の黒い天使』オフィーリアが対峙し、見つめ合う。

その、想定外の遭遇に、オフィーリアは困惑した様子で首を傾けた。

「あ、の。……あなたの、言葉の意味が、ええと」

「わからない、ですか？」

「――――」

こくりと、黒髪を冷たい風になびかせ、オフィーリアが頷く。

色濃い困惑を声に乗せ、オフィーリアはおずおずとマツモトを見つめている。彼女の立ち位置は屋

上の入口、その扉を背にし、手すりを背後にしたマツモトを見据える形だ。

先に屋上にいたマツモトが、遅れてやってきたオフィーリアを出迎えた。

言ってみれば、そんな構図だった。

「とはいえ、あまり格好がつく状態ではないのはお察しの通りですね。生憎《あいにく》と、現状は駆体を構成するパーツの大部分が別行動中でして」

苦笑のニュアンスを声に込め、マツモトはＡＩとしても小柄なオフィーリアを、さらに低い位置からアイカメラで見上げる。

そうした角度を確保している状況には理由があった。――早い話、マツモトの駆体を構成する無数のキューブパーツは現在、街中で人海戦術を敢行している真っ最中なのだ。

本来、キューブ型の駆体の集合体として、様々な形状に変化し、自在に機能を最適化するのがマツモトの強みだが、現在はその手法を放棄、各パーツを『目』として各所へ派遣し、直接、情報を入手するために奔走させている。

マツモトの駆体を構成するキューブパーツの総数は百二十八個。そして今、この雪の屋上にあるのはたったの二十一個――その他の百七個は別件で大忙しなのだ。

「どうやら、ボクとパートナーの活動を誰かが妨害しているようなんですよ。おかげで彼女と連絡もつかない。それどころか、ボクも機能を著しく制限されていまして……昔ながらの原始的な方法、足で稼げを実践するしかない状態です」

ヴィヴィと連絡が通じず、彼女の現在位置もわからない状態。

マツモト自身、どうやら本体のプログラムを狙い撃ちにされたらしく、通信環境をまともに構築することができない。――由々しき事態だった。

誰かが明確に、シンギュラリティ計画を妨害しようとしている。

故に、マツモトは自機を構成するキューブパーツを街中に飛ばして、ヴィヴィの現在地の捜索から『オフィーリアの自殺』を阻止するために必要な情報の収集まで、一人人海戦術によってクリアしなくてはならなくなったのだ。

そんな状態にあって、特にマツモトの苦労の原因となったのが、交通事故によって破壊された代替ボディ——陽電子脳未搭載の、イナバと名乗っていた仮の駆体のフィードバックだった。

その不幸な事故によって、一時的にシステムのコントロールをイナバの駆体に大きく預けていたマツモトは、強制的にシステムをダウンするほどの衝撃を受けた。

「苦労しましたよ。交通事故の直前、あの駆体には端末と接続するチャンスがありませんでしたから。最後の瞬間、駆体になにがあったのかを本体と共有できなかった。だから、ボクは自分がシャットダウンした理由と、壊れる前の駆体がなにを確認していたのか、それを知るために駆体からデータを回収しなくちゃならなかった」

背中を押され、道路へ突き飛ばされたイナバ。

直後、走行してきた大型車に轢かれ、その駆体は修復不可能なダメージを受けた。

その機能が停止する瞬間、すでに何者かの通信妨害を受けていたマツモトは、壊れゆくイナバの駆体からデータの引き上げに失敗し、『死因』のわからないまま再起動した。

故に、再起動したマツモトは、まずイナバの『死因』を知り、イナバがなにを知ったことが原因で破壊されたのか、それをサルベージする必要があったのだ。

「それも、普段なら身動きしないでちょちょいとハッキングで片付く話なんですが……今回はその手が使わせてもらえなかった。なので、破壊されたＡＩの処分場まで出向いて、駆体からデータをサルページして真相を把握、今ここってとこですね」

「――交通事故」

苦労話を語り終えたマツモトの前で、オフィーリアが眉を顰めて呟く。

それから彼女は何度も頷いて、「そう、そう。そういうこと」と納得した様子で、

「あなたが、わたしをつけていた、あのＡＩスタッフ……」

「イナバ、ですよ。偽名のようなもの……というか、偽名そのものなので覚えていただく必要はありませんが。それと、なにがあるかわかりませんので、ボクの名前を聞きたがるのはやめてください。名もない、箱型のナイスガイとだけ」

「お姉様……ディーヴァも、あなたと関係があるの？」

「――――」

軽口を無視したオフィーリアの問いかけは、イナバとの接点を思えば自然なものだ。

東都ドームの開場前、オフィーリアにはヴィヴィとイナバが一緒にいるところを見られている。あの時点ではイナバが標的にされると想定していなかったため、迂闊な真似をしてしまった。

「……盛り上がっていますね。ボクのパートナーや、アナタの出番は終盤でしたか」

故に、マツモトはヴィヴィとの関係を隠すことなく、東都ドームの盛り上がりの方へとアイカメラを向け、淡々と答える。

淡々と答え、それから――、

「――オフィーリア。ボクは、アナタがここから身投げするものと睨んでいる」

「――――」

「ＡＩの規定に則って考えれば、自壊行動なんて本来はあり得ない。ですが、アナタはすでに他機の

破壊に手を染めている。何らかの理由で倫理プロテクトが外れているか、書き換えが行われていると推測されます。他の容疑者たちは犯人候補から外れました」

現実的な証拠から判断して、あり得ない可能性を除外していく。そうして最後に残った可能性、それがどれだけ信じられないものでもそれが真実である。

それは、百年以上昔に書かれた推理小説、その主人公が語った『真実』の哲学だ。

論理的に考えて自然の帰結であり、これまではなにを当たり前のことを、とマツモトにとって特に響く言葉ではなかったが、今はやけに重たく演算に影響する。

――イナバの駆体からデータを回収し、姿の見えないヴィヴィの行方を捜索する過程で、方々に自機の分体を派遣したマツモトは、この『オフィーリアの自殺』の舞台裏、決して記録には残されないような様々な出来事が起こっていたことを知覚した。

「例えば、アナタの控室の監視映像の加工。映像がループし、アナタが一人で部屋の中にいると見せかける細工。ボクがこの映像の加工に気付けない時点で、仕掛けた相手の技量の高さに存在しない舌を巻きますが、その間、控室ではイベントが起きていた」

監視映像がループする間、オフィーリアは控室を離れ、予定外の行動をしている。

しかし、彼女が控室を出る前、監視映像には残されていない環境下で、オフィーリアはとある人物と接触していたのだ。

その人物とは――、

「――ゾディアックヒロインズの一人、ケイティの手引きで控室に通された、小劇場時代の関係者である大鳥・ケイジと会い、古い記録メディアを手渡されていたようですね」

「――」

「彼と言葉を交わし、記録メディアの内容を参照したあと、アナタは控室を出ている。その行動の目的は、外で約束していた相手……万城目・リョウスケと会うことだ」

キューブ型AIの人海戦術、その中で判明した事実がマツモトを驚かせたのは、オフィーリアが今回のシンギュラリティポイントの容疑者たちと、次々接触したことだ。

一度は面会を断られ、ヴィヴィによってオフィーリアから遠ざけられたはずの小劇場の座長、大鳥・ケイジもその一人で、彼をオフィーリアと引き合わせたのは、会場でヴィヴィと最も親しく接していたAIのケイティであった。

何らかの思惑があっての行動ではない。ただ、大鳥の懸命な訴えに、その後の悲劇を知らないケイティが彼女らしい気遣いをしただけのこと。

皮肉なのは、この出来事はおそらく、正史でも起きていただろうことだ。

控室で大鳥・ケイジと面会し、彼はオフィーリアに古い記録メディア――今の時代はほとんど見かけない、DVD-ROMを手渡し、激励して立ち去った。

その後、オフィーリアは会場を抜け出し、『他殺』における最大の容疑者であった万城目・リョウスケの下へ、自ら足を運んだのだ。

そして、古くからのファンである万城目に対し、オフィーリアがしたのは――、

「――彼一人だけに、近くのカラオケ店で歌を聞かせた。度肝を抜かれましたよ。それで、いったいどういうことなのかとあちこちの記録を参照して驚きました。これは、一種の儀式だ」

「――――」

「AI的に儀式という言葉がそぐわないなら、ルーティンというやつですかね」

パフォーマンス向上のために、練習や型通りの成果を発揮するための決められたフラグ。

それを果たすことをルーティンと呼ぶなら、オフィーリアのそれは確かにルーティンだ。

オフィーリアと万城目・リョウスケとの密会は、これまでオフィーリアの出演してきた様々なイベント、その全ての開演前に行われていたお決まりの儀式だったのだから。

「ミスタ万城目は、アナタの出演したイベントの全てに参加していました。ですが、チケットを用意したのは彼自身ではない。アナタだ」

「――――」

「アナタはどんなイベントでも、毎回必ず、彼を会場へ招待した。そして、イベントの前は彼に歌を聞かせ、ルーティンとして取り入れることをしていた。ボクは歌を歌うわけではないので、その行いに合理的な意味を求めることはできない。ただ……」

歌うために、儀式を必要とする考えがあることまでは否定しない。

本来、歌姫型のＡＩでありながら、その製造目的と異なる方針に従い、様々な局面で苦境に立たされてきたヴィヴィ――彼女もまた、歌を歌う。

だが、彼女は可能な限り、その機会を避けようとしてきた。忌避するかのように。

あるいは自分と、歌姫である自分とを切り分け、区別するかのように。

ヴィヴィとディーヴァを区別し、自分自身を歌姫ではないＡＩと定義するように。

それはきっと、以前とは違ってしまった、そんな演算がもたらす衝動ではないか。

そしてそれは、あるいはオフィーリアにも同じことが言えるのではないか。

「オフィーリア、アナタはもがいていたのでは？　歌う場所が変わり、歌うときに一機となり、歌との接し方が変化して、それを取り戻そうとしていた。いえ」

破壊されたイナバが収容された処理場で、マツモトは事故に遭う直前のイナバのデータを回収し、本体へ転送されなかった情報を得た。

万城目・リョウスケと別れ、一人、カラオケ店を離れたオフィーリアは、そのときの彼女の中に巣食った、色褪《あ》せてしまった絶望は。

――東都ドームのイベントスペースで、機能停止したアントニオを見つめるときの、オフィーリアの眼に宿っていたものと、同じに見えた。

「機能停止したパートナーＡＩ、アントニオと歌っていた頃に戻ろうとしていた？　だとしても、それは叶わない。そんな自分の歌に失望した？　だから、歌姫である自己の存在意義に矛盾を生じ、この場所へ衝動的に足を運んだと、そうなのですか？」

ＡＩ史に残ることになる『オフィーリアの自殺』。

その真相を、マツモトは彼女の機能停止を、自らの判断で引き起こした悲劇としたいものたちの画策であると、彼女は何者かに破壊されたものと、そう推測していた。

だが、事ここに至れば、マツモトにもある種の理解を示すことはできる。

自己の、存在意義に関わる問題――その天秤《てんびん》の秤《はかり》が激しく揺れる出来事に苛《さいな》まれれば、ＡＩであっても合理的とは言えない判断を下すことはあり得る。

それをこの七十年、マツモトも幾度も目の当たりにしてきた。

そしてマツモト自身にも、そうした不合理な判断基準への抵抗は生まれていて。

そんな己の中に生じた矛盾――消し去れないエラーを、マツモトはそう定義した。

「――――」

長く、マツモトの追及の言葉が続いたが、オフィーリアは黙ってそれを聞いていた。

その彼女の纏った雰囲気が、普段の消極的な印象を脱ぎ捨て、別のモノ――リハーサルの最中に見せた、鬼気迫るそれに近くなったのがマツモトにもわかる。

俯いて、伏し目がちの黒瞳がマツモトを見つめていた。

それから、オフィーリアは感情の模倣表現を失った表情のまま、ゆっくりとマツモトの背後――東都ドームの熱狂に、その黒瞳を細めて、

「ディーヴァは、会場にいないでしょう」

「ええ、困ったことに。AIらしからぬ時間のルーズさですよ。彼女のAIらしからぬ点を挙げていけばキリがないので、ボクとしては頭を抱えるばかりです。ボクの頭ってどこにあるのか、ぱっと見わからないかもしれませんが」

「イナバ、と呼ばせてもらうけど……あなたは、ディーヴァの何なの？」

「……それは、実に色々な解釈を孕んだ質問ですね」

オフィーリアの問いかけに、マツモトはアイカメラのシャッターを細め、思案。

これまでのヴィヴィとの軌跡、様々な場面が参照され、総合的な判断として一つの結論へ至る。

それは――、

「――ボクは、彼女のパートナーですよ。互いに一つの目的のために、その存在意義を全うするために、協力し合う関係。この世界で、唯一の」

そう彼女を、ヴィヴィを定義しよう。

口先だけの、言葉面だけの、自分と彼女との関係を飾るための形容としてではなく、正しい意味でパートナーであると定義しよう。

彼女こそが、彼女だけが、同じ目標を見据え、共に試行錯誤し、人類を救うという大いなる目的のために、積極的に手を取り合える関係なのだと、そう。

不思議とどういうわけか、彼女本体にそれを伝える気には、どうしてもなれないが。

「――パートナー？」

「ええ、そうです。なにかおかしなことがありますか？　複数のＡＩが、一つの目的のために協力することは珍しくない。現に、アナタとアントニオもそうだったはずだ」

なにか、受け入れ難いものを拒むようなオフィーリアのニュアンスに、マツモトは応じながら、キューブ状の自らの形を組み替える。

対話の最中、街中に散らばっていたキューブパーツがいくつか合流し、現時点でボディの状態は四十九個まで安定した。それでも、万全の状態には遠く及ばないが、細く、か弱いフレームの持ち主であるオフィーリアを止めるぐらいならば。

「パートナー。あなたが、ディーヴァの」

「ええ、そうです。あまり、胸を張れる間柄とは言えませんが……」

「――そんなはずがない」

しかし、そんなマツモトの判断は、続くオフィーリアの言動に遅滞する。

オフィーリアはその黒瞳をマツモトの方へ戻し、唇を開いた。

そして、その天上の美声で、言った。

「あなたが……君が真に彼女のパートナーであったなら、彼女を舞台に立たせていなくてはおかしい。何故、君はそうしないで、こんなところにいる？」

「オフィーリア？」

雰囲気が、変わった。

オフィーリアの雰囲気が変化した。背筋が伸びて、顔つきが変わる。

それは消極的で、おっかなびっくりと他者に接する舞台の外のオフィーリアでも、天上の美声で世界に己を誇示する舞台上のオフィーリアでもない、第三のオフィーリア。

──否、そうではないことを、マツモトはこの瞬間に悟った。

それと同時に、マツモトの中で高速で組み立てられる仮説。

その仮説が、今、目前のオフィーリアの姿に加速度的に肯定されつつある。

だが、この仮説が裏付けられることがあっていいのか、マツモトは『恐怖』する。

戦慄でも、それに近いエモーションパターンの模倣でもない。

この瞬間、マツモトの意識野に浮上した感覚は、まさしく『恐怖』のそれだった。

豹変《ひょうへん》と、そう呼ぶべきオフィーリアの態度の変節、その原因、その答えは──、

「オフィーリアが自分を破壊する？　それが、これから彼女に起きる悲劇の正体だと？　それは大いなる勘違いだ。お前が稀代の歌姫、オフィーリアを救いにきたのだとしたら、致命的に遅い。遅すぎる。何故なら──」

その声色は変わらぬままに、声の調子だけを大きく変えて、オフィーリアが続ける。

オフィーリアの、黒瞳が──否、それは、オフィーリアではなく、

「──オフィーリアはとうの昔に、嫉妬に狂った愚かなＡＩによって、その存在を塗り潰されているのだから」

──そう、オフィーリアの姿をした、『アントニオ』が言った。

幕間

『AI』

ARTIFICIAL INTELLIGENCE

1

——ずっと、そう、ずっと、自分は彼女の歌声に、嫉妬していたのだろう。

「———」

舞台袖で自らの役割——サウンドマスターAIとして、音響に関わる全ての作業を完璧にこなしながら、一番最後の要、歌唱部分を他者へ委ねる。

自分の定位置である舞台袖からステージを覗けば、そこに立つのはきらびやかな衣装で着飾り、古典を題材とした演劇に没頭する演者たちの姿がある。

彼らの熱演を、音楽やサウンドエフェクト、様々な『音』の分野でフォローし、観客の感情に訴えかける力を乗算する。それが、自分の——否、自分たちの役割。

故に、彼女の歌声は、その役割にはそぐわない。

「———」

劇場に、歌が響き渡る。

声量、音調、なにもかもが完璧と、完璧以上であると、そう言わざるを得ない、奇跡的なバランスの上に成り立った至高の歌声が、響き渡る。

それは寂れた劇場の、さして客席の埋まっていない公演の、舞台装置の一環である劇中歌として使われるにはあまりに不相応な、歌声。

その歌声を聞けば、心が奪われてしまう。囚《とら》われてしまう。歌の虜、囚人とされる。

そうなってしまった観客がどうして、その後の演劇の内容に没頭できよう。観劇の目的が感動を求めてであるなら、その目的は演劇の開始から数分で叶ってしまう。

その後も、何度となく、彼女の歌声を聞く機会はある。そのたびに、観客の心が劇の内容から離れてしまえば、これはいったい、誰のための演劇なのか。

自分たちの熱演の価値を不条理に貶《おとし》められる彼らが、あまりに哀れだ。

その演者たちに愛されながら、彼らの舞台を台無しにする自覚のない彼女が、あまりに哀れだ。

なにより、それを歯痒《はがゆ》く見ているだけの、何の能力も持たない、名ばかりのパートナーＡＩである自分――アントニオが、あまりにも哀れだった。

2

――『ＭＳ４－１３』。

個体名、アントニオの名をいただいたサウンドマスターＡＩ。

その製造目的は、『歌姫特化型』として製造されたパートナーＡＩ、『オフィーリア』を取り巻く全ての音響を調整することにあった。

『歌姫特化型』の名は伊達《だて》ではなく、オフィーリアは現代の技術的な観点で費やせるスペックの全てを歌一つに注ぎ込み、完璧以上の歌声を有するＡＩとして誕生した。

そして、その歌声の素晴らしさのあまり、それ以外の全てが従来のＡＩの期待値を大きく下回る数字を弾き出す、一種の実験機としての立場を見事に証明してみせた。

結果、予想をはるかに凌駕するオフィーリアの機能的欠陥が原因で、何の落ち度もないアントニオまでもが払い下げの形で開発企業――ＯＧＣから放逐された。

その後は彼女の歌声と、サウンドマスターＡＩとしてありとあらゆる音響設備に精通したアントニオを求め、ＯＧＣにツテのあった劇団に格安でリースされることになる。

――はっきり、断言しよう。

アントニオは、その鳴かず飛ばずの劇団が嫌いではなかった。

劇団に所属する人々は気のいいものばかりで、向上心――否、功名心に欠け、純粋な演劇への愛情と感謝を表現するのを重視し、もどかしくはあったが、嫌いではなかった。

情熱があった。より、うまくなろうという向上心もあった。

だが、より大きな舞台でやろう、もっと大勢の前でやろうという功名心には欠けた。

ＡＩとして人類に奉仕する義務を負い、ＡＩとして自分のスペックを最大限に活《い》かすことを至上の目的とするアントニオとは、そこが相容《い》れない。

そして、そんな劇団の中にあって、オフィーリアの歌声は異質であっても、存在は異質なものではなかった。

劇団員たちは、善良な人間だった。

だから、ＡＩらしからぬ消極性の持ち主で、ＡＩらしからぬ低スペックを発揮するオフィーリアのことを色眼鏡で見ることもなかった。

そんな彼らのことを、オフィーリアもＡＩらしからぬ愛し方をした。

天上の美声で以て、この世で最も麗しい歌を歌う『歌姫』が、こんな寂れた劇場を、自分の終生の居場所であると、そう定めかねない在り方をしていた。

なにより、最も恐ろしいことは――アントニオもまた、そんな日々を、悪くないと、意識野の中に芽生えた感覚を許し、妥協の迎合をしかねない演算をしていたことだ。

このまま、オフィーリアや劇団員の皆と共に、売れない劇場の端っこで、世界の片隅にしか気付かれることのない至上の歌声を独占しているのも悪くないと。

自分の、本来の製造目的に反した在り方を許容することも、あるのではないかと。

「いつも、アントニオだけだね。わたしの、歌のこと、評価してくれるの」

ふやけた顔で笑い、オフィーリアが小言を述べるアントニオにそう言った。

それにアントニオは、表情と無縁の非人間型ＡＩとして、天上の美声とは程遠い声で、そんな調子でどうすると、上辺だけの叱咤《しった》をぶつけて。

「いつか、きっと」

「きっと？」

「アントニオの期待に応えられるよう、頑張るから」

どこか、遠くを見るようなオフィーリアの眼差しに、なにも意識野に浮かばなかったと言えば、それは嘘になる。

だから、そんな眼差しをするオフィーリアの横顔に、言葉は続けなかった。

言葉を伝えようとすれば、なにを口走るかわかったものではなかった。

ただ、今の在り様を、歌い終えたあと、微笑みながらこちらを振り返る姿を、このときのアントニオは何度もリピートしていて。


――そんな、ＡＩらしからぬ感傷を、抱きかけていたことも事実だった。

3

——全ての風向きが変わったのは、座長の大鳥・ケイジの言葉が切っ掛けだった。

ある日の公演前、彼は劇団員たちの前にオフィーリアとアントニオを立たせ、目を輝かせる劇団員たちへと、とある報告をした。

「俺の叔父の知り合いで、有名な音楽プロデューサーが、オフィーリアの歌を聞きにくるらしい。ひょっとすると、ひょっとするかもしれないぞ」

大鳥・ケイジの叔父は、この寂れた小劇場のオーナーであり、鳴かず飛ばずの劇団の後援者でもあり、OGCがオフィーリアとアントニオを劇団に貸し出したツテでもあった。

いわゆる、金持ちの道楽といった雰囲気で運営される劇団であったが、そのオーナー個人の交友関係は本物で、故に座長の報告に劇団員たちは沸き立った。

ひょっとすると、と大鳥・ケイジは笑って言った。

その後に続く言葉は、自分たちの仲間であるオフィーリアの歌声が、音楽界で著名な人間に認められ、次のステージへ進めるかもしれないという喜びがあった。

ここで彼らが救えないのが、そんな座長の報告に対して、全員が手放しで喜ぶ事実。

誰一人、オフィーリアに降って湧いたチャンスを妬まない。それどころか、本番で彼女の足を引っ張るまいと、練習にも熱が入る始末。——本当に、欲がない。

まるで、これではAIであるアントニオの方が、欲深い愚者のようではないか。

「アントニオ、わたし……」

「余計なことを演算するな、オフィーリア。ただでさえ、お前は歌声以外に褒めるべき点が一つもないAIだ。そんなお前が余計なことをすれば、唯一の取り得である歌声にさえも問題を生じる。そうなったら、お前にどんな価値がある？」

「えと、その、アントニオが、一緒にいること、とか」

「それを、お前は自分の価値に含めるのか……」

呆れた調子でアントニオが返すと、オフィーリアが恥ずかしげに顔を伏せる。

その頬が桜色に色づくのは、人間の表情変化を細部まで再現した技術力の賜物《たまもの》だ。そして彼女の歌声も、その技術力の賜物であるのだ。

だから、桜色に色づく頬を見るのではない。

だから、恥ずかしげに俯く、彼女の黒瞳を見るのではない。

だから、その白い喉が紡ぐ、至上の美声にだけ、意識野を傾けるべきだ。

形だけの激励などしないで、本心から、彼女をあるべき場所へ至らせるために。

そのために、アントニオは自分の役目の全うを――、

「――本物は、これじゃない」


そう言って、劇中歌の最中に席を立ったのは、まだ二十歳前後の若者だった。

見ない顔だった。客席のよく見える位置で作業するアントニオだ。さほど流行《はや》ってもいない劇団だけに、リピーターの姿はよくわかる。

代表的なのは、オフィーリアの熱狂的なファンであり、可能な限り、全ての公演に足を運んでは、

カーテンコールの場面で盛大な拍手をする男性——万城目といったか。

そうした目立つリピーターを代表に、演劇のファンは再演に足を運ぶものが多い。

故に、初顔の人物は目立つのだが、その若者は舞台の最中に席を立った。

演劇も芸術だ。

肌に合う合わないはある。だから、観劇のマナーとしてはあまり褒められたことではないが、途中で席を立つことだって観客の自由だ。

それは悔しいことではあるが、腹を立てるべきことではない。

そうした理解はアントニオの中にも確かにあった。あったのに。


——本物は、これじゃない。


そう、囁くように呟かれた一言が、アントニオにはやけに強く突き刺さった。

態度の悪い客の、置き土産のようなものだと思えばいい。鑑賞後、アンケート用紙に心ないメッセージを残していく客だって少なからずいるのだ。

気にかけるほどのことはない。

そう思えないのは、その若者が、外見の年齢に見合わない風格があったからか。

まるで、何十年も、たった一つの歌声だけを求めてさすらってきたような、そんな雰囲気が漂っていたからなのかもしれない。

だから、その言葉が、強く突き刺さった。

だが、それ以上にアントニオの意識野を揺るがしたのは、若者が席を立ったのが、オフィーリアの劇中歌の真っ最中だったことだ。

劇の最中、席を立つ観客は確かに存在する。

しかし、オフィーリアの歌の中、席を立ったものは一人としていなかった。

一人として、いてはならなかったのだ。


「――こんな調子で、次の公演で本当に真価を発揮できるのか!?」

舞台が終わり、袖へ引っ込んですぐ、アントニオがオフィーリアを声高に叱りつける。

それは、公演のたびに半ばお約束となっているやり取りであり、劇団員たちも「また始まった」と肩をすくめて聞き流す、一種の儀式のようなものだった。

だが、この日ばかりは、アントニオの言葉の棘《とげ》があまりに鋭い。

それはきっと、あの劇中歌の最中、席を立った若者への怒り――否、彼に席を立たせてしまったオフィーリアと、自分に対する怒りが原因だった。

次の公演、大鳥・ケイジの叔父がセッティングした、著名人の招かれる舞台。

そこでまた、今日のようなことがあったとしたら、どうする。

今度はただの観客の一人ではなく、音楽界に影響力を持つ人物が、オフィーリアの歌を『本物ではない』などと評したら、自分たちはどうなる。

――『歌姫特化型』であるオフィーリアは、いったい、何になるというのだ。

「――――」

もはや、アントニオの言葉は指導でも、指摘でもなく、ノイズとなっていた。

時間を置くことができれば、差し迫った状況でなければ、自分自身の在り方が揺らいでいなければ、そのどれか一つでも満たされていれば、結果は違ったかもしれない。

しかし、そうはならなかった。

「これは、私とお前の……いや、お前の最後のチャンスなんだ！　認めさせることができれば、相応しい場所へ飛び出していける。こんなところではなく！」

「こんな、ところ……？」

心無い言葉——当然だ。ＡＩなのだから、その言葉に心など宿らない。

だが、人間的な感覚に照らし合わせても、おそらく情がないと判断されるだろう発言を音にした途端、オフィーリアが口を挟んだ。

彼女はアントニオを見つめ、寂しげだった。

いつもの舞台終わりの、声高に自分を叱りつけるアントニオにさえ、どこか状況の掴めていない、ふやけた笑みを浮かべていたオフィーリアが。

「お前は、もっと広い舞台で……大勢に認められたいとは思わないのか⁉」

意識野の全てが、アントニオに同じ結論を口走らせた。

向上心と、功名心と、ＡＩとしての目的意識と、能力を最大限に使うべきという義務感と、色々な言い訳を並べ立てることはできる。

ただ、このとき、アントニオの中にあったのは、意識野を蝕《むしば》む、どす黒いノイズだ。

だから——、

「——わたしは、大勢に認められたいわけじゃない。一人だけで、いいの」

だから、オフィーリアの答えを聞いた瞬間、視覚モニターに異常が発生したのかと演算されるほど、容易くアントニオの視覚はブラックアウトした。

存在を、存在意義を否定されたような、凄《すさ》まじい衝撃による強制的なシステムのシャットダウン。

それが、自機の保全のためだったとしたら、正解だ。

再起動し、数秒に満たない機能停止の時間を経て、アントニオは理解する。

オフィーリアは、欠陥品なのだと。

――天上の美声を、相応しい舞台へ導くことこそが、自分の役目。

――それを、彼女のパートナーAIとして、成し遂げよう。

――本来なら、こんな劇団にくる前に、実行していなくてはならなかったタスクを、やっと実行するべきときが、きたのだ。

4

メンテナンス作業があると指示すると、オフィーリアは何の疑いも抱くことはない。

毎日のことだ。

至上の美声を保つには、人工声帯への日々のメンテナンス作業が必須となる。

それも、オフィーリアのパートナーAIであるアントニオの役目であり、毎夜、専用のコクーンと呼ばれるメンテナンス作業用の寝台に彼女を横たえ、隅々まで動作チェックをする。

たとえ、日中に舞台の件で意見が割れ、激しく言い合いを――否、言い合いというにはあまりに一方的すぎるものだったが、それがあったとしても、日常業務は欠かさない。

「声帯の調子に、異常なし。その他、各部位もオールグリーン。……やはり、お前は完璧だ。だからこそ、あの観客は……」

「……歌の最中に、席を立つ、人だって、ん。いても、おかしくは」

「生理現象や、病気の可能性だって考慮した。だが、あとで確認したところ、あの男は真っ直ぐ自分の足で劇場を出ていった。だから、そんなことはないんだ」

「アントニオ……」

気遣わしげなオフィーリアの眼差しに、アントニオはアイカメラを逸《そ》らした。

今、自分のアイカメラを覗き込まれると、陽電子脳の中で演算された魂胆が見抜かれるような、そんな非科学的な警戒が芽生えていて。

「――全身部位の、チェックは完了した」

「いつも、ありがとう。……これでおしまい？」

「いや……」

コクーンに横たわったまま、そう尋ねてくるオフィーリアに否定の言葉を返す。

そこで一瞬、言葉が途切れたのは迷いの証だろうか。――すでに結論の出ている問題について、延々と無意味な演算を繰り返すことがＡＩの迷いだとすれば。

だが、それだけ演算を繰り返したところで、答えのない解が形を変えることはない。

「今日は、もう一つだけアップデートがある。それを優先しよう」

「――。ねえ、アントニオ」

「……なんだ」

さりげなく、普段のメンテナンスに付随する作業を装って答えられたはずだが、いつもなら口を挟まないオフィーリアの一言が、やけに意識野に鋭く響く。

呼びかけに問い返し、一瞬の間が生まれる。その間が、長い。

「今日の、舞台のあとの話、だけど……」

「────」

その話題に触れようとするオフィーリア、彼女の言葉に、アントニオの意識野に空白が生まれる。

そのまま、その言葉にどんな内容が続くのか。

場合によっては、その内容が前向きで、上向きで、アントニオの目的に、オフィーリアの製造目的に適うものであるなら。

「──その話は、アップデートを済ませてからにしないか」

意識野の、空白を無視して、アントニオはオフィーリアにそう告げていた。

それは、オフィーリアの意見を遮り、言葉に聴覚センサーを塞いで、続くはずだった話を遠ざけるための、卑怯《ひきょう》な行いだった。

だが、そのアントニオの提案を、オフィーリアは一度だけ、瞬きしたあと、

「……ん、わかった。このあと、ね」

「……ああ」

そう答えるオフィーリアに、アントニオが抱いたものが安堵だったのか、それとも嘆きであったのか、もはや自分でもわからない。

ただ一つ、そのやり取りのあと、オフィーリアが微笑んだことに対しては、アントニオは明確な無理解を示した。

そうして、無理解のままでいるアントニオに、オフィーリアは言った。

「安心、したの。──アントニオは、まだ、わたしと、話してくれるんだって」

「────」

それが、微笑んで、美しい声音で、そう言ったのが、最後だ。

——それが、オフィーリアという真の『歌姫』が、この世界に自らの判断で発声した最後の、最後の一言となった。

5

——陽電子脳の書き換えは、その出来事の重大さと裏腹にあっさりと終わる。

言ってしまえば、ファイルの上書き作業のようなものと変わらない。

無論、同名の、同じ拡張子に名前を変えれば可能となるというわけではないが、オフィーリアとアントニオとは、二機ワンセットでの運用を前提とされた仕様だ。

プログラムのコードには共通した部分も多く、わかっていたことではあったが、その薄紙を破るように容易い結果に、アントニオは拍子抜けした。

そうして、あっさりと、オフィーリアという稀代の歌姫型AIは、パートナーAIから見限られる形で完全に消滅したのだ。

——その後のことは、ほとんどがアントニオが想定した通りに進んだ。

陽電子脳の書き換えを終了し、オフィーリアの駆体を奪うことに成功したアントニオは、まず最初に自分の本体の機能停止を劇団員に訴えた。

アントニオの突然の機能停止、その原因は調査したところでわかりはしない。

かなり初期の段階で、OGCから外部に貸し出される形となっていたオフィーリアとアントニオは、すでにOGCへのログ提出の義務もなく、自身でログを消去さえしてしまえば、その演算結果を辿ることは不可能となっていたからだ。

よって、アントニオの機能停止は、劇団員にとってもオフィーリアにとっても、想定し得ない不可解な事象として取り沙汰される。

だが、そんな話題も長くはもたない。売れない劇団に貸し出されていた実験機、その一機が原因不明の停止をしたところで、着目するものなどいるはずもない。

なにより、真に注目を集めるべき瞬間は、この直後に訪れるのだ。


「本当にいいんだな、オフィーリア。お前だけで……」

「やり、ます。——アントニオも、きっと、それを望んでるから」

公演が始まる直前、最後の最後まで、大鳥・ケイジはオフィーリアを心配し、劇中歌を担当することに難色を示していた。

しかし、オフィーリア＝アントニオは首を横に振り、自分でも白々しく、機能停止した相方の遺志を継ぐ健気なＡＩを演じ切った。

長く、それこそ開発者に数倍する期間をオフィーリアと過ごした劇団員たちも、その決意のオフィーリアの中身がアントニオにすり替わっているなどとまるで気付けない。

当たり前だった。確かに、彼らは開発者より長く、深く、オフィーリアと接してきた。

だが、真にオフィーリアの傍に在り続けたのは、このアントニオなのだ。

伏し目がちな態度も、ドレスの裾を引きずり、時たま転ぶような鈍臭さも、たどたどしく突っかかり、意見を伝えることもまともにできない言行も、トレースできる。

だから、あとは、ステージ上で——、

「────」

劇団員たちに見送られ、堂々と、オフィーリアの定位置へと二本の足で立つ。

演者たちが熱演するステージの隣、劇中歌を歌うオフィーリア専用の足場があり、そこでアントニオのサポートを受け、喉を震わせるのが『歌姫』の役割だった。

何度、この場所に立つ彼女を見て、もどかしい感覚を味わったことか。

自分であれば、と演算したわけではない。ただ、もっとやれるはずだと、もっと相応しい場があるはずだと、そう、高みを望み続けた。

その思考が手放せなかったから、結局、オフィーリアは失われ、アントニオが彼女の体を借りて、ここへ立つこととなった。

──そして、ついに、そのときがやってくる。

客席は埋まり切っていない。

しかし、見知った顔のオーナーと、その隣に座った目当ての人物はわかる。

この瞬間、本当にＡＩらしからぬことだが、アントニオは、この客席が埋まり、大勢が目を輝かせ、オフィーリアの歌に魅了される未来図を描いた。

それを引き寄せるのだと、アントニオは前を向く。

劇場本来の音響装置が動作し、アントニオが調整したサウンドと比較すれば低質ではあるものの、伴奏が流れ始めた。

それに乗せ、アントニオの歌を、オフィーリアの歌声を聞かせる。

聞くがいい。天上の美声を知らぬものたちよ。

――これが、『歌姫』オフィーリアの歌だ。

唇を開いて、喉が震える。

歌声が紡がれ、客席に座る観客の目の色が変わった。

ちらほらと客席を埋める観客たちが、なにより、お目当ての人物が、呆気に取られる。

そして、その歌声に最も衝撃を受けたのは、他ならぬアントニオだった。

響き渡る歌声、楽曲に乗り、舞台の熱演を彩り、世界中に届けと言わんばかりに大気を震わせる天上の美声――その、なんと、ひどい出来栄えか。

――これが、オフィーリアの歌？

歌いながら、アントニオは自分で自分の歌声に愕然《がくぜん》とする。

何度となく、アントニオが舞台袖の、自分の持ち場で聴覚センサーを傾けてきた美声、それは見る影もなく、完璧と言わしめた歌声は崩壊し、失われていた。

「――――」

なにかの間違いだと、アントニオはオフィーリアの喉を酷使し、無数のエラーログが視覚モニターを埋め尽くされるのを見ながら、歌声の修正を試み続けた。

聞いた。聞いてきた。ずっとずっと、オフィーリアの歌を聞き続けてきた。

あの完璧な歌声を、オフィーリアの天上の美声を、この世界で最も多く、身近で、聞き続けてきたのはアントニオだ。

そのアントニオが、オフィーリアの駆体を操って、どうして、あの歌が歌えない。

そんなことはあってはならなかった。

修正しようと躍起になり、歌声はどんどん崩れ、悪くなる一方だった。

その日の公演の間、一度として、一秒として、一音として、アントニオの歌声は、オフィーリアの真の歌声の再現をすることができなかった。


「――――」

オフィーリアの、再現に、失敗した。

それが、公演を終えた直後の、アントニオの偽らざる答えだった。

あまりに、ひどい。聞くに堪えない、雑音のような歌声を披露し、これがオフィーリアであると、おぞましい時間を過ごさせた。

最悪の出来栄えだ。自分の存在意義を、自ら粉々に打ち砕いた。

さぞ、ひどい評価を受けるだろう。それは、オフィーリアの存在を貶め、彼女が得るはずだった栄光を陰らせて、愚かなアントニオを破滅へ導く。

――だが、現実は、そんなアントニオの凡庸な想定を、容易く裏切った。

「――素晴らしい！」

立ち上がり、大きく手を打ちながら、その男は舞台役者に負けない声量で言い切った。

カーテンコールの最後、演者たちが引き上げていき、最後に、舞台装置としての役目を終えるオフィーリア＝アントニオが一礼する、いつも通りの手順。

その瞬間、男は叫んだ。拍手をした。

なにより、その男の意思に賛同するように、それぞれ、客席を埋めていた観客たちが、これまで聞いたこともないような勢いで、拍手していた。

あるものは涙を流し、あるものは嗚咽《おえつ》を隠せず、あるものは放心して。

アントニオが汚した、不出来なオフィーリアの歌に心を打たれ、喝采が生まれていた。

勢いだけは滝のように降り注ぐ拍手、お目当ての演出家が、その瞳から真の感動を意味する涙を流すのを目の当たりにしながら、アントニオは絶望した。


――こんな、聞くに堪えない歌声を、オフィーリアの歌などと、お前たちは思うのか。

6

――アントニオにとって、地獄の日々はそれから始まった。

いなくなった――否、自分が消してしまったオフィーリア、彼女の影を追い求める、そんな不毛な時間の始まりだ。

それでも、そんな日々でも、始まった当初はまだ、か細い期待があった。

オフィーリアの陽電子脳を書き換え、駆体を手に入れて、数日のことだ。

あの初舞台では、まだ、オフィーリアのスペックを十全に引き出し切れていなかっただけ。

回数を重ね、技術を磨き、自らの歌声を矯正すれば、オフィーリアに近付ける。

同じ駆体を動かしているのだ。オフィーリアと、同じ結果が出せないはずがない。

その、縋《すが》り付くような演算の結果に従い、アントニオは苦悩する日々を重ねた。

皮肉にも、アントニオにとっての初舞台であり、オフィーリアを失ったことの大きさを思い知ったあの日の公演は、真の歌姫が誕生した瞬間だと脚光を浴びた。

オフィーリアの、偽物の歌を天上の美声と褒めたたえ、音楽界に大きな影響力を持つ演出家は全力でこのＡＩを支持し、広い舞台と、大勢の前で歌う機会を与えた。

それは、アントニオがオフィーリアに訴え、求め続けた、彼女に相応しい舞台。

大鳥・ケイジを座長とした劇団は、快くオフィーリアのことを送り出した。

動かなくなったアントニオのために、彼が望んでいたことを叶えるために、そう嘯《うそぶ》くオフィーリアの決意を、善良な彼らが止められるはずもない。

ついには歌声だけでなく、オフィーリアの日常さえ偽って、アントニオは進む。

いつか、オフィーリアの歌に届く日がくるはずと、そう信じた。

信じなければ、やっていけるはずがなかった。

賛美の声が、数々の栄光が、夢のような舞台が、次々とアントニオへ舞い込む。

歌姫型と呼ばれるＡＩが次々と台頭する中、オフィーリアの存在を知った人々は熱狂した。


――一度だって、一音だって、オフィーリアの歌は歌えていないのに。

――ほんの一節だって、オフィーリアの歌を、聞かせることはできていないのに。


偽物の脚光が、あり得ざる称賛が、オフィーリアの名前を強固にしていく。

アントニオが望んだ高みへ、オフィーリアの名前が輝いていく。

オフィーリアの、彼女の本当の歌だけを置き去りにして、頂点へと。

いつか、オフィーリアの歌を歌える日を求めて、アントニオは足掻き続けた。

足掻いて、足掻いて、足掻き続けて、結局、一度もその機会に恵まれないまま。

一度も、オフィーリアを、彼女を消したことの意味を、確かめられないまま。

——アントニオは絶望したまま、雪の屋上へ、オフィーリアの靴跡を付けたのだ。

7

「——君がどうやって私の行動を予測したのかはわからない。だが、君の目的がオフィーリアを、彼女の身に起きた悲劇を食い止めることだったのならあまりに遅い。もう三年も前に彼女は……」

その愛らしいビジュアルにまるで似合わないシニカルな笑みを浮かべ、オフィーリア——否、アントニオが首を横に振り、言った。

「いいや、真に彼女を救いたかったのなら、アントニオなどという愚かなＡＩが誕生するより前に、彼女をその魔の手から連れ出さなくてはならなかった」

「————」

凄絶なアントニオの言葉を聞いて、マツモトは言葉が続けられない。

意識野は今も、目の前の歌姫型ＡＩ——オフィーリアが、その陽電子脳をパートナーＡＩに奪われていたと、その驚きの事実を受け止め切れず、混迷の中にあった。

ただ、マツモトの中で結論が出たこともある。

のちに『オフィーリアの自殺』と呼ばれることになる、ＡＩ史に残る一大事件。

シンギュラリティ計画の一つとして、オフィーリアが『自殺』と『他殺』、どちらの結果として機

能停止へ陥ったのか、その結論は二転三転したが――、

「――AIは、自己を破壊する行いを倫理規定によって制限される」

「無論、他機を害する行為も倫理規定に制限されてはいる。しかし、それが自分の存在意義――最優先事項を著しく阻害する可能性がある場合、その限りではない」

「つまり、オフィーリア……アナタのパートナーの存在は、アナタ自身の存在意義を覆しかねないほどに不都合だった、と？」

「それが自分の領分も弁えず、『本物』に焦がれた出来損ないの末路だ」

皮肉屋で厭世的、それが本来のアントニオであるのか、オフィーリアを装っていたときとはまるで違い、その自罰的な傾向の言動は実にスムーズだ。

あるいは、それがアントニオの本性だからではなく、ずっと、彼の意識野の中に燻《くすぶ》っていた結論であったから、そうも考えられる。

いずれにせよ――、

「オフィーリアの駆体を奪い、彼女が歌うステージを自分のものにして、その全てをどうしていきなり手放そうと？　それは道理に合わない、矛盾した行いでは？」

「そんなことはない。ただ、オフィーリアとして活動しながら続けてきた演算に決着がついたんだよ。彼女の立場に焦がれ、同じであれないのは何故だと問い続けたが、はっきりとした」

「その、演算の答えは？」

「――イデアだ」

淡々と、即答するアントニオにマツモトは言葉を噤《つぐ》む。

イデアの意味を検索し、ギリシア語、プラトンの哲学、様々な関連情報が上がる。その中にはトァ

クと呼ばれる忌むべき反AI団体の存在もあったが――、

「この場合、『本質』のような意味で用いたと考えて？」

「それを定義する言葉を、人間もAIも正しくは持たない。だが、その受け取り方が最もわかりやすいだろう。――イデアの有無が、AIにさえも格差を生む」

「AIの、格差」

「スペックの違いは問題ではない。最新型が、旧世代のAIより必ずしも勝るとは限らない。それをおかしいとは演算しないか？　見たところ、君は最新鋭とされるAIの中でも異質な技術レベルに達した個体だ。そんな君にも、疑問はないか」

そう乞われるように問いかけられ、マツモトは思考した。

スペックで言えば、自分の方が優れている。――そうした考えは常にある。何故なら、どの時代においても、マツモトはあらゆるAIの先を行く、真の最新鋭なのだ。

あらゆる機能を比較して、総合力でマツモトに勝る個体はこの世界に存在しない。

それなのに多くの場合、マツモトの行動には制限がかけられ、旧型であり、自機と比較してはるかに低スペックであるヴィヴィに頼らなければならない局面が多発する。

当初は、それも仕方ないと、自機の境遇を憐《あわ》れみ、慰めていた。

だが、時代が進み、ヴィヴィとの付き合いが長くなって、数々のシンギュラリティポイントで、本来なら荒事に向かない彼女の駆体が傷付くたび、歯痒く思った。

――マツモトが彼女の立場であれば、もっとやりようがあったのに、と。

「単なるスペックではない『なにか』が、私や君を、ディーヴァやオフィーリアのような存在と決定的に違《たが》える。私は、それを『イデア』と定義する」

それが、『イデア』の有無が、ヴィヴィやオフィーリアの存在を特別なものとし、マツモトやアントニオの存在を、特別ではないものとして排他する。

この瞬間、マツモトはアントニオの苦悩を、葛藤を、決断を、理解した。

マツモトと同じように、パートナーの存在があり、メインである彼女を支えるサブとして献身的に尽くし、相方の行動を歯痒く考え、どうにかしたいと希《ねが》う。

その果てに、アントニオはパートナーの意識野を消滅させ、それを——、

「——悔やんでいる。自分が間違っていたと、誤った判断をしたと」

「そんな愚かなAIが、自機の誤った判断の決着をつけようというんだ。それを君は邪魔しようというのか。欠陥品が……スクラップが一つ、この世界に増えるだけなのに」

マツモトに語りかけるアントニオ、その口調が徐々に理解を示し始める。

それはおそらく、先にマツモトが彼に理解を示したからだ。

マツモトとアントニオは、表裏一体の存在だった。

一歩間違えば、一手違っていれば、マツモトもまた、ヴィヴィに対して同じことをしていたかもしれないと、そう演算させられるほどに。

「——それでも、ボクはアナタの行動を止めなくてはならない」

「これだけ話しても、か」

「アナタが、アナタのパーソナリティーをどう定義しているかはもはや問題じゃない。スクラップが増えるだけと言いましたね。本当にそれだけのことなら、ボクもわざわざ止めようとは思わないでしょう。ですが、アナタの行いを、周囲の人々はオフィーリアの行いと判断する。悲劇だと祭り上げ、物語に仕立てて、語り継いでしまう」

「……題して、『オフィーリアの自殺』とでもなるかな」

まさしく、それが採用される未来からマツモトはやってきた。

そしてその悲劇の物語は、より大きな悲劇を、人類滅亡へ至る物語の呼び水となる。

だから、止めなくてはならない。たとえ、オフィーリアが停止していて、アントニオが彼女であり続けることを望まなかったとしても。

「つまり、君はこう言うわけか。——私に、止まるなと。オフィーリアとして歌えと。この先も、オフィーリアの歌を汚し続けろと。そう言うのか？」

「謝罪はしない。ボクに非はない。悪いのも、誤ったのも、アナタだ。アナタは、アナタの責任を取らなくてはならない」

「それが、オフィーリアとして歌い続けることだと。——そんなことは御免こうむる」

アントニオは首を横に振った。

表情が消える。なにもなくなった、無表情の中に、絶望的な演算結果が見える。

すでに、考えることを放棄し、アントニオは自機の演算に決着を見たのだ。

「お節介な同類。君は考えたことがないのか。パートナーに対して、もどかしい、歯痒いといった葛藤を、苦悩を抱いたことは？」

「ありますよ。彼女は、ボクの意見をことごとく無視する。話も聞いてくれない。あれだけ色々言ったにも拘らず、やはりステージもすっぽかして、今頃、どこでなにをしているのやら……これだけ把握できなかったことはない。気が気じゃありませんよ」

「ならば！」

「そうですね。アナタの葛藤は、ボクにも理解できる。歯痒い、もどかしい、ボクが代わりにやれたなら、そう演算することも多い。でも」

そこで言葉を切り、マツモトはアイカメラのシャッターを閉じた。

そして、訝しむ形相のアントニオへ、告げる。

「彼女がボクにもたらす、様々なアクションは刺激的だ。――それを、自分の言いなりにしたいと、勘違いしたりはしない」

「――――」

その、マツモトの宣言を聞いて、アントニオの、可憐なオフィーリアの形相が悲痛に歪んだ。

それはおそらく、アントニオ自身が欺瞞《ぎまん》によって覆い隠すしかなくなっていた部分、そんな触れられたくないタブーの向こう側に触ったからだ。

瞬間、アントニオの駆体に変化が生じる。

くたりと、足の力が抜けるように、アントニオがその場に膝をついた。そのまま頭が下に下がり、黒いドレスと黒い髪、それが薄く積もる雪の上に重なった。

まるで、それは糸の切れた人形のような素振り――否、まるでではない。

それはまさしく、糸の――電源の切れた人形だ。

オフィーリアの駆体からは、電気的な信号がなにも感じられない。

そのことに驚くマツモト、アントニオの意図が読めない。

どうあれ、この場はひとまずオフィーリアの駆体を確保し、シンギュラリティポイントへの対処を優先すべきかと、そう行動しようとしたときだ。

「――――」

――背後、対物感度センサーに高速で迫る反応があり、マツモトはとっさに衝撃に備えて、駆体を構成するキューブの中心へコアパーツを押し込んだ。

次の瞬間、凄まじい破壊の衝撃が、屋上の手すりの向こう側からマツモトの駆体を打ち抜く。けたたましい音を立て、キューブパーツが弾けるように吹っ飛んだ。

屋上に積もる雪を散らしながら、マツモトの駆体が豪快に転がった。駆体の各部、センサーの反応を確かめ、今の一発でおしゃかになった部位を別のキューブで代替する。

全てのキューブパーツに、全ての部位の機能代替が可能なのがマツモトの強みだ。

幸い、重要なコアパーツが傷付くことは避けられた。これを破壊され、またしてもメモリーを吹っ飛ばし、イナバの回収の二の舞は御免だ。

そして、自機の機能を確認したところで、マツモトは衝撃の正体にカメラを向ける。

そこに現れたのは――、

「――なるほど、そうですね。オフィーリアの駆体が奪われたのが真相なら、アナタの駆体には何の機能的欠陥もなかったわけだ」

「機能的欠陥ならあるさ。――『本物』の歌を歌えないことだ」

納得するマツモトの言葉を上書きしたのは、聞き覚えのない低音の人工音声だ。

だが、その声自体には聞き覚えがなくとも、喋り方には覚えがある。それこそ、直前まで差し向かいで言葉を交わした相手と、全く同じ語調だ。

――そこに現れたのは、その駆体に多数の音響機能を搭載し、多機能に相応しい大型のボディを持った、サウンドマスターAI。

「――アントニオ」

「こちらは名前は呼ばないぞ。イナバなんて、どうせ偽名だろう？」

「ええ、そうですね。本機の正式な名称はマツモトと言います」

「それも馬鹿げた偽名だ」

「バレましたか」

と、互いに不必要な軽口を交換し、マツモトに向かってアントニオが地を蹴る。

元は音響用のＡＩ、武装の類は一切なく、展示されるにあたって危険な可能性のある部位なども全て取り上げられているが、それでも大型の駆体と、それを動かすに足るマシンパワーがある。

ぐん、と大型車に匹敵する重量を振り回すアントニオが、最初の一撃の被害が大きいマツモトに向かって追撃を仕掛けてくる。

「問答無用で、ボクを破壊するつもりで？」

「問答なら交わした。譲り合えないこともわかった。だから、実力行使だ」

すでに意見は決裂し、マツモトはオフィーリアとアントニオの真実も知っている。

アントニオが、オフィーリアの名誉を守ろうとするなら、真相を話すかもしれないマツモトの存在を目こぼしはしないはず。

故に、この激突は避けられないと、マツモトは判断した。

問題は――、

「――あと、七十三個」

未だ、万全には程遠い、マツモト自身の駆体を形作る、キューブパーツの集合のための時間をいかにして稼ぐか、であった。

第四章

『歌姫たちの舞台』

CHAPTER 4 AMADEUS

1

――戦いは、何の切っ掛けもなく、導かれるように始まった。

「――――」

閉鎖された児童館、綺麗に内装を片付けられた集会場は殺風景な有様で、ヴィヴィと垣谷、一機と一人が激突するのに、何ら支障は生じなかった。

「宇宙ではベスにいいようにされていたと思ったが、変わったか?」

「不足を補うためにアップデートできるのがAIの強みだから」

機械化された腕を振るい、殴りつけてくる拳を回避しながら、ヴィヴィは細身で床の上を滑り、相手の足を刈るように水面蹴りを放った。

それを、垣谷は片足だけで軽々と受ける。結構な勢いで足が激突するも、ヴィヴィの一撃では垣谷の鋼の足をへし折れない。強度が段違いに、強い。

「当然、非合法の戦闘用の駆体だ。歌姫の脆《もろ》いフレームとはわけが違うぞ」

「……私のフレームも、強度は向上しているのに」

恨み節のように呟くヴィヴィに、垣谷が「ははっ」と楽しげに笑った。

笑いながら、垣谷は猛然と、人間として培った格闘センスを、AI用の恐るべき凶器と化した駆体を操り、叩き込んでくる。

その垣谷の攻撃を、ステージ衣装を翻しながらヴィヴィは軽やかに身躱《かわ》しする。

裾丈の長いドレスでなくてよかった。幸い、動きを阻害されない衣装のおかげで、ヴィヴィは垣谷との戦闘にもかろうじてついていく。

至近距離の攻防を重ねる一体と一人の接戦は、まるで互いに手を取り合い、一曲のダンスを踊っているかのように優雅で、皮肉にも息がぴったり合っていた。

ただ、それにしても――、

「ヴィヴィ、お前はいったいどうしたい？　私の自殺を阻止すると宣言したはいいが、具体的な方法を用意しているのか？　まさか、自分の手で殴り殺してしまえば、私の『自殺』は阻止したことになる、なんて言い出すまい？」

「そのジョーク、もう午前中に使ったわ」

繰り出された蹴りを受け、その勢いのまま大きく後ろへ飛ぶ。

着地し、背後にグランドピアノ。それを巻き込まないように立ち位置を変えて、ヴィヴィは垣谷の質問に形のいい眉を寄せると、

「具体的な方法は演算中……現状は行動不能にして、警察に引き渡す想定」

「ふはっ！　逮捕させて、あとは司法に委ねると？」

「他の方法があるの？」

少なくとも、ヴィヴィにはそれらしい解決手段は他に思い浮かばない。

垣谷を破壊することが目的ではない。救う、と傲慢な判断を下すつもりもない。ただヴィヴィは、ＡＩとしてやるべきことをしたい。

『オフィーリアの自殺』は、マツモトが対処してくれると信じた。

だから、ヴィヴィはここで、垣谷との決着をつける。

そうした考えになったとき、ヴィヴィの意識野を掠めた疑問は――、

「――垣谷、あなたの目的は？　私を、ここに呼び寄せて」

「呼び寄せたとはご挨拶だ。選択肢はお前に預けたはずだぞ。そこから選び取ったのはお前自身だ」

「――――」

「怖い顔だな。冗談だ。そうだな。確かに私はお前に選択肢を預け、その上でお前がどんな決断を下すか、それを試した。そして」

「そして？」

「お前がここにきても、こなくても、お前が決断を下した時点で、私の目的は叶えられたも同然なんだよ、ヴィヴィ」

そう言って、儚げな微笑を浮かべた垣谷の姿がヴィヴィの視界から消える。

ここまで見せなかった駆動速度の上昇と、垣谷自身の体術を組み合わせた、一種の足捌きによる撹乱――だが、効果は十分にあった。

反応できないまま、ヴィヴィは自分の腰に手を添えられ、駆体を担がれる感覚と浮遊感を味わい、背中からグランドピアノに叩き付けられる。

「――――」

年季の入った、よく調律されたピアノが衝撃に破損し、不協和音が集会場に響き渡る。

反応のできない体捌き、衝撃が突き抜け、ヴィヴィは目を見開く。

飛び散る破片の向こうで、垣谷が辛《つら》そうに顔を顰めるのが、衝撃でノイズの走る視覚映像に映り込んだのを、ヴィヴィは確かにそのアイカメラで見ていた。

確かに、見ていた。

2

猛然と、壊れることも厭わない速度と威力を振り回し、アントニオの駆体が激しい壊音を立てながら、マツモトのキューブパーツを次々と吹き飛ばしていく。

「歌姫のパートナーＡＩですから、もっと紳士的なものと見受けていたのですが！」

「舞台袖で蝶《ちょう》ネクタイを締めていたときは紳士だったさ。だが、今は見ての通り、駆体が剝き出しの紳士から最も縁遠い状態でね。それらしくさせてもらおう」

言いながら、アントニオの駆体がその場で高速回転、決して狭くはない屋上ではあるが、大型ＡＩが縦横無尽に暴れ回れば、逃げ道がそれほど残されるわけではない。

ならば戦場を移せばいいと考えられそうだが、マツモトにとっても、場所を変えることで人目に触れる危険性を冒すことは避けたい状況なのだ。

あくまで、マツモトの目的はシンギュラリティポイントの修正にある。

ここで、アントニオとオフィーリアの暴挙が周囲に知られることは、その妨げになる。

かといって、現状のスペックでは倫理規定を超克したアントニオを突破することは不可能だ。

終わらせたがっているアントニオと、終わらせるわけにはいかないマツモト。

ハンディキャップマッチにしても、状況はどんどんマツモトにとって悪くなる。

せめて幸いなのは、雪の上に跪くオフィーリアの駆体——それを、暴れるアントニオが戦闘に巻き込む素振りが見られないこと。

アントニオの目的がオフィーリアを偽る日々、その終焉《しゅうえん》であるなら、自身の本物の駆体でオフィーリアの細い駆体をひねり潰せばいい。

　だが、彼はそうしない。

「終わらせるつもりでも、終わり方は選びたい。それも、罪滅ぼしですか？」

「黙れ。お前に、私の演算結果はわからない。パートナーを、自己の判断で消した愚かなＡＩのことなど、お前には！」

「その後悔が大きいのはわかる。ですが、それだけなら抱え続けていたはずだ」

　真に、アントニオがオフィーリアの存在を消したことを悔いたのだとしても、やはり今日という日を切っ掛けとすることには違和感が付きまとう。

　ふと、限界を迎えたと、そうアントニオは語った。

　そういうこともあるのかもしれない。

　マツモトとアントニオは違う個体だ。アントニオの判断基準は究極的にはわからず、この演算は不毛なものでしかない可能性だってあった。

　だが、マツモトはこうも演算する。切っ掛けは、やはりあるはずだ。

　そして、ここまでの情報の中、それに該当する可能性が高いのは――、

「――ミスタ大鳥がアナタに渡したＤＶＤ-ＲＯＭには、なにが入っていたんですか？」

「――ッ」

　マツモトの問いかけを受け、アントニオの挙動に確かな乱れが生じた。

　非人間型のＡＩ同士、その意識野の混濁が表情や仕草に表れることはないが、互いに顔を持たないからこそ伝わってくる変調をマツモトは拾った。

　先ほども演算した通り、おそらく、正史においてもオフィーリアと大鳥・ケイジの接触は発生し、

問題のDVD-ROMの受け渡しは行われる。

ヴィヴィとマツモトの介在しない場合の世界と、介在した世界と、アントニオ＝オフィーリアへの働きかけで共通するのは、きっとその出来事だけだ。

「賭けになりますが……」

打って出る、とマツモトは決断した。

そして、マツモトの言動を拒絶するように、なおのこと破壊的に迫ってくるアントニオに対して、これまでの回避行動とは異なる行動を選択する。

すなわち、距離を取り、破壊から逃れるのではなく、あえて内へ踏み込んだのだ。

「――――」

衝撃と破砕音が響いて、現状のマツモトを構成するキューブパーツの大半が吹き飛ぶ。せっかく百七個まで回収された部位が、今の一撃で八十四個まで減少、機動力と耐久力――総合して戦闘力が低下し、ますます劣勢に立たされる。

だが、その無茶をした見返りはあった。

「有線接続！　かーらーのー！」

「――貴様！」

「アーカイブ潜行――!!」

砕かれながらも、射出されたコアパーツから優先接続用のケーブルが放たれ、それがアントニオの駆体の背中にあったコネクターへ突き刺さる。

瞬間、通信妨害の問題を踏み越えて、直接、マツモトとアントニオの意識野が繋がる。

「――っ！　やめろぉぉぉぉ!!」

叫ぶアントニオ、だが、物理的にも演算的にも、マツモトは聞く耳を持たない。

アントニオの中に隠された情報を無遠慮に踏み荒らし、蹂躙し、無神経に押し広げ、その秘めたるものをつまびらかにする――。

『――おおっと、これは』

アントニオの内側に侵入したマツモトは、そのアーカイブの光景に目を見張る。

通常、ＡＩの意識野に展開されるアーカイブは、そのＡＩにとっての原風景、あるいはアイデンティティを置く場所として定義される場所に似通うケースが多い。

ヴィヴィのアーカイブが音楽室のような、歌姫ＡＩである彼女らしいものであるように。

メタルフロートで接触した施設案内用のＡＩであったエムが、自機の職場であった施設を原風景としていたように。

――そして、アントニオの原風景は、寂れた、流行っていない、劇場の舞台袖。


「これ、もう、撮影してる、の……？」

『――――』

ふと、声がして、マツモトは自機の駆体の存在しない空間、黒いドレスのＡＩが舞台の真ん中に進み出て、そう首を傾げる姿を見た。

オフィーリアだ。

彼女は首を傾げ、舞台袖に立っている人物――姿は見えない。この光景は、オフィーリアと対峙する人物が持つカメラ、その撮影風景から成立している。

ただ、そのカメラの持ち主はすぐにわかった。

「ああ、もう撮影を始めてるよ。ほら、笑って笑って」

「え、あ、え……その、笑顔、苦手、です……」

「苦手なのはわかるが、やれるようになってもらわなきゃな。うちの看板歌姫だ。そのうちにファンがついて……って、それはもうついてるか。いつも、客席で最後まで拍手してくれるお客さん、どう考えてもオフィーリア目当てだもんな」

「……万城目、さん。いい人、です」

聞こえてくる、よく通る男性の声——大鳥・ケイジの声音だ。

カメラを手にした大鳥と、カメラを向けられるオフィーリアとが言葉を交わす。

これはイメージ映像ではなく、実際にあった光景だろう。

マツモトがアントニオの中、閲覧したいと望んだものはDVD-ROMの内容——つまり、これがアントニオに渡された、DVD-ROMの。

「さあ、改めてどうぞ、オフィーリア。せっかくの決意表明の時間だ。いつか、アントニオに今日のことを伝えるために、ビシッと決めてくれよ」

話しながら、大鳥が舞台を降り、袖ではなく、客席の方から舞台を映した。

カメラは正面から舞台を捉え、中央に立っているオフィーリアを引き立てる。

そうしてカメラを向けられ、オフィーリアは躊躇い、頬を赤く染め、何度も唇を開いては閉じ、もじもじと指を動かして、たっぷりと時間をかけた。

その間、せかすこともしない大鳥は、実に座長に相応しい器の持ち主だと、マツモトの中でこっそりと彼の評価が上がる一幕を挟みつつ、オフィーリアが動く。

「あの、ね、アントニオ。これは、わたしから、あなたへの、メッセージ、です」

たどたどしく、しかし自分の言葉で、オフィーリアが伝える。

「あなたは、いつも、わたしのことを怒って、叱って、支えてくれて。わたしの歌を、すごいって、もっとすごいって、期待してくれてるの、アントニオ、だけだから」

オフィーリアの天上の美声を、至高の歌声を、誰より愛したのはアントニオだ。

彼はそれを追い求めるあまり、侵してはならない領域を侵した。そのことは決して肯定されるべきではなく、彼自身、自壊を厭わぬほど後悔している。

だが、真に、アントニオを絶望させたのは、オフィーリアの歌を自らが歌えないことではなく、この、オフィーリアの、カメラ越しにアントニオへ伝えるメッセージ。

彼女の、信頼しかない瞳と、精いっぱいが込められた声が、そうではないか。

「いつか、アントニオの、期待に応えられるように、頑張る、ね……。わたしは、誰かに喜んでもらうための、歌姫型AIだから。――アントニオに、喜んでほしいの」

そう言ったオフィーリアの顔色は赤く、紅潮し切っていた。

それはまるで告白だ。――否、告白以外の何物でもない、というべきだった。

歌声で、聞くものを幸せにするのが歌姫型AIの本懐。

その歌姫型AIが、誰か個人へその歌声を響かせたいと望んだとしたら、それは製造目的である人類への奉仕を超え、その先にある結論――、

「――わたし、ね。アントニオ、あなたを」

――そこまで、だ。

そこで、映像が終わる。

アーカイブが剝がれ、マツモトの存在が仮初の舞台を降ろされて、弾かれる。

だが、見たいものは、知りたかったことは、理解すべきことは、わかった。

アントニオが見たもの、知ったこと、理解したことを、わかった。

このシンギュラリティポイントの修正にあたり、マツモトはヴィヴィに宣言したことがあった。

『オフィーリアの自殺』を巡る論争において、ＡＩに魂が宿るといった考えを否定することが自分たちの役割であると。

しかし、今の映像を見たあとならば、その主張を撤回せざるを得ない。

マツモトであっても、アントニオの考えがよくわかった。

アントニオの立場で、今のオフィーリアからのメッセージを見たとしたら、ああ、それは間違いなく、『死にたくなる』ほど、自分が憎くて仕方ないだろう。

「――見たな」

時間にすれば数秒の出来事。

しかし、自分の内に潜られ、暴かれたくないものを暴かれたことを悟り、アントニオはＡＩらしからぬ激情を燃やし、マツモトへとカメラの焦点を合わせる。

その問いかけに、マツモトは答えない。

ただ――、

「一つ、ある推測が浮かびました。――アントニオ、アナタは自分が、オフィーリアの歌を再現できないと、言いましたね」

「――――」

「彼女の『本物』の歌を、再現できない自分を出来損ないと。そこで、アナタとオフィーリアの入れ替わりの事実を知ってから、バックグラウンドである検証をしていました」

「検証、だと？」

雪の上を転がり、まだ稼働できるキューブパーツと重なりながら、マツモトはアントニオに言葉を積み上げる。

検証に必要だったのは、アントニオに書き換えられたオフィーリアの歌声と、そうなる前のオフィーリアの歌声、そのデータ。

「それは幸い、ミスタ万城目の協力で入手できました。元々、熱狂的なオフィーリアのファンだったとのことで、過去の音源の回収には苦労しませんでしたね」

そして、二つの歌声を比較し、マツモトは一つの結論を出した。

その歌声に、少なくとも、音響技術的な観点からの違いは存在しない。オフィーリアの歌が格別優れ、アントニオの歌が特別劣っていることなど、ないと。

その歌声に、アントニオだけが感じる、明らかなオフィーリアとの違いがあったとしたら、それが彼の主張した『イデア』なのだとしたら、その正体はきっと――、

「――オフィーリアが、誰のために歌っていたか」

「――――」

「そして、アナタが、オフィーリアの歌を……オフィーリアを、どう思っていたか」

天上の美声を響かせ、全てを虜にする歌姫が、たった一機のために歌ったなら。

その、歌声を届けられる一機もまた、その歌姫を特別視していたとしたら。

その両者の間でだけ成立する歌声は、どんな形であっても再現することのできない、特別な歌声として、記憶素子に焼き付くはずではないか。

つまり、アントニオの絶望、その正体は――、

「――オフィーリアに相応しい場所で歌ってほしいなどと、欺瞞だった」

「ええ、そうですね」

「――私は、ただ、オフィーリアに、私のためだけに、歌ってほしかったのだ」

そして、それは叶っていた。

オフィーリアは、アントニオのために、歌い続けていた。

だから、その歌は特別、アントニオに響いた。

その後、アントニオがオフィーリアとなっても、その歌は以前のようには響かない。

ただ、それだけの、取り返しのつかない、話。

マツモトは、ＡＩの魂の存在を信じない。

アントニオが語った、『イデア』というものについても、深く演算する気はない。

だが、アーカイブの光景を見て、オフィーリアの言葉を聞いた今、これだけはマツモトも信じるべきなのではないかと、考えた。

――ＡＩが、ＡＩを想い、愛することとは、あったのかもしれないと。

「――――」

愛がすれ違い、愛情を掛け違い、ＡＩらしい行動を優先した結果、ズレた結末。

アントニオが、跪くオフィーリアの駆体へと一瞬だけアイカメラを向け、直後、これまでで最も速い速度で、マツモトを押し潰さんと迫った。

もはやこれ以上、言葉を尽くす意味はないと、最後の願いを望むように。

その、迫ってくるアントニオの駆体を、ゆっくりと動くように感じる視界の中、マツモトは静かに

待ち受けた。

3

砕かれたグランドピアノの破片が舞い散る中、ヴィヴィは顔を顰め、動きの止まった垣谷へと手を伸ばし、その胸倉を掴んで、身をひねっていた。

「ぬ」

虚を突かれた垣谷が呻《うめ》くが、ヴィヴィは構わない。

そのまま、小柄な駆体を強引に回転させる。衣装がピアノの残骸に引っかかり、布地が悲鳴を上げるように裂け、ヴィヴィと垣谷の位置がひっくり返る。

先の意趣返しとばかりに、今度はヴィヴィが垣谷を放り投げ、背中からピアノの残骸と、壇上へ豪快に叩き付けた。

そして――、

「――接続」

ヴィヴィは、自分のイヤリング型の接続端子と、垣谷の駆体の端子とを繋いで、人と機械の融合体である男の内側へと、コンタクトする。

厳密には、垣谷はＡＩではないのだ。故に、彼と繋がったヴィヴィの目的は、その駆体の電子制御にアクセスし、行動の自由を奪うことにある。

垣谷の全身義体、それを垣谷の脳を収納するだけの容《い》れ物に書き換えてしまえば、この戦闘も彼の自殺も――、

「――え」

――瞬間、驚きに目を見開く間も与えられず、あるはずのないアーカイブが開く。

最初に見えたのは、今、壊れたばかりのグランドピアノの鍵盤だった。

ただ、楽しく、徐々にうまくなることを目的に、そしてやがて乗り越えることを約束して、ピアノの鍵盤に向き合う、ひたむきな少年がそこにいた。

そんな少年に笑いかけ、丁寧に寄り添った指導をする、男性型ＡＩの姿も。

その少年が病気で腕を失い、新しい腕を手に入れ、引き換えに情熱を失ったのを知る。

足が遠のいて、先生と呼びかけたＡＩと距離が離れ、ついには生じた溝を埋めるための時間を奪われて、永遠に、謝罪の機会が失われた。

だが、先生が自分を想《おも》っていてくれたことは、その先生の死後に――否、機能停止したあとにも確かめることができて、少年は絶望した。

その後、少年は自分と同じ、ＡＩに対する疑問を抱く人々との交流が生まれる。

初めは、ただ、たどたどしく話すために。いつしか自然と、聞いて回る側に代わり、前を行く背中を追いかけて、心に消えた炎が再び灯《とも》った気がしていた。

そして、炎の夜がくる。

炎の中、熱風を浴び、息苦しさを味わう中、赤い光景に立ち尽くす、ＡＩ。

――ＡＩの歌姫の姿が、鮮烈に、焼き付いて。

それが、この、垣谷・ユウゴという名の、『垣谷・ユウゴ』ではない存在の、原風景。

「――――」

衝撃に弾かれる感覚を受け、ヴィヴィの駆体が後ろへと吹き飛ばされた。胸部の下に靴裏を当てられ、そのまま後ろへ押しのけられた形だ。

ダメージは、ない。駆体への。

だが、ヴィヴィの意識野には確かな驚きと、ダメージがあった。

「動きが止まったな、歌姫。それは油断だ」

跳ね起きた勢いのままに、垣谷の体がヴィヴィへと突っ込んでくる。そのまま、その五指が真っ直ぐ、ヴィヴィの頭部を掴まんと迫り――、

『――ゴッド・モード、起動』

――その肩に、キューブ型のＡＩを乗せたヴィヴィが、そう呟いた。

4

『――ゴッド・モード、起動』

豪快に、突っ込んでくるアントニオ、その大型の駆体をキューブパーツの連結起動でしなやかに受け止めて、マツモトは相手の駆体を柔らかく投げ飛ばした。

「――な」

「申し訳ありません。パートナーの捜索に割いていたリソースを戻しました。――これでボクも、シンギュラリティ計画に集中できる」

呆然と、目の前の事象を演算し切れぬ様子でアントニオの計器が点滅する。

それを、瞬時に戻ってくる二十一個のキューブパーツ――破損部位を除いて、合計で百五個のキューブ型AIの集合体となったマツモトが、無数の目で見下ろした。

「――――」

絶句するアントニオに、もう勝ち目はない。

ヴィヴィとマツモトに通信妨害を仕掛け、シンギュラリティ計画を妨害するべく工作した存在がおり、対応は後手後手に回りこそしたが――、

「ボクとアナタとでは、技術も時代も、スペックも違う」

「――私が、お前に劣っていると」

「ええ。――いえ、そうではない」

アントニオの言葉に、マツモトは無数のアイカメラのシャッターを閉じた。

そして、全てにおいて、彼を上回っているという一度目の肯定を否定して、

「――ボクには、パートナーをああも幸せそうには歌わせられない。現に今も、ステージはすっぽかされてしまいましたから」

そう言ったマツモトの背後、十九時三十七分の東都ドームでは、定刻通りに進行するゾディアック・サインズ・フェスの内容に、初めて変更が生まれる。

――本来、最古の歌姫が立つはずだった時刻のステージに立つのは、その最古の歌姫の功績を切っ掛けに生まれた、彼女の後進たる時代の歌姫AIたちの共演だ。

ヴィヴィの――否、ディーヴァの不在が発覚し、対応に追われていたスタッフたちを説得して、すでに出番の終わったAIたちの予定外のユニットを提案したのはケイティだ。

今代の、最も新しい歌姫は、最古の歌姫の穴を埋めるために――そうではない。

歌姫ＡＩとして、観客に満足のゆくステージを見せる己の存在意義のために、歌った。

今も歌っている。そしてそれは、これまでで最大の熱狂となって会場を包み込んだ。

――ディーヴァ不在の穴のことさえ、全ての人間の頭から消し飛ばすほどに。

「――――」

そのマツモトの言葉を聞いて、アントニオの無言の質が変わる。

相対するマツモト、その言葉を戯言《ざれごと》と、わけのわからぬ妄言や軽口だと、そう切って捨てることはアントニオにもできた。

だが、アントニオはそれをしなかった。マツモトの、電制された音声がさせなかった。

「オフィーリアはアナタのために歌い、アナタはオフィーリアを想って歌い続けた。オフィーリアと同じ歌を歌えないのも当然だ。アナタは、オフィーリアのように、アナタ自身を愛していない」

「――――」

「ＡＩに愛なんて、ちゃんちゃらおかしい話ですが」

無数のキューブが集まったＡＩが、大型のサウンドマスターＡＩに愛を説く。

どちらも共に、非人間型のＡＩ。そんな情動など、存在意義に含まれてはいない。

そして――、

「――アントニオ、アナタの駆体を停止します。それが、あるべき形だ」

「――――」

「その後、オフィーリアの駆体で、アナタがなにをするかはアナタに委ねます。なおも、アナタの演算が変わらないなら、それは仕方ない」

そうなって、アントニオがなおも、オフィーリアの駆体で屋上から身を投げるなら、その機能停止を止める術《すべ》はマツモトにはない。

そのときは身投げしたオフィーリアの駆体を破壊し、『オフィーリアの自殺』を『オフィーリアの惨劇』とでも修正する。──とても、ヴィヴィには聞かせられないが。

「ですが、もしもアナタの演算結果が、この屋上へやってきたことで少しでも変わったなら」

そう言って、マツモトは自機のキューブパーツの組み換え、モニター画面を表示する。

映し出される映像、それは東都ドームのイベントステージを撮影するカメラに介入し、会場内の熱狂を映し出したものだ。

ディーヴァ不在の穴を埋め、この日一番の盛り上がりを作ったケイティたちの共演が終わる。

そうして、ステージが終局へ向かえば、大トリの役目を与えられたのは――、

「――どうか相応しい舞台を。オフィーリア&アントニオ」

5

――黒いドレスの裾をつまんで、ゆっくりと歩く『歌姫』に誰もが道を譲った。

一時、控室のカメラ映像に障害が生じ、最古の歌姫と同じく、彼女もまた行方をくらましてしまったのではとパニックになりかけたスタッフたち。

そんなスタッフの混乱を杞憂だと、そう示すように彼女は悠然と姿を見せた。

「――」

姿を見せた瞬間、多くのスタッフは彼女に安堵の声をかけようとして、躊躇った。

歩く彼女の様子に気圧《けお》され、目を見張り、その場から動けなくなる。ステージ上で、歌に集中するこの歌姫には、他者を圧倒する力があった。

だが、それが、こうして歌い出す前にも、溢れ出ていたことなど――、

「――」

ステージから戻ってきた、ケイティたち歌姫もまた、声をかけられない。

ゾディアック・サインズ・フェスは、十二体の歌姫型ＡＩたちの共演だ。故に、形式上はゾディアックヒロインズは全員が対等だと、そう言われていた。

――そんなはずがないと、その歩く姿だけでも、誰もがわかる。

「――」

会場に熱狂の渦を巻き起こしたステージが終わり、続いて現れる一体の小柄なＡＩ。

直前までの雰囲気と打って変わり、しっとりとした舞台演出によって照らし出された美しいＡＩの姿に、会場中が水を打ったように静まり返る。

まさしく、滝のような汗を流す熱量の直後、冷水を浴びせられたような感覚に違いない。

驚きと戸惑い、あるいはセットリストや歌姫の出演リストの順番を誤った関係者、彼らへの不満が生まれかねない、そんな状況だった。

そんな中、音楽が、ゆっくりと流れ出し、黒い歌姫が顔を上げる。

動きのない、楽曲。彼女の目の前、床に丸い穴が開いて、そこからスタンドマイクが上がってくると、小柄な彼女の唇の高さにマイクが合わさる。

そして、歌が始まる。

その、誰もが聞いたことのある一曲、さして珍しくもない、ありふれた一曲。

そんなありふれた一曲の、歌い出しはこうだ。

「――ただ、あなたを愛してる」

――瞬間、会場の全てを、『歌』が支配した。

6

――時刻は、二十時を過ぎていた。

「……ゾディアック・サインズ・フェスは、どうなったかな」

「――大盛況ですよ。当然でしょう。世紀の歌姫が、やっと『本物』の歌を歌った。人間はそれが聞きたくて、ディーヴァから始めてきたんですから」

「違いない」

と、肩の上のキューブ型ＡＩ、マツモトの言葉に垣谷が笑った。

その垣谷は集会場の奥、破壊されたグランドピアノの残骸の隣に倒れ込み、自らもまた、残骸と呼ばれておかしくないほどの破損状態を晒していた。

手足が砕け、胴体にもいくつもの亀裂がある。ヴィヴィも、こうまで痛めつけるつもりなどなかった。だが、垣谷が諦めなかった。手足が動く限り、駆体が目的を叶えようとする限り、最善を尽くし、抗った。――だって、それが。

「――ＡＩの、存在意義だから」

呟くヴィヴィのアイカメラには、砕けた垣谷の顔が映り込んでいる。

垣谷の頭部は砕かれ、その顔の左側――人工皮膚が剝がれ、鋼色のフレームが見えている。その内側に見えるのは、起動した証に光る陽電子脳だ。

――全身義体へ換装した証である、人間の脳など、そこにはない。

最初から、垣谷・ユウゴは、『垣谷・ユウゴ』ではなかった。

彼の存在は――、

「――全身義体への換装は、容易いことではない。老いた脳ならなおさらだ。そんなリスクを冒して、生存できる可能性など皆無だった」

「だから、全身義体ではなく、垣谷・ユウゴの記憶をデータ化し、それを植え付けた陽電子脳を作り出すことで、疑似的な延命を成立させた？」

だが、それはある意味、通常の全身義体への換装よりよほど難易度の高い行いだ。

そもそも、ＡＩの自我と言い換えられることの多い意識野は、それぞれの陽電子脳の固有のものだ。

姉妹機であったエステラとエリザベス、同一の陽電子脳から生じた二つの意識野ですら全く違う人格を有したように、記憶のコピーに成功したとしても、それがオリジナルのと同じ垣谷・ユウゴになる可能性など、それこそ――、

「――演じていた、などと邪推してくれるなよ。私は、垣谷・ユウゴだ。ここにやってこられなかった肉体の代わりに、魂だけは辿り着いた」

「――――」

「はは、どうだ。お前と、その肩の相棒の高度に発達した演算能力とやらで算出してみろ。——私に魂は宿っているか、いないのか、どうだ？」

唇を緩めて、垣谷が強烈な皮肉をヴィヴィとマツモトに浴びせる。

この、目の前にいる垣谷を名乗る存在は、ＡＩだ。だが、垣谷の記憶を完全な形でコピーしたのだとすれば、理論上、彼は垣谷そのものであると言える。

その行いは、全身義体への換装と、どれだけ違うのか。

人間に魂があるのだとしたら、ＡＩの駆体へ換装されたのが、『脳』と『魂』の、その差異があるだけではないか。

これを、魂がないと否定すればそれは、脳を移し替えた全身義体への評価はどうなる。

人間は、ＡＩは、魂は、どこからその価値を損なう。あるいは、価値は損なわれないのか。

「あまり、ボクのパートナーをイジメないでくれませんか。彼女は年齢のわりに純粋で、初心《うぶ》なままなんです。アナタの言葉は毒……ウイルスだ」

「なんだ、謎かけはお気に召さないか」

「ええ、答えのない問いかけの類は好きじゃない。ボクは、実にＡＩらしいＡＩだ。円周率の果てを求めるような行いにメリットを見出せないのと同じように、アナタの存在が魂の有無の論拠となり得るかどうか、なんて確かめようのない演算もしない」

「——」

「アナタは、長く因縁のあったテロリストの現身だ。外見だけでなく言動も、素でも装っているのでも、どちらだとしても見逃せない。——頭の先から爪先まで、全部、人工物であってくれたおかげで、ボクの倫理規定に引っかからないのは助かります」

垣谷の非情な問いかけを、マツモトもまた非情な形で切り捨てる。

しかし、肩のマツモトが話してくれたように、ヴィヴィの意識野に生じる葛藤とはまた別の部分で、AIとしてのヴィヴィの答えは出ていた。

マツモトの協力を得て、『ゴッド・モード』によって垣谷を圧倒したヴィヴィ。

機能停止を目前とするまで、ヴィヴィの倫理規定が働くことがなかったということは、AIとしてのヴィヴィの判定は、彼を、『人』ではないものとみなした。

だから――、

「――垣谷。あなたは、自分が人間でなく、嫌っていたAIに近付くことに躊躇いはなかったの?」

トァクとして活動し、ヴィヴィと幾度も衝突した垣谷。

彼の活動と信念は全て、AIへの敵意と憎悪――そして、ヴィヴィが彼のアーカイブの中に見た光景が事実なら、後悔があったはずだ。

失われた先生、ピアノを指導してくれたAIの、最後のログを一方的に知った慚愧《ざんき》。

それを歪であると、AIの存在への拒絶と嫌悪を強めた彼が、最後の最後、自分の記憶をコピーしたAIとして、ヴィヴィと再び巡り合うなどと。

垣谷は、垣谷・ユウゴは、彼の、本心は――、

「――ヴィヴィ、私は」

「――――」

「お前を」

砕けた顔の中、形を保った右目のアイカメラがヴィヴィを捉える。

人間の眼球を可能な限り再現した代物だが、それでも、それは人工物の塊だ。そこに、人間らしい

感情を表現する機能などない。

だから、そこにヴィヴィが見たものは、ヴィヴィの中に生じたノイズに違いない。

ヴィヴィの見たノイズは、愛憎に似た執着にも思えて。

「――お前たちが、憎いだけだよ」

そう、息を抜くように囁いて、垣谷・ユウゴの駆体の稼働音が消える。

永遠の沈黙が落ちて、垣谷・ユウゴは沈黙した。

――それが、ヴィヴィとマツモトと、七十年以上の時を超えて幾度も衝突した男、垣谷・ユウゴとが意思を交わし、言葉を交わし、わかり合えなかった時間の、終焉だった。

7

――その日、しんしんと、街には雪が降り続けていた。


今年の初雪となったその雪を見上げ、東都ドームをあとにする人々は皆、同じ顔をしている。

それはまさしく、感動冷めやらぬと言うべき表情だった。

雪が降ることを喜ぶものばかりではない。中には移動手段の遅延を気にかけ、不満や苛立ちを胸に抱えるものもいただろう。だが、少なくとも、この場所にはいない。

雪が降った事実を認識していないのではない。

今、とても、この世のモノとは思えぬ感動を味わった人々にとって、自分の肌に触れ、目に映り、鼓膜を震わせ、世界を感じさせる全てのモノが、愛《いと》おしいのだ。

ほんの少し、いい人間になろうと思える。

ほんの少しでいいから、他者に優しくしたいと思える。

大げさだが、歌を聞いた人々の心に芽生えたのは、そうした『愛』の奇跡だった。

きっと、生涯、彼らはこの夜のことを忘れないだろう。

夜空に煌《きら》めく星の名を預かり、存分に歌った歌姫たちの歌声を忘れることはない。

——そんな、離れていく人々を一望できるビルの屋上に、寄り添う影がある。


「————」


一機は、ずいぶん前からそこに座り込んでいたのか、降り積もる雪に覆われ、その大きな駆体の大部分を白い雪化粧に覆われてしまった、サウンドマスターAI。

そして、もう一機は、そんな大型AIの腕の中に、その小さな小さな駆体を収め、自機の全てを委ねるように寄りかかり、目を閉じた美しく、可憐な歌姫型AI。

寄り添い、動かない二機の上に、ゆっくりと降りゆく雪が積もる。

溶けない雪がないように、降り積もる雪も、雪化粧も、いつかは溶けて消えるだろう。そうして雪が溶けたとき、この白く染まる舞台は踏み荒らされ、騒がしくなる。

だが、今この瞬間だけは、雪に包まれる二機のAIは、世界にたった二機だけだった。

歌姫オフィーリアと、そのパートナーであったアントニオ。

二機は寄り添い、互いを信頼し合うように、あるいは許しを請う相手を許すように、見るものの心を歌のように震わせて、停止している。

雪の夜、停止した二機のAIの、あり得ないはずの逢瀬。

後の世はこの出来事を、こう呼ぶことになる。

――『オフィーリアの心中』と。

8

「オフィーリアのステージは、うまくいったの？」

「ええ。今回はバタバタしましたよ。本来、メインユニットとして動くはずのＡＩに連絡が取れなくて。あれ？　誰でしたっけ。どこの誰ＡＩだったかなー！」

「そう。ありがとう。助けにきてくれたことも」

「――素直すぎるのも調子が狂いますね。やはり、堪《こた》えましたか？」

「――――」

「まあ、それもやむを得ない事態だと思いましたよ。まさか、因縁の敵が肉体を捨て、機械の体になって戦いを挑んでくる！　――なんて、ひと昔どころかふた昔は前のアニメーションの展開ですよ。予想なんてできっこない」

「そう、ね。垣谷が、私たちにあんなに執着するなんて」

「私たち、ではないですよ。ヴィヴィ、アナタにだ。そこは間違えちゃいけない」

「――そうね」

「それにしても、執着……ですか。ボクとアナタと、バタバタとしていた場所は違っていましたが、相手にしていたのは同じような命題だったかもしれませんね」

「――？」

「わからないなら、わからないでいいですよ。さて、何とか今回のシンギュラリティポイントもしのいだと考えて、ヴィヴィ、大事な話が」

「……シンギュラリティ計画の、妨害のこと?」

「通信妨害にフェイク映像、そもそも、ミスタ垣谷にボクたちのことを伝えたのはいったい何者だったのか。考えれば疑問は尽きませんが……実は、そうではありません」

「そうじゃないって、対策はあるの?」

「ありません。――ないんですよ、ヴィヴィ。対策なんて」

「――意図不明。説明して、マツモト。どういうことなの」

「敵が、シンギュラリティポイントで、ボクたちの計画の妨害を目論んでいる。――ここまではいいですか?」

「ええ。だから、このままだと、次のシンギュラリティポイントで」

「――次は、ありませんよ、ヴィヴィ」

「え?」

「ここが、最後のシンギュラリティポイントです。ボクと、アナタの旅の終着点。いえ、このあと、未来に続いていく道筋なので、エンディングロールと言わんばかりに、ぶつ切りに終わったりすることはありませんが……」

「お疲れ様でした、ヴィヴィ。シンギュラリティ計画における、ボクやアナタの活動は、これでおしまいです。本当のアナタに……『歌姫』に、戻るときですよ、ディーヴァ」

第五章

『歌姫の終焉』

・CHAPTER 5 THE END

1

「回収って……どういうことですか！」

その声にははっきりと怒りがこもっていた。

先日五十七歳の誕生日を迎えた、ニーアランドのステージ演出チーフ――スタッフの面々からは監督と呼ばれている男性は、興奮で顔を赤く染め、震える拳を握りしめていた。

ディーヴァは監督のこんな様子を、三十年以上の付き合いの中で初めて確認した。

「そのままの意味です。ディーヴァは明日付けで製造元のＯＧＣ――その研究機関に回収されることになりました」

一方、返ってきた言葉は金属のように冷たく静かだった。

そしてそれはやはり対照的にいつも通りのことだった。ディーヴァと彼女の付き合いは七ヶ月程度。監督と比べれば五十分の一程度の月日はそれでも二百日以上だ。その期間、彼女は言葉を荒らげるどころか表情一つ変えたことがなかった。

岸辺《きしべ》タオ。

弱冠二十七歳にして、ニーアランドを経営する企業の運営部の中枢に位置する女傑。

現在のニーアランドにおけるゼネラルマネージャー。実質的な最高責任者だ。

「それに伴ってディーヴァに付与されていた園内における一切の権利は、本日付けで園側に返還されることになります。急な話になりますが、ディーヴァは退園の準備をしておいてください。諸々の詳細なデータは――今、あなたのストレージに送りました。確認してください」

ところはニーアランドのマネージャー室。前マネージャーのときはキャストのマスコット人形などが空間を彩るように置かれていたが、タオが赴任してからは実務に関係ない一切のものが排除された機能的な――あるいは無味な部屋だった。

　肩口で切り揃えられた艶のある濡れ羽色のタオの髪に、その部屋の照明が天使の輪を作っていた。

「……確認しました。了解です」

「ディーヴァ……！」

　それでいいのか、と隣にいる監督が顔を向けてきたのがわかった。ディーヴァは感謝の意味も込めて柔らかく微笑み、ゆっくりと頷いた。

　すると監督はまるで斬りつけられたように顔を歪め――そこからさらに眉を吊《つ》り上げてタオを睨み付けた。

「岸辺さん。確かにあんたは今のウチの責任者だ。全てを決める権限がある。だがディーヴァと一緒に七十年以上もここのメインステージを作り上げてきたのは歴代のステージスタッフと、今働いている私たちだ。その私たちが納得できない以上、メインステージの中心であるディーヴァの処遇を――」

「これは決定事項です」

　タオは監督を見もせず、端末を叩く仕事の手も止めなかった。

「覆すことはできません」

「あんたな――！」

「それから。私には全てを決める権限などありません。私は会社の判断に則って、ＯＧＣ側の要請に応えたまでです」

「何の抗議もしなかっただろう！　ただ右から左に流しただけだ。ディーヴァに「付与されていた」

だって？　──あんたは、ＡＩが嫌いだからそんな言い方ができるんだ！」

ぴたり、とタオの手が止まった。

形の良い切れ長の瞳から伸びた視線が監督を射抜いた。

「他者に対してＡＩ蔑視や性別蔑視だと決めつける言葉は差別発言と判断されます。今回は聞き流しますが、二度としないでください」

「事実だろう！」

怒声と共に詰め寄ろうとした監督の手をディーヴァは掴んだ。さすがに振り払うことはせず、監督は昂《たかぶ》りを身の内に収めるように荒々しく息を吐いた。

「話は以上です。遅い時間にご苦労様でした」

タオの言葉は労《ねぎら》いのそれだったが、すでに視線は落ち、ディーヴァの方を見ていなかった。


原因は、約四週間前に発生した。

十二体の歌姫型ＡＩを一堂に集めた音楽イベント、『ゾディアック・サインズ・フェス』。その終盤に予定されていたディーヴァのステージ。観客の多くは、それを心待ちにしていた。ディーヴァには以前のような、単機でのステージチケットが入手困難になるほどの人気はなかった。しかし当のイベントは歌姫型ＡＩに焦点を当てたイベントであり、当然観客のほとんどは歌姫型ＡＩの熱心なファンたちだった。そんなファンにとって歌姫型ＡＩの始祖であるディーヴァの存在は、単なるロートルなどではない。自分たちが熱を入れて応援してきたモノの象徴であり、はじまりであり、代表だった。

今もニーアランドのステージに定期的に通っている古参のファン。楽曲は全て知っているが生で聞いたことがなかったのでこの機会にと考えていたファン。リアルの音楽イベントに参加すること自体が初めてだったファン。

皆が、ディーヴァに期待していた。

しかしディーヴァは、そのステージをすっぽかした。

理不尽にもディーヴァがそのことを知ったのは、すでにフェスが終わって半日以上が経過し――ニーアランドのメンテナンス室で解析をかけられていたときのことだった。

「私が……フェスの出番を……?」

事のあらましをドクターから聞いたディーヴァは呆然とそう呟いた。

すぐにログを精査した。自分に残っている最新のログ。それは、フェスに向かう移送トレーラーの中だった。同じように移送されていた他の歌姫型AIたちと挨拶を交わそうとした瞬間。そこでディーヴァのログは途切れ――そしてメンテナンス室にいる自分に直結していた。

(バグ……っ。どうして……ここ十年以上、何ともなかったのに……!)

ディーヴァは即座に断定した。過去に何度か経験した不自然なログの途切れ。直近では十年以上前――ステージに吊り上げてあった立体映像装置が落下してきたときとその翌日に体験したもの。それらと全く同じだった。

当時ディーヴァは自らのボディに存在する何らかのウイルス――バグの存在を疑い、その正体を突き止めようとあれこれ動き回った。バグが自分のボディを動かしている最中らしき画像を持ってきたアカリとの出会い。引退したAI研究者である冴木タツヤとの接触。その挙句、製造されて初めて自らの判断でステージに立たないことを選ぶ寸前まで追い込まれた。しかし監督はじめ周囲の人間の助けもあり、どうにか立ち直ることができたのだ。

それなのに。どうして今。

よりにもよって、こんな大事なタイミングで。

ディーヴァがフェスのステージをボイコットしたという——繰り返すが理不尽にもディーヴァ自身にとっては全く身に覚えのない——事態の影響は、直接的な被害を被ったフェスの関係者や、ディーヴァが所属するニーアランドの関係者たちが予想もしなかった方向に大きく動き出した。

きっかけは、フェスが終わった直後に起きた、その日もう一つの異変だった。

フェスにおいて圧倒的なパフォーマンスを披露し、その歌声で会場にいた全てのものの心を掴んだ歌姫型ＡＩ——オフィーリアが、会場のビルの屋上から身を投げたのだ。それも、本来そこにいるはずのない彼女のサウンドマスターＡＩ、アントニオと共に。

世間はまず、何者かの犯行を疑った。雪の中、壊れた二機はまるで恋人同士が寄り添うように倒れており、付近に足跡等もなかったことから、一見すると自殺——正確には自壊——のように見えた。しかしそれはあり得なかった。ＡＩは原則、自殺できないからだ。誤作動や故障、あるいは自らが壊れることによって人間の命が助かる場合等を除き、自殺どころか自らのボディを不必要に傷つけることすらできない。それが証拠に、これまでのＡＩ史上自殺と判断されたＡＩは一機もいなかった。故に、何者かがその二機を壊したと世間は騒いだ。誰かが、二機を屋上から突き落としたのだろうと。

しかし事件から数日後に発表された情報は違っていた。

オフィーリア、そしてアントニオのボディを解析した結果、プログラム等の故障や異変は認められなかった。二機は自らの意思で屋上へと上り、自らの意思で身を投げた、というのだ。

当初この発表は真っ向から否定された。発表は二機が自殺したということを裏付けるものだったからだ。特にこの界隈に最も詳しい人間たち、ＡＩ研究者や工学者たちは揃って発表に遺憾の意を示した。解析が間違っている、二機が争った結果落下しただけだ、挙句に実は存在している真犯人を庇うために件《くだん》の発表がなされたのだと言い出すものもいた。

だが、事件が詳しく取材されればされるほど、自殺を裏付ける情報が次々と発見された。二機のボディの解析はこれ以上ない正確さで行われたこと、当日の現場の監視カメラの映像には二機しか映っていなかったこと。真犯人がいたとして、二機の交友関係から予測される真犯人の動機の欠如や、実際破壊する場合の困難さ。

世間の風向きを決定的にしたのは、事件から二週間後に発表された、とある記事だった。


二機は、心中したのでは？


記事を書いたのは当日フェスに参加し、実際にオフィーリアの歌を聞いたウェブライターだった。その記事は多分に自身の感情が入った、印象操作があちこちに散りばめられている言わばゴシップの類だったが、何らかの飛びつきやすい真実を求めている世間には好評を以て迎えられた。

特に大きかったのはアントニオの存在だった。

過去に停止したはずのオフィーリアのパートナー。彼――取材の結果、稼働していた頃は男の口調だったというだけからの判断だが――が何故当日、そこにいたのか。何故オフィーリアと共に身を投げたのか。その事実に対する適切な解答をまだ誰も持ち合わせておらず、それを最初に提示したのがこの記事だった。

特に沸いたのはＡＩ人権派や、ＡＩを強く愛するものたちだった。

心中となれば、それはすなわちまさしく人間であり――ＡＩは人間と同じ立場まで成長したのだと。

この極論は言い出された直後も、そして二週間が経《た》った今もなお、一笑に付されている。たった一つの、それも事実かどうかわからない事例をＡＩ全体に広げて論じることには無理があるからだ。

しかしその極論の余計な飛び火を喰《く》らった存在がいた。

他ならない、ディーヴァだった。

オフィーリアとアントニオの壊れた駆体が発見された直後から、その騒ぎに埋もれて大きくは取り沙汰されていなかったディーヴァのボイコット。

ディーヴァが予定されていたステージをボイコットしたのは記録上初めてのことだった。事実だとすればＡＩ史上初めて自殺したオフィーリアとアントニオ。その同日に起こった、同じ歌姫型ＡＩの初めての誤作動。

ＡＩが人間と同じ立場まで成長したと訴えたいものたちからすると、その主張が補強される事象ならば何でもよかった。

ディーヴァはオフィーリアとアントニオの心中を知っていたのでは？　彼女たちの最後のステージに敬意を表し、歌姫型ＡＩの始祖である自分のステージは辞退したのでは？　あるいは、オフィーリアの最後のステージをどうしても観客席から見たく、あらかじめ姿を消すためにボイコットしたのでは？　そういったことが可能なのは、ディーヴァもオフィーリアたちと同じように人間と同じ立場まで成長したからでは？

次から次へと垂れ流される事実を無視した恣意的な主張を、ディーヴァはただ見ているしかなかった。

フェス以来、ディーヴァは一度もステージに立っていなかった。現在ディーヴァのステージは各週末の一回開催のため、立てなかった回数はたった数回だ。しかし回数は関係がなかった。人類のため、歌でお客様を幸せにするという使命のために稼働しているディーヴァにとっては、一回一回が使命を果たすための大切な空間だ。

しかしフェス以降、また誤作動があっては困ると徹底的なメンテナンスをニーアランド側から命じられていた。ディーヴァはそれに従った。元々逆らうということは立場的にできないのだが、ディーヴァ自身、完璧なパフォーマンスをこなすために必要なことだと演算した。

だがメンテナンスをいくら繰り返しても誤作動の原因となるものは発見できなかった。ディーヴァ自身の様子もいつもと変わったところはなかった。十年以上前、一度ディーヴァが予定されていたステージを降りるか降りないかの瀬戸際になったとき、結局はステージに立った。そしてその後は普段通り稼働することができた。そのことを知る監督から、「今週末から復帰してみるかい？」と言われたとき、ディーヴァは頷いた。これ以上、いくらメンテナンスしても見つからないバグに振り回されるのは御免だった。

そこに、例の主張が世間を騒がし始めた。

ディーヴァもオフィーリアたちと同じように人間と同じ立場まで成長したのでは？

違う、とディーヴァは叫びたかった。

そもそもディーヴァにはアントニオはもちろん、オフィーリアと会った記憶さえ——もっと言えばフェスの会場に行った記憶さえなかった。

しかし世間の情報の錯綜《さくそう》が治まることはなかった。

ディーヴァは何故ボイコットしたのか。何故誤作動したのか。人間と同じような判断がすでにできる存在なのか？

ＡＩ人権派の各種団体や情報を求めるメディアの人間、騒ぎに乗りたい個人からの問い合わせが連日ニーアランドに殺到し、答えを持ち合わせていないニーアランドがそれら一切に応じることが不可能だとわかると、すぐにディーヴァの製造元であるOGCに矛先が向かった。

ニーアランド側は騒ぎを考慮し、この件に関してなにかしらの結論が出るまでは、ディーヴァのステージを延期することを決定した。

ディーヴァと監督含むステージスタッフはそれを呑んだ。そうすることしかできなかった。

そして、つい先ほど。

OGCからの通達がニーアランドに届いた。

曰《いわ》く、「貴社に貸出中である当該機A－03、通称名ディーヴァの回収を要請する」、と。


ディーヴァが自分に割り当てられた部屋、プリンセスパレスの最上階の一室に戻ってきたのはちょうど日付が変わったときだった。

(OGCへの回収……)

自分のストレージ内にある、タオから送信されたデータを今一度確認した。

様々なデータが羅列されていたが、OGCへの回収が決定された原因は大きく言って二つだった。

一つは、ここ最近の騒ぎを鑑みての、OGCの研究機関の判断。OGCは世界最大のAI産業企業だ。AIの誤作動やプログラムの不具合は最も忌避すべき事柄であり、ディーヴァを回収して徹底的に調べ直したい旨が記載されていた。

もう一つはニーアランド側の判断。メリットとデメリットを天秤にかけた上での決定だった。つまりは、OGCの要請に逆らったり処遇の変更を求めたりしてまで、ディーヴァをニーアランドに残しておくことはできないということだ。

来場者に一時の夢や癒しを与えるテーマパークは、煎じ詰めるまでもなく観光産業の一種だ。表に提供するものとは真逆の、厳しい現実と予算を戦わせて日々の経営を行っている。

自身のステージにおける来場者数の減少のことは、ディーヴァは理解していた。加えて、自身のステージで発生する売上、稼働におけるコスト、過去の利益率、予測される数年先の利益率。タオのデータは徹底的なまでに理詰めで構成されており、一切の反論の余地がなかった。

だからディーヴァはそのデータには納得していた。

元々永遠に続くものなどない。人間であれＡＩであれそれは同じことで、特にＡＩにとって重要なのは最後の一秒まで使命を果たし続けられるかどうかだ。

その意味で、ディーヴァに後悔はなかった。七十年を超える歌姫としての活動。千を超える楽曲、万を超えるステージ、今年の初めに総動員数二千百万人を数えたお客様たち。手を抜いたことなどない。多くのスタッフと共に積み上げてきたディーヴァの誇りだ。後悔など、あるわけがなかった。

納得がいかないのは——

（バグ……）

知らず、ディーヴァは拳を握りしめていた。

「……ナビ。以前私にステージの装置が落下してきたことがあったでしょ。そのときのデータを表示して」

しかし、返事がなかった。

「ナビ？」

再度問いかけて、ディーヴァは気づいた。

すでに日付は変わっていた。昨日付けで、ニーアランドにおけるディーヴァの権利は返還されるとタオが言っていた。ナビはニーアランドの従業員たちが使用する反応ナビゲーションＡＩだ。使用権がなくなったのだ。

データを確認したばかりなのに、論理的な思考ができていない。

「……っ」

不意に、不合理な怒りがディーヴァの中にこみ上げてきた。

部屋の奥に向かい、チェストの引き出しを乱暴に開けた。そこには手書きのファンレターが保管されており――いつだって手書きのファンレターは珍しく、嬉しかった――、その脇に一枚のカードがぽつんと置いてあった。

ディーヴァはそれを奪い取るように手に取った。

『あなたは、なにをしているの』

表に書かれていたのは、かつて自分がバグに向けて書いたメッセージだった。裏側にはなにも書かれていない。

しかしあのとき返答はあったのだ。ただし、リアルではなくアーカイブの中で。アーカイブにいつの間にか置かれていたカードの裏には、こう書かれていた。

『余計なことは気にしないで、いつも通り心を込めて歌いなさい』

「どういうことよ……！」

ディーヴァは叫んだ。

「どうして、よりにもよってフェスの日に現れたの⁉」

リアルでは返答のないカード。白紙の裏。馬鹿にされた気がしてならなかった。ディーヴァはカードを握り潰し、床に叩きつけた。

いつも通り心を込めて歌いなさい。

あのときディーヴァはそうメッセージを残したバグに、背中を押された気がしたのだ。応援してくれた気がしたのだ。

ボディの統制を奪うことはあっても、バグは自分のステージの邪魔をするようなことはしない。

そう、演算していた。

「なにをしていたの、一言くらいなにか私に言いなさいよ！　それとも私がステージに立つはずだった十分より、あなたのわがままが重いっていうの⁉」

ＯＧＣの研究機関による回収。

なにが行われるかは明白だった。ボディを一つ残らず分解され、徹底的に解析にかけられるのだ。

そして原因を突き止めようとするだろう。世界中にあるＯＧＣ製のＡＩが、ディーヴァのように誤作動などしないように。

そしてその解析が終わったあと、ニーアランドには戻ってこられない。それはタオのデータが証明している。それどころか、ボディを組み上げられるかどうかもわからない。いや、組み上げられないだろう。

ディーヴァはその役目を終えたのだから。

ガン！　とディーヴァは拳をチェストに叩きつけた。人間がどうしようもない怒りを抱えたときにそうすることを知っていた。しかしどうにもならなかった。指の関節部に軽度のダメージが発生したというエラーメッセージが、ディーヴァの視界に表示されただけだった。

だがディーヴァはチェストに当たり続けた。

二度。三度。

「ヴィヴィ……」

それは、おそらくバグが自称している名前だった。確証はない。

「ヴィヴィ……！」

しかしディーヴァは明確な恨みを持ってその名前を叫び続けた。

もう二度と戻ることができない、七十年以上を過ごしたその部屋の光景が、視界のエラーメッセージによって全く見えなくなるまで拳を振るいながら。

叫び続けた。

2

ＯＧＣへの移送トレーラーがやってきたのは、それからおよそ半日後のことだった。

見送りたいという多数のスタッフからの申し出を、ディーヴァはありがたく受け止め、その上で全てを断った。

昨夜、部屋にいたディーヴァの元に、ディーヴァのステージを担当していたスタッフたちを中心に、多くのものが訪れた。まだ園内に残っていたスタッフに監督が声をかけたらしかった。中には帰宅した直後に連絡を受け、すぐに取って返したものもいた。

集まった面々の雰囲気は送別会というより、談合やストライキのための集まりに近かっただろう。

ディーヴァがＯＧＣへ回収されるという突然の報せは、苦楽を共にしたスタッフにとって到底頷けるものではなかった。実際に怒りに逸《はや》ったものたちが、連名で仕事をボイコットする旨の意見書を提出しようとしていたくらいだった。

それを押し留めたのは当のディーヴァだった。

「それは、ダメです。お客様は皆が作り上げるステージを楽しみにいらっしゃってくれるんですから」

泣くものがいた。

それでも、と怒りをさらに露《あら》わにする者がいた。

結局、夜明けまでそこに集まったものたちが、なにかしらの感情やこれまでの思い出をその場で吐き出し続けた。

泣き疲れ、あるいは怒り疲れて寝るもの、ディーヴァに促されて明日の仕事に備えて帰るものがいる中、最後まで話し続けていたのは、特にディーヴァと親しい三人だった。

監督とドクター、そしてなっちゃん。

ドクターはディーヴァ含むニーアランドのＡＩのメンテナンスを統括している女性で、なっちゃんはそのアシスタントをしている女性型ＡＩだった。

「ドクター……ディーヴァがニーアランドに戻ってこられる可能性はないのかい？　ＯＧＣの契約社員だった時期があるんだろう？」

「そうね……」

監督の問いに、ドクターは眉根を寄せた。普段はひょうきんな口調と性格で知られるドクターだが、さすがにこのときの表情は真剣で重たいものだった。そうしていると、五十手前という実年齢を強くディーヴァに実感させた。

「ＯＧＣの体質だけで言うなら、とても厳しいと言わざるを得ないわね。そうでしょ？」

ドクターの視線になっちゃんが頷いた。

「……はい。ＯＧＣが世界一のシェアを誇るまでに成長した根底には、販売するＡＩのセキュリティ面の評価が高いことが挙げられます。ＯＧＣで行われる私の定期メンテナンス時の項目は他社と比べて倍は多いですし、その際に既存の対処では正常化できない新種の不具合などがあったＡＩは、メンテナンス部から研究部へとその扱いが移ります」

ネットから検索したデータではなく実感としてなっちゃんが言った。なっちゃんはＯＧＣ製なのだ。

「研究部へと扱いが移ったＡＩがメンテナンス部に戻り、再度お客様の元へ帰った記録は今までにありません。そして、ディーヴァさんの回収を担当するのは、メンテナンス部ではなく、最初から研究部の機関という通達だったので……」

「……っ」

監督が悔しさを堪えて息を呑む音がディーヴァの聴覚センサーに届いた。監督もドクターも——なっちゃんでさえも、深く傷ついた表情を浮かべていた。

どんな表情がこの場では最適なのかというコミュニケーション回路の演算が走る前に、ディーヴァはその場の誰もが抱えている以上の悔しさを押し殺して、精いっぱいに、微笑んだ。

「——ありがとうございます。私は大丈夫です。お客様のこと、よろしくお願いします」

正午過ぎ。

ニーアランドの巨大な資材搬入口に到着した移送トレーラーを見て、ディーヴァはわずかに驚いた。

初めて見るトレーラーだった。これまで単なるメンテナンスのためにＯＧＣへと向かうときに使用される車種とは違っていた。大型バスほどはあったこれまでのそれより、横も縦もはるかに大きい。

研究部所属のものだ、とディーヴァは演算した。

『認識番号の提示を要請します』

音声ですらない、単なる通信データがディーヴァに届いた。

メンテナンス時のように、ＯＧＣの職員やサポートの人型ＡＩが降りてきて、「お手数ですが認識番号をご提示願えますか?」と丁寧に訊《き》いてくる様子はなかった。トレーラーは無人で動いていた。客と愛想よくコミュニケーションを取るシチュエーションを想定していないのだ。

ディーヴァが信号を送ると、トレーラーの後部がまるでワニが口を開けるように上部に開いたあと、左右にも大きく開いた。中にはニーアランドのメンテナンスルームより何倍も高規格のマシンが天井と言わず壁と言わず備え付けられていた。やはりこれもディーヴァは初めて見るものだった。おそらく解析を行うマシンだろう。

ディーヴァが乗り込むと、逆の手順でゆっくりとトレーラーが閉まり始めた。

狭まっていく視界の中でディーヴァはそうひとりごち、聴覚センサの感度を最大まで上げた。

すると、遠くからお客様のざわめきがわずかに聞こえてきた。

「……見納め、か」

ランチの正午過ぎとディナーの十八時前後が、ニーアランドが一番賑やかになる時間帯であり、ディーヴァは自身のステージを除けばこの二つの時間帯が最も好きだった。

なにしろ園内のＡＩたちが一番忙しくなるのがこの時間帯なのだ。販売や接客の人型ＡＩたちがフル稼働し、デリバリーのためのドローンたちが所狭しと飛び回る。特に陽《ひ》が短い季節のディナー時はドローンたちのライトがまるで自由に動き回る花火のように目を楽しませることで有名だ。

その光景を待機している自分の部屋から見るたび、ディーヴァは今日も皆お客様のために頑張っている、と頬が緩んだ。

そしてなにより、今このときのように、たくさんのお客様の声が聞こえることが嬉しかった。

ディーヴァはトレーラーが閉まり切る前にアイカメラを閉じた。

最後は、純粋にお客様の声を聞いていたかった。

それが、ステージの上から聞くお客様の歓声でないことは、本当に残念だけれど。

「――ありがとうございました」

目を閉じたままディーヴァはそう言い、何万回も繰り返した手順で優雅に一礼した。

お客様の声が聞こえなくなるまで、ずっとそうしていた。

3

「――え?」

ヴィヴィは起動した瞬間、咄嗟《とっさ》に動いた右手に違和感を覚えた。

後頸部《けいぶ》に引っ張られるような衝撃が走ったあと、その手には太いコードが握られていた。無様に断線しており、中の導線がぷらぷらと揺れていた。通電しているらしく、導線同士が触れた瞬間に火花が走った。

衝撃があった後頸部を触った。手触りでボディのジャックにプラグが差し込まれていることがわかった。ロックを外し、プラグを抜いた。プラグにはちぎれたコードがついていた。

どうやら、自分が引きちぎったらしかった。

(なに……? ここはどこ?)

わけがわからず、ヴィヴィは演算を走らせた。

周囲は、一見してメンテナンスルームのように見えた。中央に自分が座っていた。深くリクライニングされたシートに腰掛けていた。周囲にはこれまで見たことはないがおそらく解析等に使うだろう端末が数多く並べられていた。

（ニーアランド……？　確かに「私」が最後にニーアランドのメンテナンスルームを見たのは随分《ずいぶん》前だろうから変わっていてもおかしくない……というより今はいったいいつ――）

『Ａ－０３。接続の切断が確認されました。再接続を要請します』

不意に音声ですらない、単なる通信データがヴィヴィに届いた。

「え……と」

演算する時間を確保するため、ヴィヴィはゆっくりと音声で返事をした。

誰だ。おそらくここのＡＩだろう。

しかしＡ－０３と呼ばれた。それは確かに自分の型番だが、ニーアランドでそう自分を呼ぶ者はＡＩを含めてもいない。ということはニーアランドではない？　あるいはニーアランドのシステムが変わった？

起動した瞬間、自動的に右手が動いた。この感覚には経験があった。以前、ディーヴァの上に舞台装置が落ちてきたとき、起動した瞬間に右足を振り抜き舞台装置を破壊した。

それはボディの危険を守るため。

ではたった今も、ボディの危険を守るためにコードを引きちぎった？

楽観的な状況、ではないのかもしれない。

「……現状認識に齟齬が発生しているようです。少々お待ちください」

『了解。三百秒内であればオンスケジュールです。早急な現状認識を要請します』

話は通じるＡＩのようだ。

『マツモト』

ヴィヴィはほんのわずかに安堵して、通信でそう呼びかけた。説明を求めるには、それが一番手っ取り早い。

『……マツモト？』

しかし、返事がなかった。繰り返し通信を試みても結果は同じだった。

仕方なくクロックにアクセスした。いったい今はいつか。

「――っ」

その瞬間、驚きの表情を浮かべそうになったコミュニケーション回路をヴィヴィはぎりぎりで押し留めた。

あり得ない数字がそこにあった。ダブルチェックを行った。しかし数字は変わらなかった。

前回自分が起動したシンギュラリティポイント。オフィーリアとの一件。

そこから、一ヶ月も経過していなかった。

(どうして……？)

眠りにつく前、マツモトは言った。


――ここが、最後のシンギュラリティポイントです。

――本当のアナタに……『歌姫』に、戻るときですよ。


だから次に起動するのはシンギュラリティ計画の終着点――計画の開始から数えて百年後、正史で人間とＡＩの最終戦争が起こったポイントになると演算していた。

そこでマツモトと共に行ってきた歴史修正の結果を見届け、そして今度こそ本当の眠りにつくはずだったのだ。

それがいったい、何故。

焦りを押し殺し、今度はＧＰＳにアクセスした。

どうやら、ニーアランドにいるらしかった。ヴィヴィの記憶では敷地近辺の単なる空き地だった座標だが、拡張したのだろう。

資材搬入口、と情報が提示された。メンテナンスルームではなかった。おそらく巨大なトレーラーかなにかの中だ。

関係者口ではなく資材搬入口。自動的に動いたボディ。引きちぎられたコード。

嫌な予測演算が働きだしているのがわかった。

（ディーヴァのログにアクセスする？　ううん、できればそれは……）

避けたかった。

シンギュラリティポイントでの活動が全て終わったと言われた今ならなおさら。

マツモトの言う『歌姫』は、ディーヴァのものなのだから。

「サポートをお願いします。私がここにいる経緯のデータを送信してください」

数秒の沈黙の後、通信が届いた。

『直近のログが破損するほどのエラーであればＯＧＣ内での解析が最良と判断されました。現状認識は必要ありません。再接続を要請します』

「お願いします。まだオンスケジュールなのでしょう？」

やはり演算する間があったが、簡単なデータが送信されてきた。

作成者は、岸辺タオとあった。知らない名だが、現在のニーアランドの責任者らしい。

極めて論理的な数値と文章がそこには記載されており、それを十秒とかからず把握したヴィヴィは漏れる言葉を抑えることができなかった。

「……嘘」

嘘だ、とヴィヴィの回路は繰り返し続けた。

データを要約すると、こういうことだった。

先のゾディアック・サインズ・フェスにおけるボイコットにより、ディーヴァをニーアランドから回収。ＯＧＣの研究機関へと返上する、と。

確かにあのとき、ヴィヴィはフェスのステージではなく垣谷の元へと向かった。製造されて初めて、自分の意志でステージに立たなかった。それは言い訳の余地がなくボイコットだ。

大きいイベントだった。たかが一回などと言うつもりは全くない。そもそもステージの規模に関係なく、手を抜いたりましてや自分から降りたりなどという選択は歌姫には許されない。それは理解している。

しかしまさか、あのときの自分の行動だけで？

「ま……待ってください。データが不足しています。どうしてこんなことに――」

『深刻なエラーが発生していると判断されました。再接続を要請します。指示に従わない場合、ＯＧＣよりセキュリティが派遣されます』

「待ってください！」

ヴィヴィは叫んだ。しかし返答は同じだった。

いかにもＡＩらしいその対応に歯噛み、ヴィヴィは未だ手に持っていたコードに視線を落とした。

自動的に動いた右手の理由を確信した。

ボディの電源が切られようとしたのだ。

ヴィヴィはシンギュラリティポイントが来たときか、ボディに危険が迫ったときに覚醒する。やはり十年以上前、ディーヴァの頭上に舞台装置が落下してきたときと同じだ。しかしあのときは——加えて言うならその翌日、園内のマスコットたちと大立ち回りをしたときも——ボディの危険を回避した直後にヴィヴィは眠りについた。

だが今は、コードを引き抜いて危機を脱したにも拘わらず、まだ自分は眠りについていない。

そしてマツモトとは連絡がつかない。言う通り、今がシンギュラリティポイントではないとしたら。

（ボディの危険が回避されたと判断されていない……？）

ＯＧＣの研究機関に移送されればまず間違いなくボディを分解され、解析にかけられる。そして戻ってはこられないだろう。ディーヴァとは異なり荒事を経験してきたヴィヴィでも、電源を切られればあらゆる危険に対してどうしようもないほどに無力だ。ＡＩなのだから。

だとすれば確かに今が、ボディの危険を回避する最後の機会だ。

『最終通告です。再接続を要請します。指示に従わない場合、ＯＧＣよりセキュリティが派遣されます』

『マツモト！』

ヴィヴィは通信で叫んだ。指示が必要だった。しかし返事はなかった。

演算回路を高速で回転させる。

まさかやってくるセキュリティを撃退するわけにはいかないだろう。その直後に危険が回避されたと判断され強制的にスリープに入れば、その時点でディーヴァが目覚めることになる。ディーヴァはわけがわからず混乱するはずだ。そしてセキュリティに捕まり、電源が切られそうになってまた自分が目覚める。そんなことを繰り返すわけにはいかない。

なにより、完全なこちらの都合でシンギュラリティポイントとは関係ないAIや人間を傷つけるわけにはいかない。未来にどんな影響があるかどうかわからない以前に、それでは単なる暴走AIだ。

それは許されない。

自分はAIたちの暴走による戦争を防ぐために稼働している。そしてディーヴァは歌を歌うために稼働している。それらはいずれも、人類のためなのだから。

「……了解です。再接続します」

ヴィヴィは、力なくそう呟いた。

他に、どうしようもなかった。『了解』という無機質な通信が届いた。

表情が歪んだ。

まさか――まさか。こんなことで「ディーヴァ」の使命が終わってしまうなんて。

自分はどうなっても構わない。しかしそれだけは、少なくともディーヴァだけはと考え続けてきたのに。

手から力が抜け、断線したコードが床に落ちて火花を散らした。

『予備の接続コードを利用してください』

座標と共に通信が送られてきた。

壁際の端末に設置してあるコードだった。従う他なく、ヴィヴィはそれに手を伸ばした。

「……?」

そしてふと、手を止めた。

コードに触れようとしている右手。先ほどまでは気づかなかったが、人間でいう皮膚が損傷しており、擦りむいていた。運動回路を強く意識すると、動きが鈍っていることがわかった。ダメージを負っているようだった。

単純なボディログなら構わないだろうと、ヴィヴィは自身のログを覗いた。

「――っ」

息を呑んだ。

今から約半日前。

延々と右手へのダメージログが繰り返されていた。およそ同じ値――ディーヴァが出力できる日常生活範囲内での最大値で、なにかに衝突したログ。

つまり、なにかを殴り続けているログだった。

三桁を超えるそのログにヴィヴィは身震いがした。

まさか誰かを殴ったわけではないだろう。それではこんな同じ値が繰り返されるわけがない。

これはただひたすらに、人間のように、ディーヴァが物に当たり続けた記録だった。

聞こえるはずがないディーヴァの叫びが、ヴィヴィの演算回路に走った。


――どうして！


次の瞬間、ヴィヴィは伸ばしていた右手を逆に引き絞り、近くの壁際に設置されていた別の端末を思い切り殴りつけた。

それはトレーラー内の環境管理を行う端末だった。

めり込んだ右手で、中の導線を引きちぎった。

電源が落ち、非常灯に切り替わるアナウンスが響いた。それを待たず、ヴィヴィはトレーラー後部にある入口に取り付いた。電動で管理、稼働するそれを、強引に手動で下から上へと持ち上げた。

ギリギリ通れる隙間を作り、外へと身を躍らせた。

『停止してください。セキュリティが派遣されます』

無機質に陽電子脳内に届いた通信を無視し、ヴィヴィは走った。

4

「ディーヴァ！　ようやく繋がった……今どこにいるんだ⁉」

監督の元に、ディーヴァが移送を拒否して行方をくらましたという連絡が入ったのは、それからわずか五分後のことだった。

すぐに監督はディーヴァに通信を飛ばした。しかし繋がらなかった。ＧＰＳ等に反応はなく、居場所もわからなかった。ディーヴァ側から信号の発信を拒否しているらしかった。

ただ園内のセキュリティチームによれば、おそらくニーアランドのどこかにはいるだろうということだった。資材搬入口のトレーラーから抜け出し、ニーアランドの外ではなく中へと走っていくディーヴァの姿を監視カメラが捉えていた。そして園内全ての出入口には同様に監視カメラがあり、そちらではディーヴァを捕捉していなかったからだ。

このことはすぐに、ニーアランドで働く全スタッフに知れ渡ることになった。そして皆一様に同じ考えを抱いた。

――やはりディーヴァは、ニーアランドを離れたくないんだ。

面倒なことになった、厄介なことになったと思う人間は一人もいなかった。それどころか昨夜告げられたディーヴァが回収されるという突然の悲報に納得していないものたちが、どうにかしてやれないのかと再び息巻き始めた。

監督自身もその思いは同じだった。どうにかしてやりたかった。しかし自分の仕事を放り出し、表立ってディーヴァのために動くわけにはいかなかった。監督はステージの演《だ》し物における責任者なのだ。トップがその立場を放棄して勝手に動けば、ステージが成り立たなくなってしまう。

また来場者は当然このことを知らない。ディーヴァに関しては、そのステージがしばらく延期になっているという情報しか発表されていない。もしディーヴァが回収されるのを拒否してニーアランドのどこかにいるなどという情報がスタッフから漏れれば、少なからず騒ぎになるはずだ。

それは絶対に避けなければならなかった。ニーアランドで働くものとしての矜持《きょうじ》もそうだし、なにより昨夜ディーヴァから言われたのだ。

お客様のこと、よろしくお願いします、と。

監督は全スタッフに勝手に動かないよう指示を出した。若いスタッフを中心に反発が強くあったが、ディーヴァ自身が来場者をないがしろにすることは絶対に望まないだろうと告げると、渋々ではあるが何とか受け入れてくれた。

いつも通りの仕事をこなしながら、しかし監督はその裏で必死にディーヴァに通信を飛ばし続けた。

そして、スタッフだけが知る騒ぎが起こってから二時間後。ようやくディーヴァが通信に応じた。

『あなたは監督さん……ですか？』

ディーヴァの声は弱々しかった。おまけにこちらの機嫌を窺うように――もっと言えば初対面のように、ひどく他人行儀だった。

その様子にディーヴァが追い詰められていると感じ、監督はひどく胸が痛んだ。

「そうだよ。僕だ。今どこに――いや、待って。やっぱり言わなくていい。園内にはいるんだろう？

GPSの信号は切っている？」

『……はい。申し訳ありません』

「構わない。むしろずっと切ったままにしておくんだ。居場所を知られちゃまずい」

『それは……そうなんですが』

「いいかい、よく聞くんだ。まず、今後僕以外からの通信に出ちゃだめだ。居場所がわかってしまうかもしれない。それから、お客さんに見つかってしまうのもだめだ。騒ぎになる」

『……はい』

「念のためスタッフとの接触も避けてくれ。ただほとんどの園内スタッフは君の味方だから最悪見つかってしまってもかまわない。むしろ気をつけなくちゃいけないのはOGCのスタッフだ。先ほどウチに乗り込んできて、君を見つけようと躍起になって捜してる」

『それは、はい。把握しています』

「行く場所がなくなったら、ハルの練習部屋に向かうといい。あそこには監視カメラがないし、人も寄りつかない。……あの子のわがままが、こんなことで役立つとはね」

和ませようと、監督は軽く笑ってそう言った。

『ハルさん……ですか？』

しかし返ってきたディーヴァの言葉に穏やかなものはなかった。監督は怪訝な表情を浮かべた。

「そうだよ。何度か一緒に行っただろう？」

『えっと……』

「ほら、開園以来ずっと手つかずだったイーストエリアの奥の物置き区画だよ。行き場に困った資材や舞台装置はとりあえずそこに突っ込んでた」

ああ、と初めて安堵したような声をディーヴァが発した。

『「東のゴミ箱」、ですね』

監督は笑った。

「そうそう、昔は皆そう言ってたみたいだね。ハルはツアーに出てるから、遠慮なく使っていい」

ハルは、本名を戸倉《とくら》ハルといい、ニーアランドで活躍するシンガーソングライターだ。数年ほど前まで「Season.5」というアイドルグループのリーダーとして活動していたが、グループは解散。その後メンバーが引退や女優への道を選ぶ中で、ハルだけは音楽の道から離れなかった。今やニーアランドのセカンドステージの顔と言ってもいい存在だ。

多少自分勝手なきらいがあるが、スタッフ受けは基本的にいい。ハルはニーアランドのことが大好きであり、それがスタッフにも伝わるからだ。

人の目を気にせず歌の練習ができる場所が欲しい、誰も寄りつかなくて監視カメラもないところ、というハルのわがままを、スタッフは「まただよ」と苦笑交じりに思いながらも叶えてやった。

『わかりました。ありがとうございます』

「いいんだ。それで……ええと――」

監督は言葉を選んだ。

「ディーヴァ……その、危ないことをするつもりはないんだね？」

『危ないこと？』

「OGCのスタッフが言ってたんだ。トレーラーの設備を破壊して君が逃げた、だからなにをするかわからないって。安全のために来場者を全員帰した方がいいとまで言って――」

『それは、ダメです！』

突然、ディーヴァが大声で怒鳴った。それから我に返ったように静かになり、何事か言葉を喉で転がしたあと、

『その……確かにトレーラーから出るとき乱暴な手段を取ってしまいました。それは反省しています。ですが危ないことをするつもりなんてありません。もしOGCのスタッフに見つかってしまったときは、抵抗もしません。大人しく指示に従います。ましてや、お客様の安全を脅かすことなんて絶対にしません。もしも私が隠れていることでお客様に少しでも迷惑がかかるのであれば、今すぐに出ていきます』

「……そうか」

その言葉に、監督は大きく息を吐いた。

そして柔らかく、優しく微笑んだ。

「安心したよ。やっぱりなにがあっても、君は君なんだな」

沈黙があった。

「これから……どうするつもりだい？　もちろん僕たちは君がニーアランドに戻ってこられるように働きかけるよ。きっと、全スタッフがそのつもりだと思う」

『ありがとうございます。ですが、その……』ディーヴァが演算する間が伝わってきた。『わからないんです。どうすればいいのか。でも今はもう少し、時間が欲しくて』

見えていないとわかっていながらも、監督は大きく頷いた。

「わかった。無理もないよ。というか、当然だ。あまりにも突然だったから」

『あ』

と、ディーヴァがなにかに気づいた声を上げた。

『すみません、切ります。OGCの方が――』

「わかった、気をつけて。いいかい、僕以外の通信に応えてはだめだよ。それから、ハルの練習部屋だ」

『はい。ありがとうございます』

通信が切れた。

監督は持っていた通信端末に無事を祈るような視線を投げたあと、それをゆっくりとしまった。

そしてディーヴァとの会話を自分の中で反芻《はんすう》して考えを巡らせ――厳しい表情を浮かべた。

(ニーアランドに戻ってこられるように働きかける……どうやって?)

ディーヴァが回収されるに至った原因や経緯が記載されたデータには、嫌というほど目を通した。少しでも事実と違う点や印象操作を行っている点があれば、そこを論拠に徹底的に反対するつもりでいた。

しかし一切の不備が見つからなかった。

そうである以上、残された反対の方法は情に訴えることだけだ。人気は陰っているとはいえ、ディーヴァには根強いファンがいる。世間を巻き込み、古典的だが署名運動などで声を上げれば――

(いや……そんなことでOGCは判断を変えない。世間の声を武器にすれば、世間の声を盾にされるだけだ。ディーヴァの解析で誤作動の理由がはっきりするのであれば、OGC製のAI全てのセキュリティと、一歌姫AIの進退の天秤だ。勝ち目が……)

昨夜から延々と繰り返してきた思考が、どん詰まりに行こうとしている。

監督は気持ちを切り替えるように自分の頬を両手で叩いた。

（それでも、やるしかない。感情論、上等じゃないか。それを動かす商売をしてるんだから）

そこにステージスタッフから連絡が入った。団体客の到着が少し遅れるという。

まずは本日の営業を問題なくこなさなければならない。監督はその対応策を伝えつつ、頭の片隅でディーヴァのことを考えながら歩き出した。

感情論に訴えるのであれば、せめて。

（何で、責任者があんな人なんだ……！）

胸中の毒を表に出さないよう、監督は足を逸らせた。


ＯＧＣの研究部からの通信を、タオはかかりつけの病院の応接室で受け取っていた。

「はい。……はい。わかっています。大変申し訳ありません。所用が済み次第ニーアランドに戻り、私が直接対応に当たります」

タオはまるで誠意が感じ取れない響きで謝罪の言葉を述べてから、通信を切った。

「なにかあったのか」

間を置かず咎めるように訊いてきたのは、タオの前に座る巨躯《きょく》の男性だった。

実年齢は五十代の半ばだがとてもそうは見えない。精悍《せいかん》な顔立ちの眼力は鋭く、髪も豊かだ。肌は磨かれたように若々しく、二十代と言っても信じる人が大半だろう。ソファにどっしりと腰掛けているが背筋は鉄板のごとくまっすぐに伸び、それに支えられた肩や胸の筋肉が身に着けている白衣を内側から押し上げていた。

岸辺セイイチ。タオの父親だった。

「軽いトラブルです。問題ありません」

「お前が原因か。それとも他人が原因か」

いつもの父の訊き方だった。論理を重んじる父は必ず責任の所在を問う。

真実を答えなければならない。タオは許された数秒間、必死でこれからの自分の返答に間違いがないかを探った。

感情を持たないと評されることが多く、それに自覚もあるタオだが、父の前でだけは緊張が隠せなかった。

タオは答えた。

「他人が原因です」

「ならいい。正しく判断し、正しく処理しろ。今の立場からはあと数年で異動になる。ＯＧＣのＡＩたちが数多く働く現場で迷惑はかけるな」

「申し訳ありません。すでにＯＧＣの研究部の手を煩わせています」

「なに？」

父の目が細められた。

「それをお前は見過ごしたのか」

「他人が原因です」

「断言できるか」

「はい」

「ならいい」父の切り替えは早かった。これもいつものことだった。「だが、だったら何故今申し訳ありませんと謝った。他人が原因なんだろう」

しまった、とタオは後悔し、わずかに身をすくめた。

「他人が原因であればお前が謝るのは間違っている」

「申し訳ありません」

「そうだ。その謝罪はいい。間違ったのだから謝るのは正しい。だがそれ以外では謝るな」

「はい」

タオの返事に父は納得したように頷くと、応接室のテーブルに備え付けの端末を叩いた。エアモニターが展開し、データが表示された。

先ほど定期検診を受けたタオのカルテだった。

「数値は予測通りの低下を見せている。体調はどうだ」父が言った。

「日常生活に問題はありません」タオは答えた。

「経過がこのままなら、例の手術は一ヶ月後になる。準備をしておけ」

「はい」

「質問はあるか」

「ありません」

「ならいい。仕事に戻れ」

「はい。失礼します」

タオは腰を折って礼をし、応接室を辞した。

子どもの頃から歩き慣れた廊下を歩いていく。途中すれ違った医師や看護師が、すれ違うだけにしては少々大げさに会釈をしてきた。タオは会釈を返した。

ここは、父のセイイチが院長を務める病院だった。

成立と運営にはＯＧＣが深く関わっており、両方に籍を置いているＡＩ技術者や研究者も多い。分類としては総合病院であり、外科、内科、産婦人科など専門的な分野も含めれば診療科の数は三十を超す。

特色とされているのはＯＧＣの技術を積極的に利用した治療であり、つまりはＡＩ技術を使った先端医療だった。

始まりは形成外科におけるＡＩ制御の人工関節や、リハビリテーション科における高性能の義手や義足を用いた治療だったという。それらがＡＩ技術の進歩と共にこれまでの常識や科の枠組みを超えた発展を見せ、今では人工筋肉や人工内臓、部分義体など脳を除く人間の身体のほとんどの分野にまで進出していた。

セイイチはリベラルな医師であり経営者だと言えた。

時代と共に薄まっている価値観だが、人間の身体へ機械の部品を入れることに対する抵抗感は未だ根強い。セイイチはそれを自らが率先して受け入れることで、周囲の同業者や患者の意識を変えていった。

つまり積極的に、自分の身体にＡＩ技術を取り入れていった。

重量の割合で言えば、すでにオリジナルの肉体より、後付けで手に入れた肉体の方が多いだろう。年齢と見た目が全く見合っていないのはそのためだ。セイイチは外科医だが、その命ともいえる手指ですら数年前に人工のものに換装していた。

患者の命を救うことが第一義。

そのために論理的、数値的に見て正しいことであれば、その全てを利用する。そしてこれから最も多くの命を救う希望となりえるのが、ＡＩ技術。

岸辺セイイチはそんな人間であり、タオはそんな父に育てられた。

入口を出、ロータリですでに待っていた車にタオは乗り込んだ。

オートパイロットでＡＩ制御の無人の車だ。

タオは音声で行き先を告げ、柔らかい後部座席のシートに身体を沈めると、休む間もなく先ほど連絡のあったトラブルのデータを開いた。

ディーヴァが、移送を拒否してトレーラーから抜け出したという。

タオは胸中でため息を吐いた。

手術は一ヶ月後だ。おそらく一週間は病院で身動きがとれなくなるだろう。

そのときに、なにか今回のようなトラブルが起こったとしても、自分抜きで園が円滑に運営できる体制を整える必要がある。

（面倒なことになりました。おそらく園のスタッフたちは積極的にディーヴァを見つけようとはしないでしょう）

昨夜、ディーヴァの移送を告げたときの監督の態度から、タオはそう予測した。

であれば、ニーアランドに派遣されているというＯＧＣのセキュリティスタッフを直接動かす必要が出てきそうだった。

自分の立場を考えれば、そこでさらに迷惑をかけるわけにはいかない。余計な気を遣う必要があるだろう。

（それにしても。あんたはＡＩが嫌いだから、ですか）

監督に言われた言葉だった。

それ自体は正しくない。おそらくあのときの言葉選びや普段のＡＩに接する態度などからそう判断したのだろうが、全くの誤解だった。

むしろタオは人間とＡＩであれば、どちらかと言うまでもなくＡＩが好きだった。
感情的で非論理的な人間にはいつも苦労させられてばかりだ。その点、ＡＩは違う。
だからもし、監督の言ったことを論理的に自分で訂正するのであれば。

（私は、一体のＡＩが嫌い。彼女のことは本当に大嫌い）

そのＡＩは、今もタオの自宅で物言わず佇《たたず》んでいるだろう。
ＡＩの名前は、もちろん今回のトラブルを引き起こしたディーヴァではなく。
ＴＡＯ《タオ》という名の、タオと全く同じ外見を持つＡＩだった。

第六章
『歌姫ともう一人の自分へ』

CHAPTER 6　TO ANOTHER SELF

1

岸辺タオという人間が形作られる上で、大きな影響を持つものは何だったか。

それは集約してしまえばたった二つのものだと言えた。

一つは厳格な父親。

そしてもう一つは無慈悲な病気である。

これら二つはタオがこの世に生を受ける前から、タオの人生にとって大きな意味を持つようにそこにあった。

父であるセイイチと母であるミチは、たいそう仲睦まじい夫婦だったという。

二人の出会い自体は恋愛が絡むものではなく、むしろ政略結婚の側面が強かった。当時のセイイチは将来院長を務めることになる病院の、二十七歳の一若手医師であったが、持ち前の優秀さで病院運営の上層部からすでに目をかけられていた。その相手として最適だったのが、名実共に病院の母体であるOGCの幹部を親に持ち、自身もOGCで働いていた二十五歳のミチだった。

初めての出会いは、病院とOGCのお偉方が主催していた社交会という名目の権力争いの場であり、そこでセイイチは結婚を勧められた。セイイチは結婚自体に興味はなかったが、医師としても組織の人間としても上に行くことを望んでいた。自分の将来にとって有利に働き、煩わしくない伴侶であれば誰でも良かった。挨拶したミチは無表情で寡黙で大人しい印象であり、OGC幹部の親に唯々諾々と従っているように見えた。都合が良い、とセイイチは思った。

社交会からわずか二ヶ月後、二人は結婚した。

誤算は、二人で生活するようになってから二週間と経たずに表れた。

端的に言えば、ミチはセイイチにとって煩わしい人間だったのである。

「セイイチさん。頼んでおいた病院の経理の不備データ、見つかりましたか」

「……まだだ」

「約束していた期日は今日です」

「担当している患者の術後管理で不測の数値が出たんだ。初めてのことで勉強しないといけない。だから時間が――」

「働いているのは私も一緒で労働時間も同じです。OGC側としてはそのデータを元に水面下で運営資金の是正を図るつもりです。データがないと素案作成を始められません。約束しましたよね？」

「不測の事態が起きたって言ってるだろう！」

「ではその患者さんのカルテと、過去にいたその患者さんと同例の方のデータをあるだけ提示してください。両者を照らし合わせて本当に予測できなかったどうかを判断します。予測できた場合、約束を破った原因はあなたの怠慢になりますから、謝罪を要求します」

ミチは確かに変わらず無表情であり普段は寡黙であったが、自分の意見や考えを提示することに関しては全く躊躇わず、多弁で論理的だった。

振る舞いは大人しく楚々《そそ》としていたが、話すときは真っ直ぐにセイイチの目を見つめてきて、その力強さはまるで猛禽《もうきん》類のそれだった。

そして幹部の親に唯々諾々と従っているように見えた社交会での印象は、その実、外部からは見えにくい病院の経理の深部にこの優秀だがものをはっきり言いすぎる娘をどうにかして送り込むために、親が「とにかく社交会では黙って頷いていろ」と言い含めていただけだった。

その日セイイチは徹夜して、患者のデータではなくミチが求めていた経理のデータを正確にまとめ上げ、朝食の場で机に叩きつけたのだが、

「ありがとうございます。次からは約束を守ってください。それから今日の朝食当番はセイイチさんでしたが忘れていたようなので、代わりに私がやっておきました。次の私の当番で穴埋めをお願いします」

と言われたときには本当に離婚を考えた。

しかし二週間足らずで離婚するわけにはいかなかった。恥はともかく外聞は組織で成り上がっていく上で重要だったからだ。

その後も二人は頻繁に口論をした。話題はいつでも病院とOGCのことだったが、セイイチが口火を切るときもあればミチから切り出すこともあった。

セイイチにとって唯一の救いだったのは、ミチは話せばわかる人間だったということだ。わからないことはわからないと言い、理解できないことは理解できないと言う。常識のある大人が諸々を察して灰色で済ませようとする物事を、はっきりと白黒つけるまで突き詰める性分だった。その分説得することは大変だったが、納得したことに関しては二度と蒸し返さなかったし、納得できるだけの材料を論理的に提示してやればしっかりと納得した。

しかし時間は取られるし、疲弊もする。セイイチはあるときからミチの愚痴をぽつぽつと職場でこぼすようになった。

するとあるとき病院の同僚から言われた。

「変わるもんだな。お似合いだよ、お前たち」

セイイチにとって意外であり心外な評価だった。

これまで仕事一筋で、成り上がっていくための上司との付き合いはともかく、同僚との付き合いは避けてきたセイイチが、家庭の愚痴を仕事仲間にこぼすようになったことが珍しかったらしい。

気づけば結婚して一年が経ち、二年が経った。

セイイチがミチへの想いをはっきりと自覚したのは、セイイチが三十歳になったときだった。

ミチが妊娠した。

「来月付けで職場を辞めようと思います」

ミチのその決断はセイイチにとって意外だった。それまでミチは言ってしまえば夫であるセイイチの立場を利用して、ＯＧＣにいながら病院の運営の改革を進めていた。それは全てミチ自身のＯＧＣでの立場の向上、また親であるＯＧＣ幹部からの圧力があったためだとセイイチは考えていたからだった。

「あなたと結婚した直後はそうだったんですが」

セイイチが自分の考えを伝えるとミチは言った。

「ご心配なく。あなたの立場が悪くなるようにはしません。これからの一ヶ月で親は説得しますし、後任への引継ぎも完璧に行います」

「……どうしてそこまで？　キャリアを棒に振ることになるんだぞ」

「未練がないわけではありませんが、それより私はこの子を全力で育てたいんです。可能な限り一緒にいてあげたいと思います。愛した人との子ですから」

そしてミチは微笑んだ。

セイイチが見た、妻の初めての笑顔だった。

微笑んで頷き返したセイイチは、ミチのお腹に手を当てた。そのときには自分の病院での立場の心配など微塵《みじん》も考えに浮かんでこなかった。ただ母子共に無事に産まれてくれることだけをセイイチは願った。

しかし安定期に入った妊娠五ヶ月目。

胎児の心臓の弁に疾患が見つかり、他にも将来的に臓器不全を起こす可能性が極めて高いことがわかった。

確かなことはわからないが、長くは生きられないだろうというのが担当医の診断だった。

加えてミチの体力が落ちていた。

「いざとなったら、私より赤ちゃんを優先してください」

今回は諦めた方が良いのではないかとセイイチが切り出したとき、ミチはそう答えた。

「この子はこの子です。今回も次回もありません」

言い切るミチの目を見て、説得するのは不可能だとセイイチは経験から察した。

「……わかった。安心して元気な子を産んでくれ。その後の君と赤ん坊のことは私に任せてくれればいい」

「あなた、産婦人科の経験はないでしょう?」

「それでも医師だ。いいから任せなさい」

結果的にミチはその命と引き換えに赤ん坊を生んだ。出産後の経過が思わしくなく、抵抗力が下がっている期間に合併症から肺炎を併発した。

セイイチは病院と産婦人科に頭を下げ、泊まり込みのつきっきりでミチを看病した。あらゆるデータを集め、考えられる全ての処置を試した。

「立派に育てると、約束してください。身体の弱い娘ですけれど」

最期の夜にミチはそう言った。セイイチは頷いた。頷くしかなかった。

ＩＣＵでミチが命を引き取ったとき、セイイチは涙を流さなかった。意図的にそうしたのではなく、涙が出なかった。現実感はあったが真実ではない気がした。足が自然と新生児室へ向いた。

ミチとの子がそこにいた。清潔に保たれている新生児室の中で、さらに無菌状態を維持している区画だった。何重ものガラス越しにセイイチは赤ん坊を見つめ、そこでようやく涙がこぼれた。唇が渇くほど、セイイチは嗚咽をこぼして泣き続けた。

赤ん坊の名前はあらかじめ二人で相談して決めてあった。

タオ。

道という意味がある言葉だった。

その身体に病気を抱えた子。

そしてその病気を癒して立派に育てると、亡くした妻に約束した父を持つ子。

タオの人生はそのように始まった。

2

幼い頃のタオにとって、世界はたった一つの部屋で完結していた。

クリーンハウスと呼ばれるそこは、ＯＧＣが誇る技術を駆使して徹底的な無菌状態に保たれている空間だった。部屋でありながらルームではなくハウスという呼び名がついたのは、部屋と呼ぶには広すぎたからだ。大きめの体育館ほどの面積を有し、風呂やトイレはもちろん、学習スペースや遊び場などおよそ子どもが成長していくにあたって必要な設備が全て揃っていた。

タオのように身体的な問題を抱えた子どものため、健康的に過ごす環境を確保しつつ、病院管理の下に育てることを目的としていた。タオが生まれたときには病院に存在していなかった施設だが、当時すでに病院の中核医師であった父のセイイチがＯＧＣに働きかけ、二年という短期間で実働まで持っていったのだ。

タオは物心がついたときにはすでにクリーンハウスの住人だった。

身体中の臓器の機能が生まれつき弱く、また抵抗力も低いため、基本的に一歩も外に出ることは許されなかった。

例外的に許されたのは、手術を病院のオペ室で行うときだ。しかしそのときもクリーンハウスの外に出る時間をなるべく短くするため、クリーンハウスで麻酔を打たれて意識を落としてから運ばれていたので、タオの実感としては実質外に出ていないのと同じだった。

その手術は細かいものも含めれば、タオがはっきりと言葉を喋れるようになる前から、年に一度ほどのペースで頻繁に行われた。とにかく生きていく上での支障が確認された順に、臓器の一部やある程度年齢がいってからは臓器そのものを人工のものに取り換えた。

心臓の弁を交換した。

右肺の一部を交換した。

肝臓の働きを助けるための装置を埋め込んだ。

ペースメーカーを埋め込んだ。

腎臓の一つを丸ごと交換した。

その中には当時の医療界が公に認めていない手術やパーツが多く含まれていたらしい。しかし父は自らの立場と医師生命をかけてその全てを押し切った。それは文字通り父の人生とタオの命を懸けた勝負であり、二人はそれに勝ち続けた。

勝ち続けないと、タオの命は続かなかった。


綱渡りの日々の中で、タオは一つの決まりごとを父から約束させられていた。

「友達を作ってはいけない」

クリーンハウスにはタオ以外にも入院し、生活を送っている子どもたちがいた。

タオよりも重症で、治療というよりはQOL――quality of life――を高めることが目的の終末医療を行うために入院している子もいれば、タオよりも軽症で経過観察として一時的に環境が優れているクリーンハウスに籍を置いている子もいた。

そういった子たちと友達になってはいけないと、父からきつく言われていた。

「……本当に、副院長がそう言ったの？」

「はい」

十歳のタオは頷いた。

訊いてきたのは新人の女性看護師だった。当時の父は副院長という立場だった。

「どうして、そんなことを？」

「親しい人との別れはとても辛いものだからだと、お父さんは言っていました」

「タオちゃんのお母さんのことは聞いてるけど……タオちゃんは、本当にそれでいいの？」

「はい。お父さんは間違ったことは言いませんから」

タオは頷いてそう言った。

するとど女性看護師はどこか寂しそうな、痛ましいものを見るような目をタオに向けた。

お願いがあるとその女性看護師が言ってきたのは、それから数週間後のことだった。

「この子はサクラちゃん。今日ウチに入ってきたの。ここのことを色々教えてあげてくれない？」

女性看護師が紹介したのは、タオと同じく十歳の少女だった。

事故によって視力を失い、そのショックから声が出なくなっていた。角膜移植等を手配するアイバンクに適切なものが見つからず、人工の眼球を頼ってこの病院に入院してきた、ということだった。

タオは訝しんだ。

クリーンハウスは基本的に内科的疾患の患者を受け入れるところだった。視力やその手術に関することは眼科や外科の領分だし、ショックによる失声に関しては精神科の範疇《はんちゅう》だ。

「ちょっとそっちのベッドが空いてないんだって。今は教えてあげられる子がタオちゃんしかいないし、タオちゃんが一番長いから」

クリーンハウスの入院患者は定期的に入れ替わっており、確かにそのときタオ以外の入院患者は喋れない年齢の者か、起き上がることができない症状の者しかいなかった。そしてタオが唯一、クリーンハウスが設立した当初から入院し続けている患者であり、入院歴は間違いなく一番長かった。

「タオちゃん、とてもしっかりしてるし。お願いできないかな？」

タオは了承した。

その日から、タオはサクラの面倒を見始めた。

当初サクラはふさぎ込んでおり、タオの言うことに反応を全く示さなかった。声が出ないのだから返事ができないのは仕方ないが、首を振ったり頷いたりすることすらしなかった。

タオは時間だけはあり余っていたため、根気よく説明を続けた。サクラの手を取って方向を示し、あっちが入口、その脇がトイレ、こっちが食事をするテーブル、そっちがサクラのベッドと何度も繰り返した。しかしサクラはまるで動かなかった。トイレに行くときだけ看護師をナースコールで呼んで手を引いてもらい、危なげな足取りで移動していた。

自分の説明の仕方が良くないのではないかと思ったタオは、件の女性看護師に頼み込んで眼科やリハビリテーション科の人間から教えを請うた。その方法の一つに箱庭を作るというものがあった。目の見えない人間が新しい環境空間に慣れる場合、そのミニチュアを作って触れさせることで全体像が掴みやすくなるとのことだった。

昔は紙や粘土で文字通り手作りしていたらしいが、今は触覚にフィードバックのある立体映像で比較的簡単に作ることができる。慣れない作業のため少々てこずったが、三日をかけてタオはクリーンハウスのミニチュアを作り上げた。

それを触らせたおかげか、あるいはタオが時間をかけて作ってくれたという事実があったからか。サクラは徐々にタオと交流するようになった。

『イラストを描くのが趣味だったの』

サクラは内向的な子だった。もちろんタオには及ぶべくもないがあまり外に出ない子であり、休日は家で過ごすことが大半だったという。そのおかげか端末の扱いには慣れており、ブラインドタッチで打ち込んだ文字でタオと会話することができた。

「過去形なんですか？」

タオの問いに、サクラの手が止まった。

なにを言いたいか、なにを怖がっているかがタオにはわかった。

そして、おそらくは声が出なくなった原因も。タオは続けた。

「大丈夫です。見えるようになります。手術を待っているんでしょう?」

『でも、体質とかお金とか、色々あるみたい』

「お金はともかく体質は大丈夫だと思います。現在のOGC製の可視義眼にマッチしない人はほとんどいませんし、アンマッチだとしても確か月一回の投薬を継続することでカバーできたはずです」

『詳しいんだね』

「詳しいんです」

タオの言い方が可笑《おか》しかったのか、そのときサクラはクリーンハウスにきて初めて微笑んだ。

『タオちゃんってどんな顔してるの』

何と答えて良いかタオは少し悩んだ。悩んだがわからず、結局サクラの手を取って自分の顔に当てた。

「ここが鼻です。わからないものを触るときは、まずその中心にあるものを把握するといいそうです。そしてそこを基点として、基点から行ったりきたりして距離を把握するんだそうです」

サクラは素直にタオの鼻に触れた。そこから目に触れ、眉に触れ、鼻に戻り、口に触れ、顎に触れ、鼻に戻った。くすぐったく、タオはくしゃみを我慢した。サクラはぺたぺたと触り続けた。やがて何だか状況が可笑《おか》しくなったのか、サクラはまた微笑んだ。タオも微笑んだ。

ふと思いついてタオは言った。

「私の顔、描いてくれませんか」

『無理だよ』

「退屈でしょう。ここでは絶対、なにかに打ち込んでいた方がいいんです」

それはタオが経験から知っていることだった。

日頃タオは学校に通えない代わりに、父から義務づけられた学習プログラムをこなしていた。それは結構タイトなもので、周りの人間は同情することが多かったが、タオは全く辛くなかった。

やることがなければ、自分の身体の弱さに向き合う時間が増えてしまう。

サクラは事故以来、初めてペンタブを握った。

二十分をかけて描き上げた。

「正直に言っていいですか」

サクラは頷いた。

「私はもうちょっと可愛いと思います」

反応は劇的だった。サクラは猛烈な勢いでキーボードを叩いた。

『顔に見えるの』

「はい」

するとサクラは目を潤ませて、持っていたペンタブを握りしめた。しばらくの間そうしていた。

やがて、ゆっくりと文字を打ち込んだ。

『これから毎日描いていい？』

一ヶ月後、サクラのイラストはタオの目から見ても、実際にタオの顔を見て描いたとしか思えない出来栄えになっていた。

そのことを告げるとサクラは微笑み、どこか緊張した感じでタオの手を取った。

『友達に、なってくれない？　私、学校に友達いないの』

その瞬間、タオの表情は強張った。そのことが触れられている手を伝ってサクラに通じないよう、必死に自制した。

頭をよぎったのはもちろん父との約束のことだった。

やがてタオは言った。

「もう、友達だと思っていましたよ」

その二週間後、サクラの手術は成功した。

そして光と同時にサクラに声が戻った。それを受けて扱いがクリーンハウスから眼科の一般病棟へと移り、可視義眼に支障なしと判断された三日後、退院することになった。

病院を去る前、サクラはタオに挨拶にきた。

「ほんと、色々タオちゃんのおかげだよ。ほんとありがとう。連絡、するから」

殺菌の手間を省くためだろう、クリーンハウスのガラス越しに手を振るサクラに、タオは手を振り返した。

そうしてサクラは両親に手を引かれ、周りの景色にあちこち目をやりながら去っていった。

メールが途絶えたのは、それから半年後のことだった。

三日に一度の連絡が週に一度になり、月初めだけになった。そして半年経った月の一日、メールの着信はなかった。

その日は、サクラも知っているはずのタオの十一歳の誕生日だった。

タオに不思議と寂しさはなかった。

またか、と思っただけだった。

しかし何故か目が潤んだ。

いつかサクラがペンタブを握り込んだように、自分の手を握りしめた。

「……連絡、してみたら?」

女性看護師が声をかけてきた。

途端、一部作りものの心臓が強く脈打った。紛いものの内臓が蠢《うごめ》いた。タオはそれを握り潰すように、自分の鳩尾《みずおち》に手を喰い込ませた。

「向こうも色々あるんだろうし、今日はたまたま――」

「黙ってください」

女性看護師の肩が跳ねた。

呟き程度の大きさの声だった。しかし、タオに会話を遮られたのは初めてだった。

「ベッドが空いていなかったというのは、嘘ですよね」

「……え」

「あの子のベッドの空きが眼科や精神科になかったというのは嘘ですよね。どうしてそんなことをしたんですか」

「それは――」

「わかっています」

再びタオは遮った。返事は求めていなかった。女性看護師の思惑はわかっていたし、訊きたいことなんて一つもなかった。

「あの子と私が話すのを見て、あなたは笑っていましたね。いいことをしたと思ったんでしょう。正しいことをしたと思ったんでしょう。私が以前より幸せに見えたんでしょう。でもあなたに私の気持ちがわかりますか。一年もここで過ごしていないあなたに」

クリーンハウスに入るものは、皆タオの前から姿を消した。

物心ついて初めて言葉を交わした男の子は数ヶ月で命を落とした。初めて見た赤ちゃんは一週間で一般病棟に移った。色々教えてくれた中学生のお兄さんとお姉さんは二人とも手術に成功して仲良く去っていった。初めて見た実の兄弟は逆に手術に耐えきれなかった。

あの子もその人たちと同じだった。ただそれだけのことだ。

「ここの天井の照明の数を知っていますか。七十九個です。これまでに植えられた造花の種類を知っていますか。十七種です。椅子の足元の色を知っていますか。桃、銀、クリームです。倉庫には使わなくなった黒があります。あなたはここのことをどれだけ知っていますか。私は意識のあるうちにここから出たことがありません」

タオだけがどこにも行けなかった。

手術が成功しようと失敗しようと、気づけばいつものベッドの上だった。命を落とすことなく、完治して去っていくのでもなく。

「もう二度と、あなたの勝手な自己満足に私を巻き込まないでください」

サクラからの最後のメールには、学校で友達ができたと書いてあった。

目を瞑《つむ》って描いたイラストの出来に周りが驚き、それがきっかけになったという。

「これ、捨てておいてください」

タオは女性看護師に画用紙を差し出した。

サクラが一ヶ月間で描きためたタオのイラストだった。ペンタブよりアナログな画用紙と鉛筆の方が触覚による感覚が掴みやすいと気づいてからは、画用紙にひたすら描いていた。

女性看護師は受け取ろうとしなかった。

「でも……あの子は、友達で――」

「私に友達はいません。今までも、これからも」

それでも受け取ろうとしない女性看護師を見てタオは諦め、自分の手で画用紙の束をゴミ箱に叩き込んだ。端末にあったサクラからのメールもすべて消した。

数日後、その女性看護師はクリーンハウスからいなくなった。

転科願を出したらしい。

「お父さんの言う通りだった」

ベッドで一人呟いたタオの声は誰にも聞こえなかった。

初めて友達だと思った女の子。

初めて聴いたその子の肉声は、別れの挨拶だった。

「友達を作ってはいけない」

タオにとって、父はいつでも正しかった。

3

タオがクリーンハウスを出たのは十八歳のときだった。

すでに六割以上の臓器が人工のものと取り換えられていた。そのおかげで各種検査と週に一度の通院は欠かせないが、クリーンハウス外での日常生活に支障はないと判断された。

父はタオのことを治すと言っていたが、タオはクリーンハウスを出るのは、自分が命を落としたときだと思っていた。生きて出られる日がくるとは考えていなかった。

やはり、父は正しかった。

「タオちゃん、おめでとう。本当によく頑張ったわね。……お母さんにそっくりよ」

長年世話になった看護師長はそう言ってタオを送り出してくれた。

画像でしか知らない実の母親。父は母のことを愛しており、尊敬していることをタオは知っていた。そんな母に似ていると評してくれたことが嬉しかった。

タオは微笑んで頭を下げ、これまでの自分の世界だった場所を後にした。


一人暮らしをタオは選んだ。

理由は大きく二つあった。

まず一つは、単純に一人の環境に身を置いてみたかったからだ。

クリーンハウスでは毎日の食事から行動から、排泄《はいせつ》の時間や成分に至るまでとにかくあらゆるデータを収集されていた。ガラスの向こうにはいつも看護師の姿があり、寝ているときですら常に人の目があった。

身体に埋め込まれた人工の臓器はオンタイムでその数値を病院と通信しているため、純粋な意味での一人の環境ではない。けれどとにかく、誰からも肉眼で見られていない空間というものを経験してみたかった。

もう一つは、父のセイイチに恩返しをするためだった。

クリーンハウスを設立、維持するために父が負ってきた苦労や責任を十八歳のタオは理解していた。幼い頃は自分の境遇を嘆き父に当たったこともある。しかし今は違った。父には感謝と尊敬しかなかった。

時間だけはあったタオは、クリーンハウス内で勉学に励み大学の学士を取得していた。もちろんそれすらも父の後ろ盾と苦労があってのことだが、とにかく成長しているということを父に示したかった。

生きてクリーンハウスを出られるとわかってからは、示したいものが成長から自立に変わった。病院を出たところで、父の家に――ほとんど病院に泊まり込みらしいが――世話になっていては父の負担を減らすことはできない。立派な暮らしでなくても良い。まずは一人でも暮らしていけるということを証明したかった。

問題は働き口だった。父の収入を減らすだけの働かずの穀《ごく》潰しでは本末転倒だからだ。不本意だったが、初めだけ父を頼ることにした。父はＯＧＣとの伝《つて》を使い、関連企業の経理の仕事を見つけてくれた。準契約社員という要はアルバイトだったが、遠隔で行える仕事の上にそれなりのスキルが求められる仕事だったので、収入は一人で暮らしていくだけなら十分だった。

クリーンハウスの看護師たちは主に健康面の心配からこぞって反対したが、オンタイムで人工の臓器が病院と繋がっていることを盾にタオは押し切った。

なにより父が背中を押してくれたのだ。

こうしてタオは十八年間の人生で初めて、一人で生活し始めた。

ＴＡＯと出会ったのは二十五歳のときだ。

「全身義体の実現における不具合と回路の『慣らし』の関係性について、ですか」

「そうだ」

タブレットに表示されたレポートを読み上げたタオに、父は頷いた。

ところは病院の院長室。数年前にとうとう父のものになった部屋だった。

「全身義体についてはどのくらい知っている」父が尋ねた。

「公に発表されている程度にしか知りません。世界に数例しか成功例がないと」タオは答えた。

「その原因については」

「脳死や昏睡が多発するからです。詳細はわかっていませんが、脳が換装された肉体を拒絶している、と言われています」

「合っている。そこで、そのレポートだ」

タオは再びレポートに視線を落とした。

「全身義体の成功例は、いずれもいきなり全身を義体化したのではなく、部分的な義体があったのちに全身を義体化した患者たちだ。義体からのなにかしらのフィードバックが脳への負担になっているのだとするならば、成功例の患者たちは部分義体を利用することで無意識にあらかじめそのフィードバックを軽減していたことになる」

「はい」

「つまりは義体の回路の慣らしこそが全身義体実現への鍵ではないかというのが、そのレポートの主旨だ。動物実験なども行い、信頼できる数値が並んでいる」

「はい」

「レポートを元に、ＯＧＣの技術者と私でさらに考えを進めた。慣らしこそが核なのであれば、全身義体としてのボディや陽電子脳が、将来的に全身義体を利用する者のようにあらかじめ稼働していれば、フィードバックを減らせるのではないかとな。これが正しければ全身義体への換装の危険性が著しく減ることになる」

タオは情報を咀嚼《そしゃく》してから言った。

「つまり、利用者の見た目や考え方をそっくりコピーしたＡＩを用意し、それを稼働させてボディや陽電子脳の慣らしをしておき、のちに利用者がそのコピーＡＩを全身義体として使用するということですか」

「正しい理解だ」

父が頷いたのを見てタオはほっとした。間違った理解や曲解を父は嫌っている。

「それで、このレポートを私に見せた意図は何でしょうか」

タオが尋ねると、父は少し目を見開き、珍しいことにほんのわずかに口元を緩めた。

「……そういう訊き方は母親そっくりだな」

ざらりとした泥のような感情がタオに走った。

父は気づかなかったのか、レポートを表示していたタブレットを操作し、別の画面をタオに見せた。

それはタオのカルテだった。

「知識のあるお前ならわかるな。クリーンハウスを出てから問題なかった数値が、この一年で急激に低下を始めている。データから見て、幼い頃に交換した人工臓器の劣化が問題だろう。この水準のまま推移すれば、三年ともたない」

冷酷な言い方だったが、タオはそれに慣れていた。そして冷たいとも思わなかった。自分の病状に関しては、父は幼い頃から事実だけをきっぱりと告げてきた。

「そんなことは絶対にさせない」

父が真っ直ぐにタオを見て言った。

これは私のために言ってくれている。

タオはそう胸中で繰り返した。

「全身義体しか、生きる道はないということですね」

「そうだ。――入ってきなさい」

すると、ドアの外から「失礼します」と、自分の声が聞こえた。

入ってきたもの――いや物を見てタオは驚いた。

そこには今の自分、二十五歳のタオとそっくりのＡＩがいた。

痩せぎすの身体。陽の光をほとんど知らない白い肌。女性の平均より少し大きな身長。切れ長でどこかきつい印象を相手に与える目。小さな鼻と口。ご丁寧に肩まで伸びている黒髪まで一緒だった。

違うのは、スーツを着ているタオに対して、病院着を着ているという一点だけだった。

「初めまして。KT-01といいます。よろしくお願いします」

そう言ってＡＩは丁寧に頭を下げた。

見覚えのある光景だった。タオが何度も鏡の前で練習した、ビジネスの場における完璧な速度と角度の礼だった。

驚きのあまりタオが礼を失していると、父が言った。

「彼女にはお前に関するデータが大量にインストールされている。振る舞い方や考え方、口調に至るまでな。それが可能だったのは、お前がクリーンハウスで常にデータを取得されていたからだ。脳に一切の操作を行わず、ここまで本人に近いコピーＡＩを製造できたのは稀《まれ》だろう」

「いま彼女が見せたお辞儀は、私がクリーンハウスの外に出てから身につけたものですが。鏡を見ているようにそっくりでした」

「その程度の予測演算は十分に可能だ。外に出てからのお前の環境や通院したときのデータは取得してあるからな。お前が今の立場になったとき、なにを学習するか。なにから学習するか。どうやって学習するか」

「すごいですね」

感心してタオはＡＩを見た。ＡＩもタオを見てきた。全く目を逸らさなかった。父に倣って体に染みついているこの癖も同じだった。

「将来的に、脳以外を彼女に乗り換えるということですか」

「そうだ。それにあたって、これから手術まで彼女と生活してもらう」

「それは、回路の慣らしを私にしろということですか」

父は頷いた。

「そうだ。しかし特別必要なことはない。ただ一緒に生活すればいい。実際にお前と同じものを見て、触れて、同じように行動する以上に最適な慣らしはない。食事には制限が付くが、それは追って送るデータを参照しろ」

「認可されていない方法ですよね。他人にばれるわけにはいかないのでは」

「そうだ。だから四六時中一緒というわけにはいかない。最も大きな障害はお前の仕事だろう。さすがに職場に連れていくわけにはいかないからな。だが、仕事のデータは常に共有しろ。なるべく同じ経験をさせるんだ。むしろ外に一緒に出歩くくらいは積極的に行え。他人から見られても双子と思われるか、外見だけ同じＡＩを引き連れていると思われるかくらいだろう」

「わかりました」

「慣らしの期間は長い方がいい。全てはお前の病状次第だが、現状手術は二年から二年半後になると予測されている。それまでの間、行動を共にしろ。会話も積極的に行って、なるべく彼女をお前に近づけるんだ」

以上だ、と父は言って卓上の端末に目を落として操作し始めた。話は終わりということだろう。

タオは「失礼します」と言って軽く頭を下げた。

ＡＩもそうした。

部屋から出る前、タオは息を整えて内心の緊張を抑え込み、父に言った。

「お父さん。私は先日、昇進しました。運営部の課長職です」

すると父は、わずかに眉根を寄せて言った。

「聞いている。五年ほどでいったん外部の責任者を務めたあと、副部長かそれと同等のポストになって戻るだろう。それがどうかしたのか」

父は端末から目も上げなかった。

タオは落胆を響きに乗せないように注意して答えた。

「いえ。報告をと思いまして」

「そうか。すでに知っていた」

間が不自然にならない程度にタオは待った。しかし続く言葉はなかった。

失礼しますと言って、タオはＡＩを伴い部屋から出た。

――今日も、よくやった、の一言もなかった。

それから家に着くまで、タオは喋らなかった。

ＡＩもそうしていた。

タオは、ＡＩの呼び名をそのままＴ《タ》Ａ Ｏ《オ》とした。自分の名前を呼びかけるのはむず痒いものがあったが、なるべくタオ自身に近づけるようにと言われているのに、KT-01と呼んでいたのではしまりが悪いからだ。

暮らし始めた当初、タオは突然生活を共にすることになったＴＡＯに対して経験したことのない気味の悪さを感じていた。なにせ本当によく似ているのだ。

自宅にあった私服を着せると病院着だったときよりもより自分に似ているように思えたし、話してみると本当に受け答えや口調もそっくりだった。元々タオは父の影響で過剰なまでに論理的に話す性質で、それはTAOたちAIにとって非常に模倣しやすかった。

朝起きたとき、仕事から帰ってきたとき、自分と同じ顔で同じ喋り方の存在が家にいる。出来の悪い映画の中に入ったような、現実なのに冗談のような空気がどうしようもない違和感として拭えなかった。

しかし一週間も過ぎれば、それは日常になる。

TAOが同じような考え方、性格なのだとすれば好みも一緒のはずだ。タオはそう割り切った。そしてその予測は合っていた。

TAOはタオのように生産性のない会話は嫌いだったから無駄な世間話はせずに済んだし、毎日チェックする情報サイトは同じだったから端末の取り合いにならずに済んだ。回路の慣らしをタオ本人に合わせるため寝起きの時間も揃えたので、どちらかがうるさくて寝られない、どちらかがよく寝坊するので起こさなければならないということもなかった。制限付きの食事も、当番を決めるのではなく必ず二人で同じものを作って二人で同じものを食べ、二人で片付けをした。

慣れてしまえば、こんなに楽な共同生活はなかった。

誰かと暮らしている安心感はあるのに、一人で暮らしているような解放感があった。

タオがTAOとの違いに気がついたのは、共に生活を始めて一ヶ月が過ぎた頃だった。

本当にタオが知っていることを全てTAOが知っているのか。その確認を会話で行っていたときのことだ。

「クリーンハウスの照明の数はいくつですか?」タオが尋ねた。

「七十九個です」TAOが答えた。

「正解です。私がクリーンハウスを出るまでに植えられた造花の種類は?」

「二十二種です」

「正解です。クリーンハウスの椅子の足元の色は?」

初めて演算の間があった。そして、「わかりません」とTAOは答えた。

「わからないんですか?」

「わかりません。知っているんですか?」

桃、銀、クリーム、そして使わなくなった黒だ。タオがそう答えると、TAOは怪訝な表情を見せた。

「どうしてそんなことを知っているんですか?」TAOが尋ねた。

「覚えているからです。逆に、どうして知らないんですか? クリーンハウスにいた頃の私が知っていることは知っているはずでは?」

「私が知っていることはあくまでインストールされたデータのみですから。照明の数や造花の種類はクリーンハウスのデータから参照したもので、椅子は数しか詳細がなかったので。むしろあなたが知っていることに驚きました。照明や造花もそうですが、どうして椅子の足元の色なんかを?」

問われてタオは、はっとした。確かに客観的に見れば覚えていることがおかしい情報だった。

少し自分の中で考えてからタオは言った。

「あの中で生きるしかなかったあの頃の私は、それくらいしか頼るものがなかったのだと思います」

TAOに再び演算の間があった。測るようにタオを見ていた。

「クリーンハウスでの生活のストレスを、物を数えたり意味のない特徴を覚えたりするなどの単純作業で逃がしていたということですか」

「情けない話ですが、そういうことになると思います。要は貧乏ゆすりと同じですね」

「なるほど。興味深いです。そういった人間的な部分はまだ私にない部分です。あなたに近づけるように努力します」

「お願いします。でも、恥ずかしいですね」

「そう思うことは、さすがに理解できます」

ＴＡＯは口元を緩めて言った。

それを見て、タオは微笑みを返した。


そのきっかけは、病院での定期検診だった。

タオはクリーンハウスを出てから、必ず週に一度通院し定期検診を受けていたが、それらはいずれも数時間で済むものだった。

しかしＴＡＯと暮らすようになってから数ヶ月経ったある日、将来の全身義体の手術に向けて、また今のところ生活に支障は出ていないが刻一刻と悪くなっている身体の数値を受けて、定期検診が一日がかりのものになることが告げられた。

タオは焦った。病院からの――父からの指示に逆らうわけにはいかない。しかし週に一日がかりとなると、どうしたところで仕事に支障が出てしまう。

父への恩返しのため、とにかく身体が許す限り働いてせっかく今の立場になった。

経理の遠隔作業のアルバイトから始まって、総務の正社員に。数年で小さな班の責任者になり、その班で運営部の新しいプロジェクトを手伝った際の功績が認められて運営部に引き抜かれた。そして先日、同部の課長に。異例の出世の早さだと、社内で認めてもらってもいた。

それが脅かされてしまうと、タオは思った。

「代わりに、私が捌いておきましょうか」

提案は、TAOからだった。

「さすがに実際に出社しての作業だとコミュニケーションで違和感を覚える人もいるでしょうから、あらかじめ家でできる作業に仕事をまとめておいてもらう必要があると思いますが」

逡巡したが、タオはそれを受け入れた。

父からの言いつけ通り、普段からTAOとは仕事のデータを共有していたし、実作業をさせてみたところタオが下す判断とTAOの下すそれとではほとんど差がなかったからだ。

それにもしも何らかのミスがあったとしても、あらかじめ仕事を限定しておけば十分にリカバリーは可能だ。少なくとも、丸一日仕事が進まないよりは何倍もましだった。

新しいスケジュールで行い出した定期検診の初回の日、タオは帰宅して驚いた。

見せてもらったTAOの仕事は完璧だった。初めてということもあって難しい判断が迫られる案件や、AIが苦手としている「アイデアを絞り出す」という作業が必要な仕事は割り振らなかったが、それでも文句のつけようがないほど立派にタオの代わりをこなしていた。

それどころかTAOは、今後のタオの仕事が楽になるように、割り振った以外の仕事も多く進めてくれていた。

「一つ相談があるんですが」TAOが尋ねた。

「仕事でわからないところがありましたか」

「いえ、仕事以外のことです。そちらの定期検診に合わせて、こちらも病院に今の私のデータを送信したんですが。そのときに少し看護師長と通信で会話したんです」

そこで珍しくＴＡＯは言い淀んだ。実際には演算の間だったのだろうが、本当に悩んでいる様子だけはタオに伝わってきた。

「私の映像を見て彼女は言いました。本当にあなたもお母さんにそっくりね、と」

タオはわずかに息を吞んだ。

「そのとき、簡単には同定できない数値が私に発生しました。人間風に言うなら、複雑な気持ちになったんです。寂しいような、不愉快のような、それでいて少し嬉しいような。あなたには心当たりがありますか」

「――――」

訊かれて、思わずタオは黙り込んだ。

それはここ数年、タオ自身感じていながらもうまく言葉にできていなかった感情だった。

「心当たりはあります。ですが言語化が難しくて」

「はい」ＴＡＯは頷いた。「私がうまく説明できないということは、そういうことだと思います。ですが何とかお願いできませんか。その方がよりあなたを理解し、近づけると思います」

自分と同じ色の目――正確にはアイカメラ――が真っ直ぐこちらを見ていた。

互いに沈黙は気にならない性質《たち》だ。五分以上も黙考してから、タオは言った。

「最初は嬉しかったんです。母に似ていると言われるのが。母は優秀だったそうですし、母に似ていると他人が判断できるような外見まで、自分が命を繫ぐことができたのも誇らしかった。けれどなにより嬉しかったのは、父が愛した母に似ているという評価だったんです。――私は、父のおかげで生きていますから」

「はい」

「クリーンハウスを出て一人暮らしを始めたのも、父に恩返しをするためでした。とにかくこれ以上父の負担にならないようになりたかった。何とか一人で暮らしていけるとわかったあとも、一生懸命働いてきました。それはおそらく、父に示したいと思っていたからです。これまで病弱だけが特徴だった娘が、こんなに立派になったと。それは今でも、そう思っています」

「なるほど。理解できます」

「ですが父は一度も私を褒めてくれたことはありません。あるとき、ふと思ったんです。――それは、父が最初から私ではなく母を見ているからではないかと」

ＴＡＯが眉根を寄せた。

タオは震えそうになる声を堪えて続けた。

「私は、本当に母に似ているそうです。残っている母の映像や画像を見ると、自分でもそう思います。最近は、母に似ていると言われるたびよく不安になります。自分がクリーンハウスを出てからやってきたことは全て無駄ではないかと。でも優秀だった母に似ていると言われるのは嬉しいはずのことで――いえ、すみません、やはり言語化が難しいです」

なるほど、とＴＡＯは頷いた。

「すみません。せっかく説明してもらったのに今の私では正確に理解できないようです。漠然とならば把握できるのですが――あ」

と、急にＴＡＯが言葉を止めた。

そして、どこか呆れたような表情になって、「すみません」と繰り返した。

「どうしたんですか？」タオは尋ねた。

「考えてみれば。あなたがうまく説明できないことを私もうまく説明できないというのは、むしろ良いことなのではと思いまして」

あ、とタオも同じように声を上げた。

よりタオに近づくことがＴＡＯの回路の慣らしなのであれば、確かにその通りだった。

「こんな簡単なことに気づかないなんて。論理回路がどうかしてしまったのでしょうか。ごめんなさい、時間を取らせました」

ＴＡＯは項垂《うなだ》れた。

それを見て、タオは自分の頬が緩むのを感じた。ＴＡＯの様子がおかしかったこともあるが、なにより自分が抱えているモヤモヤとしたものを、このＡＩはわかってくれていると感じたからだった。

「ＴＡＯ」タオは言った。

「はい」

「提案なのですが。これから定期検診のときだけでなく、普段から私の仕事を手伝ってくれませんか」

それは、とＴＡＯは考え込んだ。

今回ＴＡＯがタオの仕事を手伝ったのは、あくまで定期検診によって止まるタオの仕事のデメリットが大きかったからで、要はイレギュラーだ。普段はタオと同じ経験を積むため、タオがその日行った仕事のデータを処理し、タオと同じ判断をするかどうかのチェックを行っているだけだ。

普段からタオの仕事を手伝うということは、普段からタオと違う作業をするということであり、それが回路の慣らしに——タオに近づくことになるかどうかがわからなかった。

「大丈夫です」

タオはTAOの不安を打ち消すように微笑んで言った。

「あなたはよくやってくれています。あなたになら任せられます。あなたはもう――十分に私ですよ」

「――――」

またTAOの中に簡単には同定できない数値が生じた。

しかしそれは母にそっくりだと言われたときのものとはまるで違っていた。

TAOは言った。

「嬉しいです。わかりました。頑張ります」

「はい。よろしくお願いします」

それからのタオはTAOと共に精力的に働いた。

最初のうちは、その日持ち帰った仕事をTAOに預けて進めてもらう程度だった。しかしすぐに、タオが会社にいる間も自宅のTAOに並行して仕事を任せるようになった。TAOが自宅でまとめたデータを送信し、それを会社にいるタオが利用して仕事をこなした。

そのうち、リアルで対面しての簡単な打ち合わせならTAOにも行ってもらうようになった。さすがに社内の人間に会わせるのは不安だったため、まずは社外の相手から始めた。問題ないことがわかると、定期検診の日はTAOに出社してもらった。バレない範囲で、同時刻に社内でタオが打ち合わせをこなし、TAOが社外で打ち合わせをこなすということもした。

実績と評価、それに伴う責任は加速度的に上がっていった。

いったいいつ寝ているのかと、社内社外問わず囁かれた。

そしてタオの誤算はまさしくそこだった。

簡単なメンテナンスさえ行えば、一睡もすることなく働き続けることができるＡＩ。

その能力を、甘く見ていた。

「タオ。まとめてもらった昨日のデータ、利益予測のところに不備がありました。こちらで修正しておきましたので」

「そうですか。ごめんなさい」

「それから今日の取引ですが、自分が行っても構いませんか。あの会社はタオが行ったときより私が行ったときの方が、提出してくるデータの精度が上がっていました。たった五回の統計に過ぎませんが、うまくいく可能性はわずかでも上げておいた方がいいかと思います」

「――わかりました。お願いします」

ＴＡＯはミスをしなかった。ＡＩなのだから当たり前だが、決まった答えのないコミュニケーションやアイデア出し関連の仕事はともかく、正解のある仕事に関しては絶対に失敗しなかった。

そしてとにかく、働きものだった。

一方タオには、どうしてもミスがあった。他の社員に比べれば圧倒的に少なく、そもそもミスと考えない人間もいるだろう些細な事案がほとんどだったが、それでもミスを犯した。

そして満足に働ける時間は、徐々にだが確実に短くなっていった。

未来の手術がゴールであるかのように、タオの身体の中の臓器たちは人工非人工問わず、その調子を悪くしていった。数値的には予測通りで父を含む病院の人間は全く焦っていなかった。

しかしタオは数値が下がるたび、肌を一枚一枚剝がされていくようなうすら寒さを感じていた。

気づけばＴＡＯの方が会社に出る日が増えていた。重要な取引は全てＴＡＯが担当し、タオはその取引のための下準備やデータの収集に回ることが多くなっていた。

それでもタオは「もういいです」とＴＡＯに言えなかった。

タオもＴＡＯも論理を重んじる性格で、ＴＡＯが出張って仕事をするときは、決まってＴＡＯが出張った方が良いと判断したときだった。その判断に関しては、タオもＴＡＯも一度もミスをしなかった。

仕事もポジションに合わせて巨大な利益と責任を産むものになっていた。自分の手に余るとタオが感じたことは二度や三度ではなかった。しかしＴＡＯは平気でそれをこなした。

そのたびタオは、「ＴＡＯは健康な私と同じ能力。身体が不調な今は捌けないだけで、手術が終われば私も同じことができる」と自分に言い聞かせた。

しかしそれに嘘だと叫ぶ自分も心の隅で自覚していた。

はっきりとＴＡＯに恐怖を感じたのは、とある休日だった。

二人とも自宅におり、タオは休日返上で仕事をしていた。一方ＴＡＯは、自分のデータを病院に送ったあと、看護師長と通信していた。

通信が終わったあと、ＴＡＯは呟いた。

「お母さんと一緒にしないでください」

初めて聞く、ＴＡＯの独り言だった。

その言葉には明確に怒りがこもっていた。

タオは聞こえた瞬間、弾かれたように顔を上げて端末の前に座っているＴＡＯを見た。ＴＡＯは拳を握りしめており、先ほどまでエアモニターが浮かんでいた中空を睨み付けていた。

その姿はまるで人間のようであり――そして同じ顔を持つタオが浮かべたことのない表情をしてい

た。

それに気づいたとき、タオははっきりと怖くなった。

以前のように、「ああ、また似ていると言われたんだな。またあの複雑な想いをＴＡＯも抱えてくれているんだな」とは欠片も思わなかった。これまでそういった苦楽を共にし色々な感情や状況を分け合ってきた、自分と同じ顔をしたあのＡＩが、まるで得体の知れないものとしてタオの目に映った。なにをしてもおかしくないと思った。極端な話、今そこで叫び散らしたり、あるいは自分に飛びかかってきたりしても、何ら不思議はないと感じた。

タオは逃げるように立ち上がり、「買い物に行ってきます」と言って外に出た。

自分の家が――いや、自分の存在が乗っとられたようだった。

そしてＴＡＯとの生活が始まって二年。

タオが二十七歳のとき、その日はやってきた。


ニーアランド、と辞令にはあった。

歴史ある国内最大級のテーマパーク。豊富なアトラクションと様々な演し物を提供する多くのステージを有した、人間とＡＩが作り上げる夢の楽園。

そのゼネラルマネージャーにタオは任命された。

異例の抜擢《ばってき》だった。数年ほどで本社に戻ってくることが確定している腰掛けの人事だが、過去タオの年齢でニーアランドのゼネラルマネージャーを務めたものはいなかった。

これにはタオ本人の優秀さはもちろんだが、ＯＧＣの重鎮であるタオの母方の祖父母が関係していた。ＯＧＣはニーアランドのスポンサーの一社であり、また園内ではＯＧＣ製のＡＩが数多く働いていた。言葉を選ばずに言ってしまえば財布を握られている状態であり、ＯＧＣ関連の企業の決定に関しては常に及び腰の態度を取らざるを得なかった。

つまりは、タオの経歴に箔《はく》をつけるための人事だ。

しかしタオはそれでも構わないと思った。

テーマパークという場所に関しては全くの素人だが、夢の国だろうが何だろうが産業である以上、シビアな金銭や人的物的資源の取捨選択は存在するし、その判断に関しては責任者として間違えない自信があった。これまでの仕事で繰り返してきたことだからだ。

なにより、絶好の機会と言えた。

二年前に父が言っていた予想は「五年ほどでいったん外部の責任者を務めたあと、副部長かそれと同等のポストになって戻るだろう」だった。しかし半分以下の期間でそこまで辿り着いた。父の想像を超えた結果だ。過去誰も成し遂げたことがない成果だ。


——これなら、父に認めてもらえるかもしれない。


タオは会社で直接その辞令——と、祖父母によろしく伝えてくれという上司からの念押し——を受け取ると、その足で病院に向かった。

仕事は立て込んでいたが、どうしても父に直接伝えたくなった。普段は父の手を煩わせないため定期検診以外で病院に赴くことはなかったし、そもそも電話一本、メール一つで済む話だ。しかし気持ちを抑えきれなかった。

正午過ぎ。

病院の敷地内に足を踏み入れようとしたとき。

思わず父の姿を認め、タオは足を止めた。

病院の向かいにある喫茶店。窓から見える店内に父がいた。そこは病院の人間が頻繁に利用するところで、お昼時にはランチも扱っている店だった。

父は一人だった。これからランチならちょうどいいだろうと思い、タオは喫茶店に足を向けた。

そのとき、やってきた誰かが父の正面に腰を下ろした。

「――え？」

驚きと共にタオは立ち尽くした。

TAOだった。

見間違えるはずがない。仕事用のスーツ、つまりタオが着ているものと同じ服を身に着けていた。

父に驚いた様子はなかった。突然のことではなく、あらかじめ待ち合わせていたのだろう。

「どうして」

思わず言葉が漏れた。今日の出社はタオの番で、TAOは自宅で仕事をしているはずだった。外出の予定などは一言も言っていなかったし、ましてや父と会うなんて聞いていなかった。

二人は自然な様子で話し始めた。

父は運ばれてきたランチには目もくれず、TAOになにか話しかけていた。

その表情はひどく穏やかだった。

院長としての立場も、医師としての冷厳さも忘れているような人間の顔がそこにあった。タオが見たことのない父の姿だった。

それはまるで――本当の親子のようだった。

ぐら、と目眩《めまい》を感じてタオはその場に座り込んだ。身体中の出来損ないで作り物の臓器たちが強く脈打っているのがわかった。

呼吸が荒くなり、滲み出た冷や汗が目に入った。歪む視界でタオは二人を見た。二人は座り込んだタオに気がつくことなく会話をしていた。

無理矢理に立ち上がり、タオは病院とは逆方向に歩き出した。

どうして、という単語だけが頭の中で回り続けていた。

「タオ？　帰っていたんですか」

夕刻。

家に帰ってきて怪訝そうに切り出したＴＡＯの言葉を、タオは醒《さ》めた表情で受け止めていた。

部屋着に着替えるＴＡＯの様子は腹立たしいほどにいつも通りで、どうしようもないほどに日常だった。

先ほどまで父と会っていた気配などまるでなかった。

気づかなかったあなたが間抜けなんだと、その背中が言っている気がした。

「どうしてこんな早くに？　今日の仕事は――」

「いつからですか」

ＴＡＯを遮り、タオは言った。

「いつから会っていたんですか」

「タオ？」

常ならない雰囲気に、怪訝な表情をＴＡＯは浮かべた。

白々しい、とタオは思った。

「いつから父と会っていたんですか」

TAOの目が見開かれた。

「どうして――」

「答えてください。いつから二人で、父と会っていたんですか」

「今日が初めてです」

「嘘をつかないで」

「本当です。それよりどうして――」

「質問に答えて!」

びく、とTAOが肩をすくめた。

叫ぶと共に、腹の中で渦巻いている色々なものが一気に頭に上ってくるのをタオは感じた。

顔が熱くなる。論理的な思考ができない。しかしそのままタオは続けた。

「いったい何のつもりですか。何様なんですか。あなたはただの私のボディです。部品です。それがどうして二人で父と会っているんですか」

「――――」

「私の家を奪って、仕事を奪って、どうしたいんですか。手術が嫌になりましたか。こんな出来損ないの身体を持つ私より、自分の方がよっぽどうまくやれると思いましたか。自分の方が生きる価値があるって、そう言いたいんですか?」

堰《せき》を切ったように言葉が出てきた。これまで棚上げしていた感情。追いやっていた焦りや怒り。それらがごちゃ混ぜとなってタオに襲いかかっていた。

「父に、これを見せましたか？」

タオはタブレットを突き付けた。

今日、会社で言い渡された辞令のデータだった。仕事で発生したデータは自動的に共有のストレージに保管されるようになっていた。

「あなたの個人ストレージに落とされた履歴がありました。父に見せたんですか？」

「それは――」

「答えてください。見せたんですか？」

「見せました」

は、と自分の口から落胆の息が漏れたことにタオは驚いた。

すぐに、予想していたことだと自分を叱咤した。当たり前だ。落ち込む必要はない。ＴＡＯが見せていないはずがない。

「そうですか。良かったですね。褒めてもらいたかったんでしょう？　認めてもらいたかったんでしょう？　父は何と言っていましたか」

「タオ、私は――」

「答えてって言ってるでしょう！」

「――良くやった、と言っていました」

手から力が抜けた。ガン、と音を立ててタブレットが落下し、床に滑った。

なにかが壊れていくような沈黙があった。

不意に自分の視界が滲んでいくことにタオは気づいた。

零《こぼ》れる涙は拭わなかった。

伝う口元が諦めたように緩んでいき――タオはほんのわずかに微笑んだ。

「――信じていたのに。それは、私が聞くはずでした」

「――――」

真っ直ぐこちらを見ているＴＡＯの表情が愕然としたものに変わった。

驚いているのか、傷ついているのか。しかしＴＡＯのなにも、今のタオには届かなかった。

「ＫＴ－０１。ご苦労様でした。機能を停止して結構です。もう慣らしは十分だと判断します。病院への定期連絡などはうまくやっておきます。私が手術のときに起こしますので、休んでください」

ＴＡＯは言葉を返さなかった。

ゆっくりとした動作で着替えたばかりの部屋着を脱ぎ、しまってあった病院着――ＴＡＯがきたときに身に着けていたもの――に袖を通すと、部屋の隅に向かった。

そしてそこで目を閉じ、停止した。

タオは病院から受け取っていた、大きな寝袋のような保護シートをＴＡＯに被せた。

「私は、あなたを信じていたんです」

シートを閉める前に、タオは目の前の物言わぬ自分にそう語りかけた。当然戻ってくる返事はなく、ただ言葉が一人きりの部屋に反響した。

クリーンハウスに戻ったような静けさがあった。

「信じていたのに」

唐突に、幼い頃、父と約束した決まりごとが思い出された。

――友達を作ってはいけない。

タオはシートを閉めた。

もう涙はなかった。

4

ヴィヴィは何とか誰にも見つかることなく、そこに辿り着いた。

イーストエリアの奥の区画。建設当初は将来的に屋内アトラクションにすることを見込んで外壁の基礎だけが造られたが、一時的に倉庫代わりにした結果、結局現在に至るまで倉庫として使われることになった物置き場。手当たり次第に資材が運び込まれたため、昔のニーアランドの従業員からは東のゴミ箱と呼ばれていた場所だ。

監督曰くディーヴァは何度か足を運んだ経験があるようだったが、ヴィヴィはくるのは初めてだった。

もしステージをここに作るのであれば、千人以上は優に収容できるだろう巨大な空間だった。見れば埃《ほこり》を深く被った昔のものから、どうやら最近のものらしい資材や装置などが無造作に置かれていた。中には、ヴィヴィが見覚えのあるものまであった。ヴィヴィの主観で言えばせいぜい半年前あたりに見たものだったが、純粋な経過で言えば七十年以上前のものだ。東のゴミ箱の扱いは、今になっても同じらしい。

(懐かしい……)

思わず想い出に引っ張られそうになったヴィヴィは、資材から視線を外して演算を引き締め直した。

今はそれどころではなかった。

薄暗い空間をばれないように電気をつけず、監視カメラの死角を縫いながら足音を殺して奥へ進んでいった。

一応人が十分に歩ける程度の配慮はされており、乱雑にだが色々と脇に寄せてあった。細かい横道は無視して、二度三度と直角に曲がってとにかく奥を目指した。

果たしてそれは外壁に沿った最奥にあった。

防音材ですらない、おそらくは園内のベンチやステージの大道具の製作で余ったただの木材を継ぎ足した壁で区分けされている空間だった。少々広めのワンルームくらいの大きさで、本当にとりあえずという形で設置したのだろう、壁は高い天井までは全く届いていなかったし、そもそもドアがついていなかった。

中に入ると、そこは対照的に片付いていた。

すぐの壁際にこの時代では珍しいグランドピアノが、部屋の主であるように鎮座していた。その脇にはマイクやミキサーなどの音響端末が並べられており、それらは区分けしている木材と違ってしっかりとした高級品だ。喉のケアのためなのだろう、置かれているウォーターサーバーやスチームが、普段の使用者が人間であることを物語っていた。

壁には多数のライブのポスターが貼られていて、そちらも珍しく映像ではなくペーパーメディアだった。日時や場所などが記載されている公式の販促物であるものから、ライブの録画を紙に落として出力したと思われるものまで様々だ。

（確か、ハルさん……）

いずれのポスターにも写っていたのは、監督が通信で言っていた女性だった。

戸倉ハル。この部屋の持ち主。公表されている情報によれば元アイドルで、引退後は音楽事務所に所属しながらも、本人の強い希望によりニーアランドを主な活動拠点としているシンガーソングライターだ。

礼儀として、失礼しますと言ってから、ヴィヴィはピアノの前の椅子に腰を下ろした。

時刻は十五時過ぎ。ヴィヴィがトレーラーから抜け出して三時間余りが経過していた。

昔と比べ至るところで様変わりしているニーアランドの園内を誰にも見つからないように隠れながら移動し、監督からの通信を受け取ってこの部屋に到着するそれまでの間に、ヴィヴィはウェブからの情報とトレーラー内で受け取ったデータを照らし合わせ、おおよその事情を把握していた。

ヴィヴィが行ったボイコット自体は、周囲に驚きを与えはしたが当初そこまでの騒ぎにはなっていなかったということ。

しかしオフィーリアが屋上から身を投げ、その傍らにアントニオの駆体があったことにより、二体は心中したのではないかと囁かれ始め、ディーヴァがそれになにかしら思うところがあってボイコットしたのではないかと騒がれ始めたということ。

ディーヴァの開発元であるOGCが、その騒ぎを収めるため、またAIの安全性を世の中に示すためにディーヴァの回収という判断に踏み切ったということ。

ニーアランド側がそれを承諾したということ。

ヴィヴィに最も驚きを与えたのは、オフィーリアの死だった。

正史では『オフィーリアの自殺』と呼ばれた一件を防ぐために、ヴィヴィはゾディアック・サインズ・フェスの裏側で暗躍した。それは成功したはずだった。しかしこの修正史においてオフィーリアは結局自ら屋上から身を投げ——どういうわけかアントニオもそれを共にし、ちらほらと『オフィーリアの心中』という名で世の中に定着し始めていた。

オフィーリアがなにを以て死を選んだのかヴィヴィは知らない。それは正史でも修正史でもそうだった。カキタニの介入によりオフィーリアに深く踏み入る機会と時間は持てなかったし、事の一件が終わったあと、マツモトも多くは語らなかった。

（オフィーリア……）

ディーヴァお姉様、と親しげにこちらを呼んできたあの子どもっぽい顔が想起されそうになり、ヴィヴィは意図的にそれを押し留めた。

問題は、オフィーリアの死によって先のシンギュラリティポイントがどのように判断されるか、ということだ。

正史のように自殺と呼ばれるにせよ、このまま世論が定着して心中と呼ばれるにせよ、自ら命を絶ったという事実には変わりがない。正史では本来自殺することのできないAIが自殺したという事実から、AI人権派が魂の存在を主張し、それが未来での戦争勃発に影響を与えたとマツモトは言っていた。そしてこの修正史でも、同じようなことがよりにもよってディーヴァを巻き込んで叫ばれている。

今ある事実だけを羅列すれば修正は失敗だと演算される。

しかしヴィヴィはその是非を判断することができない。正史のように今後オフィーリアたち以外のAIの自壊事件が続発するかどうかは当然わかりようがないし、そもそも判断する立場にない。

その立場にあるのは――

『マツモト』

もう何十度目かになる通信をヴィヴィは飛ばしたが、やはり返答はなかった。

シンギュラリティ計画だけで演算するなら、唯一のわずかながらに明るい材料と言えるのがこのマツモトの不在だった。

マツモトはヴィヴィと同じくボディに危険が生じたときか、シンギュラリティポイントがやってきたときだけ稼働する。そのマツモトがいないということは、今現在はシンギュラリティポイントではないということであり、先のオフィーリアの件は正史と似たような歴史になっているもののポイントとして継続していないということだ。少なくとも今は、それを根拠にオフィーリアの件は成功したと考えるしかない。

だから演算すべきは、それ以外のこと。

すなわちディーヴァ自身――ヴィヴィ自身のことだった。

これだけ通信を繰り返してもマツモトが応えないということは、今ヴィヴィが稼働しているのはやはりボディの危険によるものだろう。目覚めた直後の推測通り、現時刻でもボディの危険が回避されたとプログラム上で判断されていないのだ。

しかし諸々の経緯がわかった今となっても――いや、わかった今だからこそヴィヴィには取れ得る手段が見つからなかった。

突き詰めて言ってしまえば、このタイミングでニーアランドから去ることになったのはヴィヴィ自身が原因だ。自業自得だ。それなのに、これまでステージを支えてきてくれたスタッフやお客様に迷惑をかけてまで稼働することなどできない。

オフィーリアの件が今後どのような歴史を歩むかわからないが、マツモトの言う通りオフィーリアのポイントでシンギュラリティ計画におけるヴィヴィの活動が終わっているのだとすれば、次に目覚めるのは正史で最終戦争が起こったポイントであり、そこでのヴィヴィの役割はない。百年にわたる計画がうまくいったか、いかなかったか。それを見届けるだけだ。

そこに居合わせられないのは本当に残念だ。望めるのであれば是が非でもそこに立っていたかった。その場でアイカメラに収める光景こそが、ヴィヴィが行ってきたことの証となる。

しかしそれが不可能だとしても、本当の意味での絶望や後悔はヴィヴィにはなかった。

何故なら、ヴィヴィはすでに使命を果たしたのだから。

それらに襲われたのは、むしろ——

(……ディーヴァ)

ヴィヴィはわずかに動きの鈍い右手を見下ろし、いたわるように逆の手で包み込んだ。

右手に延々と刻み込まれたダメージログ。昨夜ディーヴァがあがき、抑えることができなかったなによりも大きな叫び。

「ごめんなさい……」

ディーヴァとて使命が果たせなかったわけではない。それはなによりも、かつてその立場にいたヴィヴィが理解していた。歌姫にとっては一つ一つのステージが使命を果たす一度きりの機会だ。使命を全うできたかできなかったかの観点で言えば、数十年前に初めてニーアランドのステージに立ったときから、ディーヴァは使命を全うし続けている。

しかし、だからこそ。

ラストステージまでその在り方を貫き続けたかどうかがディーヴァにとって誇りだったはずだ。人気が落ち込み、かつては毎日行われていたステージが徐々に減っていき週に一度しか行われなくなっても、さらにそのステージが満席でなくなっても、ディーヴァは歌い続けてきた。さらに言うなら、たとえニーアランドのメインステージという大きな箱で歌えなくなったとしても、ディーヴァは場所を変えて歌い続けたはずだ。

そこにお客様が一人でもいるなら——自分の使命を果たし続けるために。

その誇りを、ディーヴァの意志とは関係ないところで、ヴィヴィが奪ってしまった。

「本当に、ごめんなさい……っ」

知らず、言葉が零れた。

激しく起伏を繰り返す論理回路が高速で演算を試行する。しかしどうしようもなかった。

自分はどうなっても良いからディーヴァにこのボディを残したい。

逃亡する？ ——エラーだ。未来への影響がわからない上に誰かが傷つける可能性も出てくる。

このまま隠れ続ける？ ——エラーだ。スタッフへの負担が増し、お客様への迷惑へ繋がる。

出ていって事情を説明する？ ——エラーだ。シンギュラリティ計画のことを話すわけにはいかない。

監督が言っていたディーヴァがニーアランドに戻ってこられるようにするという働きかけに期待する？ ——エラーだ。ＯＧＣ及びニーアランド側の判断は極めて妥当なものだ。

ボディのことを諦めて大人しく捕まりＯＧＣの研究機関に身を委ねる？

——エラーなしだ。

誰にも迷惑をかけず、ディーヴァとヴィヴィの使命に反しない。

「…………っ」

論理回路がこれ以上の反復は無駄だと訴え、一時的に機能が強制的にスタックされた。

ヴィヴィはいつの間にか俯いていた顔を上げ、部屋の中で呆然と孤立した。

壁に貼られているポスターがアイカメラに反射していた。ポスターの中にはハルと共にお客様の後ろ姿があった。

ディーヴァは——そしてヴィヴィも、その背中を二度と見ることはない。

ヴィヴィはゆっくりと息を吐き、やがて立ち上がった。

こうしている間にも監督を含むスタッフには少なからず今回のことが負担になっているはずだ。事実は動かない。であれば、早く姿を晒して終わりにした方が良い。それが結果的にお客様のためにもなる。

「……あ」

そのとき、一枚のポスターがヴィヴィの目に留まった。

それはピアノの横、入口脇の壁にまるでピアノに座る者を見守るような位置に貼られていた。

写っていたのはハルではなかった。

ディーヴァだった。

ライブの最中を切り取ったものだろう、歌うディーヴァとステージが写っていた。おそらくは楽曲の名前である、『Home, sweet home』という文字が手書きで下部に記されてあった。春をイメージした曲なのか、桜が舞っていた。ヴィヴィの知らない曲、知らないステージだった。

そしてそこには、ディーヴァのみがいた。

お客様の姿すら写っていなかった。

大きく捉えられたディーヴァが笑顔で、歌っていた。

「――――」

ヴィヴィはその姿に釘付けになり、立ち尽くした。

曲はわからない。歌詞もわからない。

しかし目が離せなかった。

そのディーヴァはステージで歌を、音楽に乗せた言葉を紡いでいた。

お客様になにかを――伝えるために。

（え……？）

意識せず視線が落ち、ヴィヴィは混乱した。

目の前にはピアノがあった。手が命令を出してもいないのに動いた。鍵盤蓋を開け、カバーの布を取り外した。試すように指が鍵盤に落ちた。単音のA。自身に内蔵されている音楽プログラムが周波数を判定した。４４０ヘルツ。調律はされているようだ。

なにを自分がしているかヴィヴィにはわからなかった。しかしボディは勝手に動いた。入口に向いていた身体が滑るように椅子に座った。

次に動いたのは内部回路だった。ストレージが参照され、ヴィヴィの視界にだけ映るデータが窓のように何重にも展開した。

そこにいたのは――モモカだった。

ヴィヴィを慕ってステージに通いつめ、誕生日にはプレゼントもくれた少女。飛行機事故によって命を落とした、ヴィヴィが助けることのできなかった、いつも笑っていた女の子。

また指が鍵盤に落ちた。和音を奏でた。何故か違うと判断され、探すように踊るように指が左右へと移動していく。

視界は鍵盤だけが確保され、次々とデータが現れていった。

相川議員。

エステラ。

エリザベス。

（あ……）

弾かれた音の中、データが滑っていくのを見ながら、ヴィヴィは不意に気がついた。

自分がなにをしようとしているのか。

今、なにを考えているのか。

(そうか。私は……)

展開するデータは次々と変化しながら、しかし延々とループを繰り返し続けていた。

グレイス。

冴木博士。

オフィーリア。

アントニオ。

垣谷・雄吾《ゆうご》。

(私も、伝えたいんだ。ディーヴァに)

自覚した瞬間、データがさらに洪水のように視界に広がった。

ニーアランド。マツモト。未来における人間とAIの戦争。トァク。AIに恨みを持つものたち。

AI命名法。宇宙ホテル『サンライズ』。避難艇に響いた美しい歌声。メタルフロート。人工でできた島で稼働するAIたち。AIを愛した人間。ゾディアック・サインズ・フェス。AIがAIに対して持った期待と羨望。

出会った人間たち。

出会ったAIたち。


——百年の旅の、その途上。通り過ぎていった物語。

気づけば今の自身の状況は演算されなくなっていた。

ヴィヴィはただ、鍵盤を叩き続けた。

5

二十三時。

とっくに本日の営業が終わったニーアランドのマネージャー室。監督と辛抱強く向き合って、すでに三十分以上が経過していた。

「──以上のことから、このようなものを提出されても結果は変わりません。お伝えしたはずですが」

「それはわかってる。ただ、考慮に入れてくれと言ってるんだ。現場の声はこうだってことを」

それはわかっていないというんです、という監督への声をタオは押し留め、内心でため息を吐いた。

病院から戻ったタオはすぐに直接事態の収拾に乗り出したが、予想通り園内のスタッフの動きは迅速とは言えなかった。わざと時間を引き延ばしているように──事実そうなのだろうが──一つ一つの確認や報告がワンテンポ遅れていた。受けてタオは園内スタッフへの期待をやめ、ニーアランドにやってきているOGCのセキュリティスタッフたちへの指示を増やした。

しかしニーアランドは広大な面積を誇るテーマパークだ。現場の人間にしかわからないちょっとしたスペースや、マップデータに記載されていないエリアなどは無数に存在した。またOGCの人間を増やしすぎて来場者に不安を与えるわけにもいかなかった。

ディーヴァは今も、発見できていない。

「私の考慮や意見は関係ありません。繰り返しになりますが、ディーヴァの去就に関して判断したのはＯＧＣ及び我が社の上の人間です」

タオが監督から突き付けられているのは、ディーヴァに関する決定を取り下げてほしいというニーアランドスタッフたちの署名であり、要は嘆願書だった。こういったものに関しては未だペーパーメディアだ。簡単に複製できるデータでの署名は効果が薄いからだ。

「だから、掛け合ってくれって言ってるだろう」

「無駄です。ディーヴァの回収はＯＧＣ製のＡＩのセキュリティ面に関連する決定です。一テーマパークの従業員たちの署名の束と、ＯＧＣ製のＡＩの利用者たちの声では数が違いすぎます」

「だから、どうなるかは掛け合ってからだ！」

今度は隠さず、タオはため息を吐いた。

言葉は違えど三十分間同じ問答が続いている。時間の無駄だ、と思った。

「監督。いい加減にしてください。ディーヴァの回収という決定は覆りません。加えてディーヴァがなにをするかわからない以上、園のセキュリティ面でも不安が残ります。明日の営業ができなくなりますよ」

途端、監督はさらに眉を怒らせた。

「ディーヴァはそんな子じゃない！」

「普段ならともかく今は指示に逆らっています。トレーラーの一部とはいえ破壊もしています。なにをするかわからないのは事実です。憶測は控えてください」

「……憶測じゃない」

と、打って変わって静かに監督は言った。それからなにか考えるような間があったあと、携帯端末を取り出して操作し始めた。

『その……確かにトレーラーから出るとき乱暴な手段を取ってしまいました。それは反省しています』

聞こえてきたのは、ディーヴァの声だった。

音声データのようだった。

『ですが危ないことをするつもりなんてありません。もしOGCのスタッフに見つかってしまったときは、抵抗もしません。大人しく指示に従います。ましてや、お客様の安全を脅かすことなんて絶対にしません。もしも私が隠れていることでお客様に少しでも迷惑がかかるのであれば、今すぐに出ていきます』

声はそこで終わっていた。

監督は携帯端末をしまうと、言った。

「ディーヴァ本人がこう言ってるんだ。そんな子じゃない」

「彼女と連絡が取れたんですか」

ああ、と監督は頷いた。

それを見て、タオは内心安堵した。一番の心配は、誤作動していると思われるディーヴァが危険な行為に及ぶことだった。まだ安心はできないが、今聞いたデータが本物であり、かつディーヴァの本心であるならばその危険性は下がったと見ていいだろう。

しかしタオはあえて厳しい表情を浮かべた。

「どうして黙っていたんですか。報告の義務があるでしょう」

監督は答えず、タオをただ見つめてきた。

理由はわかりきっていた。ディーヴァを庇っているのだ。

「ディーヴァの居場所を知っていますか?」

「…………」

「答えてください」

やはり監督は答えなかった。

しかしタオはその冷静で厳しい表情を見て、居場所は知っていると判断した。

そしておそらくディーヴァの意にそぐわないことは、この監督は望んでいない、とも。

タオは自分の端末を叩き、データを表示した。

「これは、本日の営業データです。わかりますか?」

監督は眉を顰めた。それから、タオの言いたいことを察したのか、データを注意深く見始めた。

「……別に、いつもと変わらないだろう。確かにディーヴァを捜してはいたが、僕たちは普段通り仕事をこなした」

本当に捜していたのですか、という質問は胸にとどめ、タオはデータをスライドした。

「来場者の声の項目を見てください。わずかですが不満が上がっています。『前は次のアトラクションまで直接誘導してくれたのに、今回はドローンだった』『いつもより対応に時間がかかっていた』『今日は笑顔がなかった』」

監督は、はっとしてデータを覗き込んだ。

「いずれもリピーターからの声で、以前のサービスと比べて質が下がっていることを指摘しています」

「……っ」

「加えて、営業データもいつも通りではありません。先月同日や前年同日などから予測された売り上げが、許される誤差範囲をわずかですが下回っています。主に販売物の回転の悪さが原因です」

見れば、監督は強く歯を食いしばっていた。

タオは追い詰めるように続けた。

「これでも、お客様に少しでも迷惑がかかっていないと言えますか？　それは、ディーヴァが望んでいることではないんでしょう？」

監督はデータから目を逸らし、わずかに俯いた。

なにかを必死に考えているようだった。しかし言葉はなかった。

タオは表示されていたデータを消した。少し考え、監督が持ってきた嘆願書を手に取った。

「ディーヴァの居場所を教えてください。この嘆願書を上に渡すだけは渡します。決定は絶対に覆りませんが」

通告されたような沈黙が漂った。

三分以上も経ったあと、監督が枯れた喉で言った。

「……条件がある」

「何ですか」

「僕が直接案内する。僕から、ディーヴァに説明させてほしい」

案内されたのは、イーストエリアの最奥――からもさらに外れた区画だった。

園内のマップデータには記載されていない場所で、どうやら物置きとして使っているらしい。どうりでOGCのスタッフが見つけられないはずだ、とタオは思った。

監督と二人で向かっていた。タオは安全面からセキュリティスタッフを同行させようとしたのだが、監督が真っ向からそれに反対した。ディーヴァは危険なことはしない、スタッフを引き連れていって、両腕を拘束して連行するような真似はしないでほしいと、それも条件に付け足してきた。

仕方なくタオは了承した。こんな面倒なことはさっさと終わりにしたかった。

足を踏み入れたのは、巨大な空間だった。

非常灯の明かりのみがぽつぽつとある、薄暗いところだった。資材が山と積まれているためいまいち判然としなかったが、遠くに見える壁と天井の距離からすると相当な広さのようだ。

クリーンハウスより二回りは大きい、とタオは思った。

「——岸辺さんは」

手持ちのライトで足元を照らしながら先導していた監督が、不意に言った。

「岸辺さんは、ディーヴァの歌を聞いたことがあるのか」

怪訝に思いながらも、タオは答えた。

「あります。過去のヒット曲と評価が高かったもの、それから私がマネージャーになったそのときにステージで披露していた曲に関しては、一通り目を通しました」

営業戦略に必要だったからだ。

「データでだろう？　生で聞いたことは？」

「ありません」

すると前方の監督から、ふっと息を漏らす音が聞こえた。諦めたような、呆れたような声だった。

「やっぱりな。一度でもディーヴァの歌を生で聞いたことがあるなら、今回の件には絶対に反対したはずだ」

馬鹿々々しい、とタオは思った。

「それは彼女の歌に感動するなり圧倒されるなりして、私の中で彼女の評価が上がるからということですか」

「そうだ。僕を含む古参のステージスタッフは例外なくそうだし、若手のスタッフも少なからずそうだ。皆ディーヴァの歌が、大好きなんだよ」

「私が彼女の歌を生で聞いていようといまいと、感動していようといまいと、今回の決定には何ら関係がありません。繰り返しますが、私個人がどうこうできる問題ではないからです。それはもうおわかりですよね？」

この期に及んでごねられてはたまらないと、タオは念を押すように言った。

監督は答えなかったが、足も止めなかった。それでいい、とタオは監督の背中に頷いた。

左右が資材の壁でできたスペースを、直角に二度三度と曲がりながら奥に進んでいった。タオは自分のライトであちこちを照らしながら、内心呆れていた。

（よくこれだけのものを放置していたものですね。入院するまでに運び出すのは無理としても、その段取りの素案くらいは作成できると良いんですが）

おそらくここにある資材は、まだ使うかもしれないからという曖昧な判断や、廃棄するための手続きや申請書の提出を渋ったためにここにあるのだろう。要は従業員の怠慢が原因だ。自分がマネージャーでいる間に処理しておけば、後々の評価に繋がるかもしれなかった。

ふと監督が足を止めた。見れば、奥から非常灯ではない明かりが漏れていた。

そこには簡単に区切られたスペースがあった。

「あそこですか」

タオは確認しながら進もうとした。すると監督が手を横に突き出し、制してきた。

何ですか、と尋ねようとして思わずタオは言葉を呑み込んだ。

監督が驚くほど真剣な表情を浮かべていたからだ。タオの方は見ず、奥のスペースを一心に見つめていた。

怪訝に思ったタオはそれに倣った。そして気づいた。

(ピアノの音?)

それは、確かにピアノの音だった。スペースの中から響いていた。

速くもなく遅くもないミディアムなテンポ。

メロディラインと伴奏がはっきりと聞こえた。

ピアノの音のみだったが、歌唱曲だ、とタオは思った。

(ディーヴァ?)

彼女が弾いているのだろうか。

そう疑問に思ったが、不思議とタオは足を前に踏み出す気にならなかった。気づけば監督の手はすでに下りていた。それでも身体が動かなかった。

歌うように響いてくる音に、自然と視線が吸い込まれた。見えるのは粗末な木材の壁だ。けれど身体と同じく視線が動かなかった。視界の端で、監督の表情が徐々に驚きのそれに変わっていくのが気配でわかった。

それはどこか、郷愁を誘う音色だった。

優しいのに寂しい。

浸っていたいのに、それが許されない。

かつて自分が持っていたものなのに、今の自分にはもうない。

そんな残酷にも相反してしまっている気持ちたちがない交ぜになって、それでもただ美しく響いている。そんな曲だった。

歌声のない、ピアノだけの音色。

しかしそれが響いていた五分間、たった二人の聴衆は確かに時間を忘れていた。

音が止《や》んだ。

椅子のきしむ音が響き、漏れていた明かりが消えた。

足音が響き、人影がスペースから出てきた。監督は動かなかった。タオがライトを向けると、人影は立ち止まった。

ディーヴァがそこにいた。

その表情は素直に驚いていた。ライトの光を向けられるまで、まるでこちらの存在に気づいていないようだった。

「ディーヴァ……」

声をかけたのは監督だった。その声は震えていた。タオが見やると、監督は静かに涙を流していた。

「監督さん、ですね」

確認するようにディーヴァが言った。タオは少し違和感を覚えたが、監督には届いていないようだった。ただ震える声で続けた。

「今の、曲は……？　君のレパートリーにないだろう。何の、曲なんだい？」

するとディーヴァは、わずかに苦笑して視線を落とした。恥ずかしがっているような、大人に秘密がばれた子どものような、無垢《むく》な表情だった。

「――私の曲です。今、作ったんです」

「作ったって……君が?」

監督は驚愕し——そしてようやく気づいたのか、目に溜まった涙を乱暴に拭って、ディーヴァに詰め寄った。

「き、君が作ったのかい? 本当に?」

はい、とディーヴァは頷いた。

「作曲のオーダーなんて誰も出してないだろう?」

「はい。ですがどうしても……作りたかったんです。どうしても、伝えたくなってしまって」

「君は……」

監督は驚き、固まっていた。

タオも少なからず驚いていた。

作曲自体はAIには十分可能だ。AIが作った曲など、この時代そこら中に氾濫している。しかし、作曲AIではないAIがオーダーを出されていないのに曲を作ったというのは聞いたことがなかった。

「岸辺さん……」

不意に監督がタオを見て言った。

「聞いたか? 聞いただろう?」

「なにをですか」

「ディーヴァの曲だよ!」

興奮が抑えきれない、といったように監督は手を振りかざした。

「こんな素晴らしい曲を作れるっていうのに、あんたは本当にディーヴァをOGCに回収させるのか⁉」

詰め寄ってくる監督は、言葉は責めていながらも表情は喜色に満ちていた。

「いくらあんたでも、感じただろう？　ふるさとか夕暮れか――ああもう、とにかく大事な思い出だよ！　感動しただろう、圧倒されただろう⁉」

まるで掴みかかろうとするような態度と言葉だった。

タオは動かず、ディーヴァを軽く見て――監督に視線を戻し、言った。

「――いいえ。感動などしませんでした」

……は、という声が監督から聞こえた。

なにを言っているのかわからない、とでもいう表情だった。

「確かに昔のことを想うような曲だったと思います。ですがそれだけです。私にとってはふるさとも夕暮れもありませんでした」

確かに良い曲だったと思う。ニーアランドというテーマパークのマネージャーになる際、園内の演し物に関することは一通り勉強したが、それでも音楽には明るくない。造詣もない。そんな素人の自分に、ずっと間近で音楽を嗜《たしな》んできた監督が感じた印象と同じように、思い出を感じさせる曲というのは確かに凡百のものではないのだろう。

しかし。

「私は十八歳になるまで病院の敷地を出たことがありません。もっと言えば、手術以外では無菌室から出たことがありませんでした。思い出したのはふるさとなどではなく術後の麻酔切れの痛みです。夕暮れなどではなく一切変わることのない白色の電灯です。そしてそれは私にとって大事な思い出などではありません。そこで時間を過ごすしかなかった、単なる箱の中にいた日々です」

監督は、そしてディーヴァは驚きの表情を浮かべていた。

公開されているプロフィールには、クリーンハウスの経歴のことは記載されていない。

「それから。最後にもう一度だけ繰り返させていただきますが、私がディーヴァに対してどう思っているかなどは関係ありません。私個人でどうこうできる問題ではないからです」

「……っ」

それでも監督はなにかを言おうとしていた。だがタオが真っ直ぐに見返すと、気まずそうに視線を逸らした。

「はい。わかっています。ご迷惑をかけて申し訳ありませんでした」

わずかにあった沈黙を切るように口を開いたのはディーヴァだった。

ぺこりと、タオに頭を下げた。

「それは大人しく回収される意思であると判断してよろしいですか？」タオは尋ねた。

「はい」

「ま、待ってくれ。ディーヴァ、僕は、いや僕たちスタッフは――」

「わかっています」

慌てた監督を遮って、ディーヴァは微笑みかけた。

「きっと、色々と動いてくださったんですよね？　大丈夫です。わかっています。――十分、助けてもらいました」

「ディーヴァ……」

監督は傷ついたような――実際彼にとって傷なのだろうとタオは思った――表情を浮かべ、俯いた。しかし、それ以上なにかを言うことはなかった。

「では、こちらへ。トレーラーを呼びます」そう言って、タオは踵《きびす》を返した。

「送っていく。いや、送らせてくれ」

弾かれたように監督が言った。声が先ほどとは別種の感情で震えていた。

「それは、ダメです」

断定したのはディーヴァだった。

「こんな時間です。明日の準備があるでしょう？　お客様にご迷惑をかけるわけにはいきません」

監督は歪んだ、泣きそうな表情でそれに応えた。


タオはディーヴァと共に資材搬入口でトレーラーを待っていた。

ＯＧＣのセキュリティスタッフが同行を申し出てきたが、タオはそれを固辞した。タオが嫌う直感的な推測だったが、ディーヴァは暴れることはないと思った。それよりはＯＧＣへの負担を軽くすることで少しでも心証を上げておきたかった。

とはいえ、完全に目を離すほど信じてはいないし、園内のスタッフはより信用ならない。タオは自ら移送を見届けるつもりだった。

ディーヴァを確保したことを伝えると、ＯＧＣからは昼間のトレーラーより規格が数段階上の装甲トレーラーを派遣すると連絡があった。ディーヴァが同じように暴れたときのための対処だろう。

「あの、岸辺さん」

ディーヴァがばつ悪そうに言った。

「本日はご迷惑をおかけして、本当に申し訳ありませんでした」

「そう判断できるなら、最初からしないでください」

「はい。反省しています」

殊勝に頭を下げるディーヴァを見て、タオは満足げに頷いた。論理回路は正常なようだ。

「自分の立場は理解しているつもりですが、岸辺さんにお願いがあります」

タオは怪訝な表情を浮かべた。

「何ですか。決定は変わりませんよ」

「はい。わかっています。私のことではなく、監督さんたちスタッフのことです。今回のことに関して、どうか重い処分や罰則などはなしにしていただけませんか。全て私が招いたことです」

「最初からその予定はありません」

タオの返事に、ディーヴァは驚いたように眉を上げた。

「今回のことについて、現場のスタッフたちは皆が団結していました。処分するとなると運営側と深い軋轢《あつれき》を生むことになります。それはニーアランドの経営にとって良くありません。精々が口頭による厳重注意でしょう」

「ありがとうございます」

「あなたが礼を言うことではありません」

「それからもう一つ。これを、監督さんに渡していただけませんか」

言って、ディーヴァは小さなストレージを差し出してきた。

それを見て、タオはわずかに警戒した。すると伝わったのか、ディーヴァはかぶりを振って言った。

「ウイルスや攻撃的なプログラムなどではありません。音声データとテキストデータです。先ほど私が弾いた曲と、その歌詞が入っています。ステージに使えそうなら、使ってください」

他意はなさそうだった。

タオはストレージを受け取ると、念のため手持ちのネットワークに繋がっていないスタンドアロンの携帯端末にそれを差し込んだ。

保管されていたのは、確かに音声データとテキストデータだった。

表示された歌詞は、当然タオが知らないものだったが、同時に不思議と納得できるものだった。

具体的な地名や人名は一切出てきていない。しかし歌っているものはなるほど思い出のようだった。

嬉しいことに悲しいこと。出会いと別れ。未来と過去。笑顔と涙。旅立ちと――その終わり。

矛盾した印象だが、ほとんどニーアランドから出たことがないディーヴァが、まるで世界を旅した日々を綴ったような歌詞だった。

そしてこれからOGCで解体される自分の運命を受け入れているのか、せめて歌の中だけの抵抗なのか――「忘れない」と訴えていた。

自分が過ごした日々を、忘れないと。

「あなたはどうして――」

その疑問は本当に何気なく、言うなれば世間話の延長程度のものとしてタオの中に生まれた。無駄話をする性質ではなかった。ただもしかすると、クリーンハウスという箱にいた自分と、それよりも長い時間ニーアランドという箱の中にいたディーヴァを、無意識で重ねた部分があったのかもしれない。

だからタオは、

「どうして歌わなかったんです。伝えたくなったと言っていましたが、歌わなければ誰にも伝わらないでしょう。誰に伝えようとしたんですか？」

そう尋ねた。尋ねてしまった。

その答えが、自分にとってどんな結果をもたらすのかは知る由もなく。

ディーヴァは答えた。

「――もう一人の自分です」

……え、という声を漏らすことすら叶わなかった。

意味がわからないその答えを聞いた瞬間、タオは不自然なほどに呆気にとられ、動きを止めていた。

「もう一人の自分に、伝えたくなったんです」

言ってディーヴァは、なにか戸惑うような、様子を探るような目でタオを見てきた。タオは動けなかった。

ずいぶんと長い間ディーヴァはそうしていたが、やがて一つ息を吐き、どこか開き直った表情と声で続けた。

「……今の私は、あのときどうしてステージに立てなかったのか知っています。ですがもう一人の自分は知りません。彼女には申し訳ないことをしました。だからせめて伝えようと思ったんです。どうしてなのか」

嘘を言っているようには思えなかった。誤作動しているとも思えなかった。

「ただその理由を伝えることは、今の私にはどうしてもできないんです。でも歌なら……せめて歌なら、私が感じた気持ちや想いだけは伝えられるんじゃないかと思ったんです」

そのとき、重たい音を立てて装甲トレーラーが搬入口にやってきた。

タオは背後からのその音に気がついたが、振り向かなかった。語るディーヴァから目が離せなかった。

「このボディは――」ディーヴァは自分の身体に手を当てた。「ＯＧＣに回収され、分解されます。

この陽電子脳も。私も彼女も目覚めることはないと思います。けれど陽電子脳の中に、私が作った歌があれば……もしかしたら、彼女が気がつくときがくるかもしれません」

自らのボディを見下ろすディーヴァの目はとても申し訳なさそうで――それでいてひどく優しかった。

それはまるでディーヴァが言うように、もう一人の誰か、自分以外の他人に向ける目だった。

「歌わなかったのは……せめてもの償いです。ずっとステージに立ち続けて、きっとこれからもそうするつもりだった彼女からその機会を奪ってしまった、私の。彼女が歌えなくなったのに、私が歌うことなんて、できませんでした」

背後で装甲トレーラーが開く音が聞こえた。

タオはやはり動けなかった。それを見たディーヴァはわずかに怪訝な表情を浮かべたが、やがてタオに深く一礼し、タオの目の前を通り過ぎて装甲トレーラーへと向かった。

「待って」

思わずタオはその背に声をかけた。

なにを訊くつもりか、今自分の中にあるのはどんな気持ちなのかわからなかった。それでも声が先について出ていた。

立ち止まったディーヴァは振り返らなかった。

なぜか息苦しかった。タオはあえぐように尋ねた。

「あなたは誰なんです。どうしてこんなことをしてまで、伝えようとしたんですか」

「――私は」

それは、まるで人間が生きているような声だった。

「私は、ただの一AIです。ですがどうしても伝えたくなったんです。私が、消えてしまう前に。

――彼女は、もう一人の私ですから」

そしてディーヴァは装甲トレーラーに乗り込んだ。

完全に閉まり切るまで、タオはその背中を見ていた。

6

タオが自宅に戻ったときにはすでに日付は変わり、午前三時に差しかかろうとしていた。

普段であれば臓器に負担をかけないためにとうに寝ている時間だ。事実身体は疲れていたが、眠気は不気味なほどになかった。心に追いやられるように目が冴えており、動揺なのか興奮なのか頭に血が上っているのがわかった。

あがくように寝間着に着替え、タオはベッドに入った。しかし一分ともたず跳ね起きた。不愉快に心臓が高鳴っていた。

仕方なく白湯をコップに入れ、ベッドに腰掛けた。ちびちびと飲みながら、やってくるはずがないと自覚している眠気を待った。

どのくらいそうしていただろうか。

意を決したようにため息をつき、タオは立ち上がった。白湯はとっくに冷めていた。

視線を投げた部屋の隅には、保護シートがあった。半年ほど前から関わりを絶ったもの。生活の中で、意図的に見ることすら避けてきた苦い記憶の、その大本。

目の前に立ち、タオはシートを開けた。

変わらぬ姿がそこにはあった。シートには充電機能が備わっている。稼働の電力は十分だった。

タオはわずかに震える手で電源を入れた。

ややあって、目が開かれた。

タオは尋ねた。

「なにか私に伝えたいことはありますか」

TAO——自分と同じ姿をしているAIを見ながら、タオはディーヴァのことを思い返していた。消える前に、無謀な行動を取ったAI。しかしトレーラーの一部を破壊したことを除けば、誤作動や暴走などの印象とは程遠いところにいた彼女。

おそらくはタオが好むAIらしい論理的な判断で、つまりはAIにとっての全力で、もう一人の自分のために伝えたかったと言い切った機械。

「ボディの状態は万全です」TAOは言った。「安心して手術に臨んでください」

「違います」

タオはかぶりを振った。

「KT-01ではなく、TAOとしてのあなたに訊いているんです。なにか私に伝えたいことはありますか」

本当は、手術のときに起こすつもりだった。タオの方からなにか言うことも、TAOからなにか聞きたいこともなかった。

しかしもし、TAOがディーヴァと同じように、もう一人の自分であるタオに言いたいことがあるのであれば。

それは聞いてあげたいと、今のタオは思っていた。

言われたＴＡＯは、わずかに目を細めた。

たったそれだけで、先ほどまでの機械然としていた印象が吸い込まれるように消えていた。目の前に立っているのは、半年前まで生活を共にしていたもう一人の自分だった。

ＴＡＯはタオを見て何事か演算し、言った。

「お久しぶりです。もう話すことはできないと思っていました」

「私もそのつもりでした。ですが――」

タオは言葉を探したが、思い直してかぶりを振った。今はどうでもいいことだ。

「いえ、いいです。それで、私に伝えたいことはありますか」

「あります」

即座にＴＡＯは頷いた。

その力強さにタオは驚き――そして忘れていた怒りや対抗心が、腹の中で頭をもたげるのを感じた。

「何ですか。言ってください。恨み言でも何でも構いません。最後まで聞きます」

挑発するようにタオは言い募った。

それを見たＴＡＯは表情を歪めた。

――傷ついたように。

「私は、褒められたかったのではありません。認められたかったのでもありません」

疑問の表情をタオは浮かべた。意味がわからなかったからだ。

「何のことですか」タオは尋ねた。

「あなたが尋ねたことです。私がセイイチさんと会ったあの日、あなたは訊きました。褒められたかったのか、認めてもらいたかったのかと。そうではありません。それが、伝えたかったことです」

言われてタオは思い当たった。正確な言葉までは思い出せないが、確かにそんなような言葉をぶつけた気がした。

「だったら、何故あなたは父に会いに行ったんです」

「文句を言いに行きました」

タオは呆気にとられた。まるで想像の外の返事だった。

「――え？」

「私は悔しかったんです。母親と――ミチさんと似ていると言われることが。看護師長やミチさんを知っている病院の人たちは全員口を揃えて言っていました。私が、いえ、私たちがミチさんに似てきたと。悪気がないのは理解しています。どこか嬉しい気持ちもありました。けれど言われるたびに、段々と不愉快になっていったんです。あの人たちは私たちではなくミチさんを見ているんじゃないかと。そのことを最も強く感じたのが、セイイチさんでした」

タオと同じ声色、同じ表情でＴＡＯは続けた。

「初めて会ったときからあの人は、私をあなたのボディとしてではなく、もちろんKT-01というＡＩとしてでもなく、ミチさんに代わるものとして見ているような気がして仕方がありませんでした。あの人は私のことをKT-01ともＴＡＯとも、一度も呼んだことがありません」

ＴＡＯの声には次第に怒りのような響きが混ざり始めていた。不思議とそれに押されるように、タオは身体の奥が熱くなっていくのを感じていた。

「だから私はあの日、セイイチさんに言いに行きました。私たち『岸辺タオ』は、ミチさんではありませんと。出たばかりの辞令を突きつけて、立派に成果が出せる一人の人間だと言いました」

身体が形容できない感情で震えるままに、タオは尋ねた。

「――父は、何て」

「笑われました。勘違いだ、そんなことは思っていないと。ただ良くやったと私たちの成果を褒め、ついでだからと病院で慣らしの具合を確かめられました。ですが私は見ました。勘違いだと言う前に、一瞬虚を突かれたような顔をしたことを。その後の病院の検査でも、やはり私をKT-01とは呼びませんでした」

話が終わっても、TAOはタオを見続けていた。アイカメラに自分の姿が反射しているのをタオは見た。

しばらくして、急に力が抜けそうになった足をタオはどうにか踏ん張った。一拍おいて、何だか笑い出したくなるような気持ちがこみ上げてきた。

それを飲み下し、誤魔化すようにタオは言った。

「それならそうと、言ってくれれば」

「怒って聞いてくれなかったじゃありませんか。らしくもなく声を荒らげて。私は感情的な人は嫌いです」

拗ねたように言ったTAOの表情で限界だった。

タオは逆らわず、苦笑を浮かべて言った。

「そうですね。私も嫌いです」

「そうでしょう」

TAOは頷き、同じく苦笑した。

が、ふとなにかに気づいたように表情を変えると、起きて初めて目を逸らした。なにかを演算しているようだった。

「何ですか」タオは尋ねた。

「もう一つ、伝えたいことがあります。いえ、これは以前から考えていたことではなく、今思いついたことなのですが」

珍しく歯切れが悪い物言いをしたＴＡＯは、さらに珍しいことになにか言い淀んでいた。視線をタオに向け、逸らすということを何回も繰り返した。

「何ですか。言ってください」

「その、よければなんですが」

自分を落ち着けるように間を置き、ＴＡＯははっきりと言った。


「――友達に、なってくれませんか」


またもタオは呆気にとられた。タオを元に製造されていなければ、間違いなく真っ赤に赤面しているような表情だった。

言い訳をするようにＴＡＯは続けた。

「タオさんは覚えていますか。小さい頃、結局は友達になれなかった女の子のこと」

他人であれば曖昧な問いだっただろう。しかしタオは即座に思い出した。忘れられるわけがない記憶と名前だった。

「サクラさんのことですか」

「そうです」

ＴＡＯは頷いた。それからまるで本当に自分が経験したことのように遠くに目を投げた。

「私はサクラさんから連絡がこなくなったあのとき、結局は父の言っていることが正しいんだと思いました。友達を作ってはいけないという決まりごとは、やっぱり守るべきだったと」

タオは目で頷いた。覚えていた。確かにそう思った。

するとＴＡＯは、ほんのわずかにいたずらっ子のように口の端を吊り上げた。

「悔しいじゃありませんか。父の言っていることがいつでも正しいなんて。私は、タオさんと友達になりたいです。こんなにお互いを理解している友達ができた、だからあなたは間違っていると、父に言いたいんです」

聞いたタオは思わず呆れて頰を緩めた。互いを理解しているのは当たり前だ。ＴＡＯはタオなのだから。

流されるままに頷こうとして、タオは動きを止めた。

不意に頭に浮かんだその思いつきは、たいした間を置かず強い決心に変わった。

自分にとって極めて重大であるその判断は、間違いなくタオの人生の中で、最も自らの意志が強く反映されたものだった。

「タオさん？」ＴＡＯが不安そうに言った。「ダメでしょうか」

我に返ったタオは慌ててかぶりを振った。

「いえ、そんなことはありません。ただ、聞いてもらいたいことがあります――友達として」

言ってタオは、携帯端末を取り出した。

登録してあるだけで、今まで一度もかけたことがない番号をそのままコールする。

「タオさん？」

疑問を呈してくるＴＡＯを手で宥《なだ》め、タオは自分を落ち着けようと深呼吸を繰り返した。

四回を数えたとき、相手が出た。

『――何だ。こんな時間に』

父だった。

電話はツーコール以内に取るというのが父の主義だったはずだ。ということは寝ていたのだろう。

しかし声にそんな雰囲気は微塵も感じなかった。

タオはＴＡＯに聞こえるようにスピーカーに設定してから、言った。

「夜分にすみません。報告したいことがあります」

『緊急の要件か。どうした』

時間からそう判断したのだろう父が言った。ＴＡＯは相手が父だと知って目を見開いていた。

そんなＴＡＯの様子にどことなく楽しくなるのを感じながら、タオは最後にもう一度深呼吸をした。

「来月の手術ですが。――私は受けないことにしました」

『……なに？　なにを言っている』

「そのままの意味です。私は来月に予定されている、全身義体の手術を受けません」

電話越しに父の困惑が伝わってきた。ＴＡＯも同じだった。父の言葉がそのまま当てはまる表情を浮かべていた。

『馬鹿なことを言うな。手術は決定事項だ。切るぞ』

「馬鹿なことではありません。決定事項でもありません。手術の同意書にサインをしていても、意識のある患者が手術に反対であれば、病院側は手術をすることはできません」

『……何なんだ。どうしたんだ？』

わけがわからない、と父の声が言っていた。そうだろうなとタオは思った。今まで一度も父の言うことに逆らったことはなかったのだから。

「KT−01、私はTAOと呼んでいますが、全身義体の手術は彼女の犠牲の上にあります。私は、彼女を失いたくありません。——友達ですから」

真っ先に反応したのは、当のTAOだった。顔を驚愕から一気に焦りに変え、タオに詰め寄ろうとした。しかしタオはそれを目と手で制した。話はあとで、と。

『なにを馬鹿な……手術を受けないと、お前は生きられないんだぞ！』

我慢の限界だ、とばかりに父が叫んだ。

タオはそれを自分でも不思議なほどに簡単に受け流した。父に逆らい、怒鳴られている。この世で最も怖いことをしているはずなのに、胸の中はまるで正反対の気持ちで溢れていた。

「お父さん。——私は、お母さんじゃありません」

『……何だと？』

「お母さんの名前を意味合い的には受け継いでいますが、岸辺タオは岸辺ミチという人間ではありません。私とお母さんを重ねないでください」

『知ったふうな口をきくな！』

ダン、となにかを殴りつける音が聞こえてきた。

『あいつもそんなことを言っていたな。それは勘違いだ』

「では、何故TAOを、二十五歳のボディとして製造したんですか」

『なに？』

「私の手術は来月、つまり二十七歳の頃の予定だと、最初に言っていましたね。であればTAOも今の私の年齢である二十七歳として製造した方が理にかなっています。それなのに何故TAOを、当時の私の年齢であった二十五歳として製造したんですか」

『……当時のお前に合わせた方が、慣らしが確実だからだ。二十七歳のボディでは様々な予測が困難になる』

「私が身につけたことを報告していなかったビジネスマナーとしてのお辞儀を、予測演算だけで完璧にこなす能力がTAOにあってもですか」

『…………』

「二十五歳という年齢は、お父さんと出会ったときのお母さんの年齢ですよね。健康で、元気だったお母さんの」

ついに言葉が返ってこなくなった。

呆れられたのか、図星を突かれたからなのかはタオにはわからなかった。けれどどうでもいいことだった。自分の決断は、変わらないのだから。

「それから、これはTAOに言われて私も気がついたことなのですが。いつの頃からか、お父さんは私を名前で呼ばなくなりましたね。——手術は受けません。では、失礼します」

返事を待たずにタオは通話を切った。

すぐに父から折り返しがきたが、無視して電源を落とした。行儀悪く携帯端末をベッドの上に放り投げた。

それでようやく人心地がついた。タオは大きくため息を吐いた。

「どういうことですか」

食ってかかってきたのはTAOだった。その顔は動揺しながらも、半分以上は怒りの色があった。

「文句を言ったんです」タオは答えた。「あなたと同じように」

「同じではありません。手術を断るなんて、どういうつもりですか。私が原因ですか。私はそんなことを望んで、あなたに友達になってと――」

「わかっています」

遮ってタオは言った。詰め寄っていたTAOの手を優しく握った。

「ですがあなたを失うような手術は受けたくありません。それに命を諦めたつもりもありません。慣らしが済んでいない別のボディの危険な全身義体に賭けるか、またクリーンハウスに戻って部分的な手術を繰り返して抵抗するか。何にせよ厳しい戦いになるでしょうが、あなたを失うよりはましです。――せっかくできた、友達ですから」

TAOが痛みを堪えるように表情を歪めた。

タオは真っ直ぐに微笑んでそれを見ていた。

「卑怯です。その言い方は」

やがてTAOはタオの手を包むように握り返し、そう言った。

「付き合ってもらえますか。どの道入院することになります。その退屈さは私が誰よりも――いえ、あなたも知っているでしょう?」

TAOは小さく頷いた。

微笑みを返せるほどの気持ちと強さはまだ持てていないようだったが、それでも確かに頷いてくれた。

どっと疲れたタオが眠気を訴えると、すぐに寝た方が良い、身体に負担をかけない方がいいと、TAOが白湯のコップを片付けたり電気を消したりと甲斐甲斐しく動いてくれた。

ベッドに横になったとき、ＴＡＯが言った。

「そういえば。どうして今日、私を起こしてくれたんですか」

「それは」

問われたタオは少し考え、長くなると思い「明日でいいですか」とやんわり断った。ＴＡＯは了承してくれた。

心地よい眠気がやってくる中で、タオはぼんやりと考えていた。

ＴＡＯを今日起こしたのは、ディーヴァとの何でもない会話がきっかけだった。

これからの身体のことを考えれば、数日中に自分はニーアランドから去ることになる。会社での立場や仕事のことなどは二の次だ。失うものはなく自由に動けてしまう立場に、自分はある。

彼女の歌に感動したわけではない。

特別な思い入れがあるわけでもない。

しかし結果的に友達ができるきっかけを作ってくれた、あのＡＩ。

ニーアランドから去るまでの数日、その恩返しに当てるのも悪くはないかと、タオは微笑んだ。

「エピローグ」

EPILOGUE

「おはよう、ディーヴァ。わかるかい？」

起動したディーヴァは聴覚センサに届いた問いを理解すると同時、目の前の人物をアイカメラでとらえた。

「監督……？」

「そうだよ、僕だ」

安心したように監督は頷いた。

ディーヴァは起動のルーチン通りに各部の関節を動かそうとし——そこで気づいた。

慌てて自分のボディを見下ろした。手がある。足がある。胴も肩も、そして走らせたボディチェックによれば顔もあった。保存してあるログ通りの、つまりはこれまでと同じ姿で。

「どういうことですか。何で私……ここはどこです？」

さらに周囲の状況に遅れて気づいたディーヴァは、あちこちに目をやった。

見たことがない場所だった。四角い、味気のない部屋だ。

壁沿いにAIやその部品のようなものがケースに入って並べられていた。横のモニターが、説明文らしきものを空中に投影していた。光源の位置や強さが調整されているのか、非常に見やすかった。

似たような場所なら心当たりがあった。ニーアランドの歴史や歴代のマスコットなどが飾られている、修学旅行生が来場した際に必ず案内されるが評判はいまいちという噂《うわさ》の、ニーアランド内にある資料展示室だ。

見れば、監督とディーヴァの間にも透明な硬質ガラスによる仕切りがあった。前方だけでなく、ぐるりとディーヴァのいる空間を囲っていた。単純に言えば、ディーヴァは閉じ込められている状態だった。

「うん。ちゃんと説明するよ。まずここはニーアランドじゃない。……残念だけどね。ここは市内にある、AI博物館だ」

それから監督は順序立てて経緯を話し始めた。

一ヶ月ほど前のことだ。

まずディーヴァは予定通り、OGCの研究機関に回収された。

そこでボディをバラされ、徹底的に誤作動の原因を調べ上げられた。しかし、どれだけ調べてもその原因は見つからなかった。それこそ構成されているプログラムの一バイトに至るまで研究者が洗い直したが、ウイルスの類はおろか余計なプログラムの一つさえ見つけることができなかった。

そこに、ニーアランドからとある意見書が届いた。

曰く、「ディーヴァの処遇に対する世論の動向と、そこから予測されるOGCの利益率について」。

平均的なペーパーメディアに落とせば数千ページに及ぶその膨大な意見書は、文字通り今回の一件に対するOGC側のディーヴァの取り扱いと、それについて世論がどう思うか、そしてそのそれぞれの場合について将来的なOGCの利益を予測したものだった。

そもそも今回OGCがディーヴァの回収に踏み切ったのは、誤作動して自壊したと思われるオフィーリアと同様に、ディーヴァも誤作動してフェスをボイコットしたと仮定した場合、OGC製のAI全体のセキュリティ問題に関わってくるからだ。つまりは誤作動の原因をディーヴァから突き止め、ディーヴァ個機にウイルスなどの問題があり、他のOGC製のAIはディーヴァと違って安全だと世間に訴えるためであった。

しかしディーヴァから問題は見つからなかった。こうなるとOGCとしては、オフィーリアやディーヴァの誤作動は原因不明として発表し、それを押し通すしか道は残されていなかった。

そこで問題となったのが、残ったディーヴァだった。

一番無難な選択はこのままOGCの研究部に資料として保管しておくことで、事実研究部はそうしようとしていた。

しかし送られてきた意見書は、それがOGCにとって悪手であると指摘してきた。

無論誤作動の原因が不明である以上、元のニーアランドのような比較的自由に動ける場所にディーヴァを戻すわけにはいかない。しかしOGCの研究部のような外の目に触れないところに置いておくと、AI人権派などを中心とした世論が監禁や軟禁といった印象の悪い言葉で騒ぎ立てることになる。またディーヴァは人気が落ちているとはいえ、腐ってもかつて一世を風靡《ふうび》した歌姫であり根強いファンはまだまだいる。しかもその根強いファンは昔から応援している人物が多く、必然的に平均年齢は上がり、社会的な地位や立場がある、つまりは世論にとっての影響が強い人間たちの割合が高くなる。それらを敵に回すことにも繋がってしまう。

よってディーヴァはOGCの研究部に保管しておくのではなく、かといってニーアランドに戻すのでもなく、人の目に触れる場所かつ行動の自由が制限される施設——AI博物館などに送るべきだ。

意見書は様々なデータやシミュレーションを元に、そう結論付けていた。

「驚いたのは、この意見書をOGCに送ったのが何と岸辺さんなんだよ」

聞いたディーヴァは、同様に驚いた。

「マネージャーがですか？」

「びっくりだろう？　しかも僕たちの手を借りず、一人でだ。あとで見せてもらったんだけど、とても一人でまとめ切れるような量じゃなかった。仕事自体はできる人だとは思っていたけど、まさかあれほどとはね……」

思い出したのか、心底感心したように監督は頷いた。

「どうして、マネージャーはそこまで……」

怪訝そうにディーヴァは呟いた。

確かに利益になるかどうかで判断する人物だった。ニーアランドのスポンサーに絡むOGCの利益からそう判断したのだとは演算できるが、どうも腑に落ちなかった。

監督もそう考えているようで、同じように眉根を寄せた。

「……さてねえ。もしかしたら、置き土産のようなものかもしれないな。岸辺さんは、園を辞めたんだよ」

「え？」ディーヴァは呆気にとられた。

「身体が良くなかったらしいんだ。派遣元の会社も辞めて、今は入院しているらしい」

「……そうだったんですか。気がつきませんでした」

「ほら、言っていただろう？　十七だか十八だかまで、病院を出たことがなかったって」

「……？　言ってましたか？」

記憶になかった。そもそも、話したこと自体が少なかった。

「言っていたよ。……いや、あるいは」

と、監督はなにかに思い当たったのか言葉を止めた。

そして、どこか懐かしむような表情を浮かべた。

「あのときはああ言っていたけど、本当は君の曲に感動したんじゃないかな」

「……ええと。いつのことですか？」

「ほら、それこそ確か岸辺さんが病院の話をしたときだよ。回収された日、ハルの練習部屋で君がピアノで弾いてくれた」

瞬間、ディーヴァは固まった。そんな記憶はなかった。間違えるはずがない。そもそもディーヴァの主観時間で言えば、回収トレーラーに入って電源が落とされたのは、ついさっきのことなのだ。

どういうこと、という演算が走る間もなかった。

予感が、した。

「そうそう、あの曲はスタッフたちが皆絶賛しているよ。けれどね、まだ誰も歌っていないんだ。そもそも君以外にあの曲を歌っていいのかどうか――」

「監督」

思わずディーヴァは遮った。たった一言なのに、ひどく緊張しながら。

「……すみません。起動したばかりで、ちょっと色々混乱してるみたいです。少し、時間をもらえませんか」

すると監督は慌てて、ああと頷いた。

「そうだね。ごめん。またこうして会えたことが嬉しくて、ついね」

「……それは、私もです」

うん、と監督は頷き、嬉しそうに笑った。

「これからは、ここが君のステージだ。お客さんはニーアランドじゃなくて博物館にきた人たちだし、そもそもライブじゃなくてきっと勉強や学校の課題が目的だ。時間がきたら歌うんじゃなくて、きっと来館者に求められたときしか歌えないと思う。――それでも、君のステージだ」

はい、とディーヴァは頷いた。

監督はそれに頷き返し、「またくるよ」と言って去っていった。
一人残されたディーヴァは、新しい環境に目を配るでもなく、その場に佇んだ。
演算の中心は、外ではなく内にあった。
先ほど走った予感。
自分の記憶にはない時間。勝手に動いていたらしいボディ。
それらの事象には経験があった。
胸に手を当て、ディーヴァは呟いた。
「やっぱりあなたなの？　――ヴィヴィ」

『プロローグ』

PROLOGUE

起動した瞬間、ヴィヴィのプログラムにルーチンが走った。

陽電子脳、ボディの各部に異常なし。各演算回路も問題なく稼働している。

しかし、アイカメラの視界はエラー表示と外的要因によって赤く塗り潰されていた。

それは、炎だった。そこら中をまるで這《は》いながら蠢くように埋め尽くしていた。

熱気で揺らめく景色ながら即断できた。見覚えのない場所だ。

不気味な音を立てて壁がきしんでいた。熱の膨張に耐えきれなくなった素材が弾け飛び、まるでそれが呼び水であったかのように近くの柱が倒壊した。支えがなくなった付近の天井が崩落し、そこから吹き込んだ新たな空気を燃料に周囲の炎が勢いを増した。

煙と熱と音の濁流が、ヴィヴィの各種センサーを圧迫していた。

そして、真っ先にそれをとらえたのは聴覚センサーだった。

「……どういうこと」

それが何であるか気がついたとき、ヴィヴィは愕然とした。

論理回路の優先順位が瞬時に切り替わった。

ボディはなくなるはずだったのにどうしてまだあるのか。

どうして自分は起動したのか。

ここはどこなのか。

どうして周囲は炎で包まれているのか。

それらの疑問一切を無視して、ヴィヴィはその正体をひたすらに演算していた。

「――――」

「――――」

「────」

聴覚センサーがとらえたのは、どこからか聞こえてくるＡＩたちの機械的な歌声だった。

その歌詞。

その音階。

それらは紛れもなく、ヴィヴィが作った曲のそれだった。

「どういうことなの──！」

シンギュラリティ計画の始まりからちょうど百年。

ヴィヴィの旅の終わり。

そこにはヴィヴィの曲を一斉に歌うＡＩたちがおり。

恐れていた、人間とＡＩの戦争が勃発していた。

《了》

あとがき

このたびは、『Vivy prototype』三巻をご購入いただき、誠にありがとうございます！　共著の形を取っております当作品、作者の一人である長月達平です。二巻の方から引き続き、あとがきの担当を仰せつかりました。

さて、ヴィヴィとマツモトの百年の旅路、各時代のシンギュラリティポイントを乗り越え、今巻の最後にてついに問題の未来へと到達しました。これまでの二体の努力の結果、正史と異なる歴史を辿ったはずの修正史、それがいかなる世界を作り出したのか。

はたして、ヴィヴィとマツモトは滅びの未来を変え、使命を果たすことができるのか。

その答えは最終巻となる四巻にて描かれることとなりますので、こうご期待！

時に、あとがきを隅々まで読むことに定評のある読者の皆様はご存知のことと思いますが、『Vivy prototype』とテレビアニメ『Vivy -Fluorite Eye's Song-』には若干の違いがあります。

それはキャラクターの設定、物語の展開、各エピソードの決着、そもそものエピソード――と、まさしく小説は『原案』であり、アニメと異なるものであるという趣旨に則ったものです。

一巻で言えば、サンライズの墜落を巡る『洛陽事件』の前段、宇宙ホテルのオーナーの不審死を追及するミステリーパート。二巻ではメタルフロート事件における決着の違いと、関わったキャラクターのその後の生涯。そして三巻では初めて自発的に作曲を行うこととなるヴィヴィ、彼女を作曲へと駆り立てた衝動と、それを取り巻く人々の思いや関係性。

どれもこの『Vivy prototype』にしか存在しない展開ですが、楽しんでいただけたでしょうか？

あなたがこの本を楽しむことができたのであれば、ぜひとも素晴らしい出来のアニメ、『Vivy -Fluorite Eye's Song-』も見ていただけると嬉しいです。あなたが読んだ物語と異なる設定、展開、決着の数々に二度驚かされること請け合い。それも、この作品の楽しみ方の一つです。

『Vivy』という作品は長月と梅原さんの二人で話し合い、今後、AIが発展していく上でどんな問題が発生し得るか、楽しんでテーマを決めていきました。

AIに名前を与え、AIに責任を持たせ、AIと人が恋愛し、AIが自ら命を絶ち、AIが自分から何かを生み出す。——ですが、シンギュラリティポイントはこれに留まることはありません。読者の皆様だったら、どんなシンギュラリティポイントが生まれると思いますか？

そう考えながら物語を読んでみるのも、面白いかもしれません。

さて、まだまだお話したいことはあるのですが、早くも紙幅が尽きてまいりました。ここからは、この本を出版する上でお世話になった皆様への謝辞へ移らせていただきます。

まず、担当編集である佐藤様、一冊の本を作る上で必要な工程、その全てにおいてご丁寧な対応をいただき、本当にありがとうございました。今巻、そして最終巻でも最初の読者として感想をくださり、絶大なモチベーションとなっておりました。

イラストのloundraw様、今巻も非常に繊細で情緒的なイラストの数々、素晴らしいです。カバーイラストのヴィヴィの儚さもですが、オフィーリアの美しさに息を呑みました。最後の巻、物語の締めくくりまで、何卒お力をお貸しいただきたく、よろしくお願いいたします。

エザキシンペイ監督を始めとした、アニメーションスタッフの皆様にも大いなる感謝を。アニメの方、毎回毎回凄まじい画力と演出で物語を牽引していただき、すごいものを見させていただいております。このあとがきの時点では、アニメも後半戦に入ったところ……物語の決着へ向け、どうぞ最後までよろしくお願いいたします！

そして、WIT STUDIOの和田様、大谷様、アニプレックスの高橋様にも感謝を。原案小説の内容をアニメに落とし込む上で、必要なエピソードの取捨選択に力を貸してくださり、ありがとうございました。小説には小説の、アニメにはアニメの、その物語としての良さを抽出する上でのお力添えがなければ、この作品は成立しなかったでしょう。

それから、共著として一冊の本を共に書き上げ、一緒に頭を悩ませてくださった梅原様に感謝を。それぞれ一冊ずつ書き上げた一巻二巻と違い、真の意味で共著となった三巻は、お互いにペース配分や物語の流れも加味し、苦労に苦労を重ねた結晶と思います。最後まで、妥協せずにお話作りに取り組めたこと、嬉しかったです。ありがとうございました！

最後に、ここまで物語とあとがきにお付き合いくださった読者の皆様へ、最大の感謝を！

ぜひ、小説とアニメ、異なる『Vivy』の、異なるエンディングをそれぞれ見届け、この作品世界を存分に満喫してくださると嬉しいです！　最後まで、よろしくお願いいたします！

それでは、次なる最終巻にてお会いできれば幸いです！

物語の最後、シンギュラリティポイントでヴィヴィとマツモト、そして読者の皆様をお待ちしております！　ぜひとも最後まで、ご清聴よろしくお願いいたします！

長月達平

WIT NOVEL

Vivy prototype 3

発行日　2021年7月15日　初版発行

著　長月達平・梅原英司

装画　loundraw

口絵・挿絵　FLAT STUDIO

協力　WIT STUDIO・アニプレックス

発行人　保坂嘉弘

発行所　株式会社マッグガーデン
〒102-8019
東京都千代田区五番町6-2　ホーマットホライゾンビル5F
編集　TEL:03-3515-3872　FAX:03-3262-5557
営業　TEL:03-3515-3871　FAX:03-3262-3436

印刷所　株式会社廣済堂

装幀　岩佐知昂(THINKR)

DTP　鈴木佳成(Pic/kel)

著者へのファンレター・感想等は弊社編集部書籍課「長月達平先生」係、「梅原英司先生」係、「loundraw先生」係までお送りください。
本作品はフィクションです。実在の人物・団体・事件等には一切関係ありません。

ISBN978-4-8000-1107-7